Hilo musical

Miqui Otero (Barcelona, 1980) debutó con la aclamada novela *Hilo musical* (2010), ganadora del Nuevo Talento FNAC. Dos años más tarde llegó *La cápsula del tiempo* (2012), libro del año según Rockdelux. Ha escrito regularmente en medios como *El País* y el suplemento *Cultura/s* de *La Vanguardia*, y actualmente es columnista para *El Periódico*. También da clases de periodismo y literatura en la Universidad Autónoma de Barcelona. Con *Rayos* (2016), celebrada por los críticos como la nueva «gran novela de Barcelona», se estableció como una de las voces más destacadas de la escena literaria española. Su ambiciosa novela *Simón* (2020) ganó el Premio Ojo Crítico, fue finalista del Premio Dulce Chacón, apareció en todas las listas de lo mejor de ese año y le confirmó el favor de público y crítica. Con una adaptación audiovisual en curso, ha sido traducida a varios idiomas. Su última novela es *Orquesta* (2024).

Biblioteca
MIQUI OTERO

Hilo musical

DEBOLS!LLO

Papel certificado por el Forest Stewardship Council®

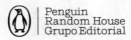

Primera edición: junio de 2024

© 2010, Miqui Otero
Por mediación de MB Agencia Literaria, S.L.
© 2024, Miqui Otero, por el prólogo
© 2024, Penguin Random House Grupo Editorial, S.A.U.
Travessera de Gràcia, 47-49. 08021 Barcelona
Diseño de la cubierta: Penguin Random House Grupo Editorial / Marta Pardina
Imagen de la cubierta: © Domagoj Šokčević
Ilustraciones de los nudos y montaje de
La cinta de las Rápidas y las Lentas: Rachel Sender
Portada de La cinta de las Rápidas y las Lentas: Lope Serrano

Penguin Random House Grupo Editorial apoya la protección de la propiedad intelectual. La propiedad intelectual estimula la creatividad, defiende la diversidad en el ámbito de las ideas y el conocimiento, promueve la libre expresión y favorece una cultura viva. Gracias por comprar una edición autorizada de este libro y por respetar las leyes de propiedad intelectual al no reproducir ni distribuir ninguna parte de esta obra por ningún medio sin permiso. Al hacerlo está respaldando a los autores y permitiendo que PRHGE continúe publicando libros para todos los lectores. De conformidad con lo dispuesto en el artículo 67.3 del Real Decreto Ley 24/2021, de 2 de noviembre, PRHGE se reserva expresamente los derechos de reproducción y de uso de esta obra y de todos sus elementos mediante medios de lectura mecánica y otros medios adecuados a tal fin. Diríjase a CEDRO (Centro Español de Derechos Reprográficos, http://www.cedro.org) si necesita reproducir algún fragmento de esta obra.

Printed in Spain – Impreso en España

ISBN: 978-84-663-7755-3
Depósito legal: B-7.051-2024

Maquetación: Sergi Gòdia
Fotocomposición: Fotocomposición gama, sl
Impreso en Black Print CPI Ibérica
Sant Andreu de la Barca (Barcelona)

P 3 7 7 5 5 3

*A Teófilo y a Maria José, maestros en todo.
También a Carlos y a Susana.*

*Para Leti, Leticia, Delitia,
Laetitia, Elaeudanla, Teïtéa.*

Y para F., en memoria; de momento, con entusiasmo.

ÍNDICE

UNO

Usted está aquí, 23 – Las manos en los bolsillos, 28 – Plan de choque, 32 – En primera línea de bar I, 35 – Te queremos, 41 – El trabajo de disfrazarse, 43 – Qué hay de nuevo, 46 – En primera línea de bar II: Con Nemo, 50 – Personas y personajes, 60 – El primer día de mi vida, 65 – El Túnel del Tiempo, 69 – En primera línea de bar III: Nemo y los famosos, 73 – La Cinta de las Rápidas y las Lentas, 78 – Saber y ganar, 84 – Quien tiene un don... tiene un montón de chicas, 88 – Fiestas y pasatiempos, 91 – La música de los animales, 94 – La gimnasia sueca, 99 – La vida solucionada, 102 – En primera línea de bar IV: Los amigos de los famosos, 105 – La invitación debajo de la puerta, 111 – La rutina del agua, 113 – El Rey de las Tortas, 119 – Nervios en el vestuario, 123

DOS

El baile de los disfraces I: Tolerancia 0 - Peñita 1, 129 – El baile de los disfraces II: Leyendas subterráneas, 131 – El baile de los disfraces III: Canciones con alma, 135 – El baile de los disfraces IV: El ruido de los juguetes rotos, 141 – En primera línea de mar: Nemo y los salmones, 144 – Me pagan por pensar, 152 – El golpe de calor, 157 – Cita a ciegas, 166 – En primera línea de bar V: Los meses del mar, 179 – La nostalgia del futuro, 190 – Los cobradores del frac, 193 – Los canapés del Club Capri, 196 – En primera línea de bar VI: El sueño en Les Golfes, 201 – En primera línea de bar VII: La calma tensa, 213 – La invasión de los otros, 221 – El cenizo de Lucas, 227 – La cumbre de los juegos, 234 – Tocar de oído, 239 – En primera línea de bar VIII: La música del mar, 246 – El ovni en la cuneta, 255 – La isla de las mujeres-gamba, 258

TRES

Las cartas encima de la mesa, 265 – Coser, silbar y cantar, 270 – Y los fuegos naturales, 276 – Los ecos de los gritos, 286 – La tienda de campaña, 290 – Fuera del tablero, 299 – La carta de ajuste, 303

«Quiero disfrutar del hilo musical,
sólo quiero clásicos, entre los clásicos:
'El concierto de Aranjuez',
'El cóndor pasa'.
'The Fool On the Hill',
Paul Mauriat y Richard Clayderman.
Casi puedo ver flotar
notas perfumadas de tranquilidad;
es oír sin escuchar.»

Quiero disfrutar del hilo musical,
LOS PART TIME POPS,
versión de *Favourite Films*,
TELEVISION PERSONALITIES

Los gélidos nos han estado dando palos hasta ahora, eran invencibles con las armas, ¿no es cierto? ¡Pues vamos a destrozarlos utilizando la música! Vamos a grabar música de cientos de violines y la vamos a expandir por todo el planeta... ¡Apuesto a que así ganaremos a todos los gélidos!

Nuestros pequeños visitantes, LOU CARRIGAN

–Señor –dijo el teniente primero, irrumpiendo en el camarote del capitán–, el barco se está yendo a pique.

–Muy bien, Míster Spoker –dijo el capitán–; pero ésa no es razón para andar a medio afeitarse.

El barco que se hunde,
ROBERT LOUIS STEVENSON

Es muy fácil leer los pensamientos de un recién llegado. Todo le parece precioso porque no entiende nada. Esos peces saltadores no brincan de alegría, saltan de terror: los peces más grandes se los quieren comer. Y esos destellos luminosos en el agua, su brillo es el de millones de pequeños cadáveres. El brillo de la putrefacción.

Yo anduve con un zombie,
JACQUES TOURNEUR

ESTA NOVELA ES UNA PATATA
(Y TAMBIÉN UNA CANCIÓN)
Un prólogo para *Hilo musical*

1

Usted está aquí, sentado y con este libro abierto en sus manos, y yo estoy allí, y allí es en el año 2007, dentro de un avión que padece severas turbulencias mientras el hilo musical emite una versión pocha, de sala de espera o ascensor, sin alma, de «La chica de Ipanema».

Mi yo de entonces piensa dos cosas: 1) ¿De verdad que podría estamparme sin haber publicado una novela?; y 2) ¿En serio que moriría escuchando precisamente este tipo de música?

Cuando aterrizo evoco soles que brillan (es diciembre en Santiago de Compostela, así que el cielo en realidad es un Tupperware boca abajo), pero también atrapo una primera intuición: la diferencia entre oír de fondo alguna música inane y escuchar apasionadamente una canción es la misma que existe entre sobrevivir y vivir. Eso palpitará bajo una novela titulada, precisamente, *Hilo musical*.

2

Ella, esa novela, que publicó con mimo en 2010 Alpha Decay, conserva el título muchos años después, y yo conservo al menos el pelo. Muchas otras cosas han cambiado y releerla ahora es documentar ganancias y pérdidas. Las primeras están relacionadas con el oficio, la madurez y otras palabras más o menos aburridas, asociadas a la burocracia de la vida adulta, que dialogan con sintagmas como cuota de autónomos, declaración trimestral o cita con el dentista. Las segundas, las extraviadas, tienen que ver con la pasión, la inocencia, el impulso, una nube léxica fantástica que solo puede prometer borrascas de oro.

Mi yo de veintiséis años aún exhibía zapatos blancos, americanas de bote de Oxford (no iba a esa universidad, solo era una miaja mod y una pizca fantoche) y, sobre todo, un entusiasmo algo atolondrado, pero también un poco contagioso y un mucho sincero. Ese yo, que vivía con cinco amigos en un ruinoso piso del Raval donde reinaban las cucarachas y donde los ratones tenían hasta nombre, instalado en el bullicio y el bochinche de las grandes ideas (de las que lo son tanto que al día siguiente son irrealizables) y mayores fiestas, quería estrenarse cuanto antes. Su primo, Francisco Casavella, le había retado un día: «¿A que no publicas la primera antes de los treinta?». Los treinta parecían entonces remotos, pero a la vez inminentes, así que tenía prisa. Tenía prisa y hambre y sed. Pero también respeto hacia esto de escribir.

3
En las estatuas humanas de las Ramblas, personas disfrazadas a cambio de calderilla, capté el arranque e imaginé la odisea. Un joven acabaría trabajando en un parque de atracciones y disfraces, en un no lugar, donde lo tratarían como a una no persona, pero donde

se convertiría en una persona. «Dale una máscara y te dirá la verdad», dijo Oscar Wilde. O: «Tenemos que disfrazarnos para mostrarnos como somos». El paso a la edad adulta a través de rituales y mitos fundacionales en el sexo, en la amistad, en el trabajo, en la vida. En la elección del disfraz y del guion. La novela de formación, con pegada emocional y alcance político. Todo pasaría durante un verano, porque la infancia y adolescencia son nuestro verano, «donde hasta las lluvias son enfados pasajeros», escribió Carmen Martín Gaite.

Los excesos de Marina d'Or, los booms corruptos del ladrillo, el brío idiota del ocio, la ensimismada precariedad juvenil de la generación que nació en democracia o las leyendas sobre el subsuelo turbio de las catacumbas de los parques de Disney servirían como decorado. Cosas que me interesaban y concernían como veinteañero, cuando cobraba chatarra por mis textos y pinchaba discos en el New York para poder pagar los gastos. Tristán, el protagonista, aprendería más de una ardilla de peluche que de un gurú, aunque se haría amigo de un personaje mayor, Inocente, que le serviría para recorrer la historia del país a través del fracaso de su música, y se acercaría a Alma, claro, que lo cogería de la mano para internarlo en los jardines no escardados de las cosas que importan.

4

La leo ahora con cariño pero sin condescendencia. Es lo que podríamos denominar una «novela carpeta»: cuando, en el instituto, aún eres tímido para pregonar tu identidad, pero colocas en tu carpesano las pegatinas de «todo aquello que te gusta». Recuerdo una, especialmente frenopática, con Magic Johnson, el Che, Claudia Schiffer, Honoré de Balzac y los Clash. Para definirte, claro, cuando la masa aún no está dorada, pero también por esa especie de evangelismo loco que tiene cualquier postadolescente cuando inicia la cruzada de la vida.

Ahora, y si bien el entusiasmo se ha cronificado, matizado por las decepciones o las rupturas (algunas, dolorosas, ayudaron mucho a que este libro exista) o la falta de tiempo o espacio, veo cómo Tristán, Alma, Inocente y todos los demás reviven. Y lo hacen en la colección de bolsillo que más leía yo entonces, cuando los inventé. Si mis novelas fueran una matrioshka, esta sería la muñequita de Putin, por ejemplo, que luego quedaría encajada en otras similares pero mayores, con más alcance e intención, como *Rayos* (que podría ser Stalin) o *Simón* (Lenin)... y voy a abandonar ya esta metáfora o lo próximo que publique me puede llevar a algún líder supremo cósmicamente aniquilador.

Intentémoslo de nuevo. No sé si es la mejor o la peor, pero siempre será la primera. Recordamos siempre la primera vez (el primer beso o incluso la primera voltereta), pero difícilmente sabemos cuál será la última (el último beso y la última voltereta). Hay algo especial, y por eso volvemos siempre a ella, en la primera vez. Es algo, por así decirlo, mágico, a falta de otra explicación química. Algo que convierte en verdaderamente importantes los debuts literarios y los primeros discos, para quien los hace, pero también para quien los descubre. Algo no tasable, pero siempre presente y poderoso.

Y 5
En el prólogo de *La casa lúgubre*, de Charles Dickens, Chesterton dice que esa novela es una patata. Bien, antes expone que no es el mejor libro de Dickens, pero sí quizás su mejor novela. Según él, representa el punto más alto de su madurez intelectual, aunque puntualiza que madurez no significa necesariamente perfección: «Es ocioso decir que una patata madura es perfecta; a alguna gente le gustan las patatas nuevas. Una patata madura no es perfecta, pero es una patata madura, un espécimen genuino y totalmente desarrollado de su propia especie». Y luego: «Incluso es igualmente verdad en cierto grado para la literatura. Podemos decir más o menos cuándo un ser humano ha llegado a su desarrollo mental completo, incluso si vamos tan lejos como para desear que nunca hubiera llegado a este. Los niños son mucho más agradables que una persona adulta; pero el hecho de crecer existe. Cuando Dickens escribió *La casa lúgubre* había crecido».

Yo también he crecido, más a lo ancho que a lo alto, y no sé si esta es mi mejor novela. O si esta novela es una patata, una forma de decir que es mala. Pero seguro que es una patata nueva. Con todas sus imperfecciones, pero también con su frescor y sus destellos (y con sus carbohidratos y sus gramos de fibra, fósforo, calcio y zinc), aguarda a los fans de las patatas nuevas.

Y en ella estoy yo, volando en el avión supersónico y turbulento de la primera juventud, sí, pero también tecleando este texto en pijama, otro diciembre, con una lista de la compra con las palabras «pañales» o «Gillette» en mi escritorio, intentando preservar el entusiasmo que la impulsó, el mismo con el que ahora se la muestro a usted, que está aquí.

Miqui Otero, Barcelona,
jueves, 14 de diciembre de 2023

UNO

USTED ESTÁ AQUÍ

«Usted está aquí. Su destino está en sus manos.»

Que nadie estalle en un aplauso ilusionado ni entorne los ojos en señal de júbilo. Ni sé dónde está usted ni sé dónde estoy yo. De hecho, no sé dónde está nadie. Hace demasiado tiempo que miro a mi alrededor y me doy cuenta de que estoy solo.

¿Hola?

¿Hola, hola, hola?

No es que lo diga muchas veces: es que hay eco. Así de solo me siento.

Es más, si es verdad lo que he leído en el papelito que me acaban de dar, si mi destino está en mis manos, mi destino es una bolsa de deportes con tres franjas amarillas y también la cara tuerta de un conejo de peluche. Y mi aspecto es aún peor que mi destino: estoy de pie encima de un banco y mis ojos de huevo asoman su color rojo entre bolsas azules y mi pelo despeinado recorta el cielo como la cresta de uno de esos dragones que desafían alguno de los precipicios de las islas Galápagos, uno de esos lagartos idiotas que fardan un montón oteando el horizonte desde la punta del acantilado, pero que no tienen ni idea de qué hacer después. Así de perdido me siento. Aunque me den este pequeño mapa.

Hay un ligero detalle más, esta nota de recibimiento me la ha entregado una ardilla de metro sesenta. «Gracias», le he dicho, como si de repente estuviera en uno de esos libros donde los humanos hablan con los habitantes de la selva como si fuera lo más normal del mundo. Y justo después he visto muchos animales más caminando como personas y entregando más papeles. Pellizco, pellizco. Patadón a una valla. Grito de dolor. Me muerdo las mejillas por dentro.

¿Sabéis cuando lo pasáis fatal y de repente os dais cuenta de que todo ha sido una pesadilla? Pues lo mismo, sólo que justo al revés.

Porque hasta ahora pensaba que estaba dormido y que soñaba con un zoo de especies gigantes, pero ahora sé que me he despertado de pie, resacoso, con el cuerpo magullado y la lengua de gato, envuelto por un cielo naranja del que si fuera un poco optimista podría esperar que lloviera zumo natural. Me he despertado como quien llega tarde a una película y ya no se entera de qué va la cosa.

Hasta que por fin empiezo a saber dónde está «aquí», cuando asocio con una lentitud prodigiosa a esos trabajadores disfrazados de animales con el logotipo que corona los portalones aún cerrados de la entrada a un parque de atracciones, por donde se cuelan los primeros traqueteos y zumbidos y ráfagas de olor a plástico caramelizado: *Villa verano*.

Recuerdo que la noche antes me fugué de mi trabajo de vigilante nocturno en una fábrica de la comarca del Vallès. Recuerdo tres golpes y una sonrisa desconocida en el ventanuco de mi cuchitril: toc-toc-toc, con la culata de una pistola. Recuerdo que me escondí debajo de mi mesa, como hacen los niños para jugar a que tienen casa. Recuerdo mis pantalones mojados, la vergüenza, el pálpito del final, la premonición de las hostias y finalmente la fuga. Recuerdo gritos, la llave, el chasquido del rayo antes del trueno, el chistoso acelerador de mi Seat Panda y también, una hora después, los neones de los anuncios a la entrada de Barcelona bailando en diferentes brillos.

Y los recuerdos asociados caen como fichas de dominó: la noche de bar en bar, los chupitos de todos los colores: melocotón, manzana, pera, lima, azul-no-identificado, tequila; los mensajes de mi jefe acumulándose en el contestador de mi móvil modelo ladrillo, el teléfono lanzado contra el infinito y el infinito encarnado en la cabeza de un tipo de ciento veinte kilos con cuello de yunque; el dolor, las hostias, la última patada, las gafas, el vómito. Y más bares y sombras y soportales. Y, finalmente, con la mirada empañada como si mis ojos fueran ventanas y hubiera llovido mucho, la confesión a un tipo en un local modelo autobús de una de esas callejuelas de Barcelona con olor a un pis más añejo que las piedras de la Grecia clásica. Y el tipo, una estatua humana de las Ramblas disfrazada de futbolista, la cara pintada de cacao y la boca llena de dientes, diciéndome que no me preocupara, que él conocía el camino, introduciendo una moneda en la ranura de una máquina recreativa llena de peluches y con un gancho mecánico, manejando el mando y mascullando:

—Si cazo algo a la primera, gano la apuesta y me

haces caso; que estás más perdido que un pulpo en un desierto.

Y yo, totalmente perdido, sí: el pantalón mojado y la nariz atascada por los mocos, diciendo «sí» como quien dice «*meec*», a ciegas. El tipo cazando un conejo de peluche y chivándome algo y riendo mucho. Riendo con sonrisa de piano; no de pianista, de piano: sonrisa de teclas blancas y negras. Diciéndome que él había trabajado en aquel lugar, también disfrazado. Un parque temático de primera, *Villa verano*. Que allí hay dinero y chicas. Y la gente no te juzga, porque vas disfrazado. Toma este peluche, que te hará compañía. Pasamos por tu casa y recoges un poco de ropa. Que si no tienes un duro y quieres huir, pues te metes en un bus hacia el sur. Yo te acompaño. En las Ramblas no se gana pasta, allí haremos fortuna.

Yo, claro, siguiendo sus pasos, haciendo el doble de metros, desoyendo la regla de que el camino más rápido entre dos puntos es la línea recta, apostando a tope por las eses. Escogiendo con mis pies adoquines al azar, como en una rayuela para retrasados.

Y ya en el bus, de madrugada, entre sueño y sueño, el tipo no está, qué raro, estará en otro asiento, y el adolescente a mi lado que toca la batería con dos bolígrafos Bic y unos cascos de aviador. La envidia de no saber qué escucha, de querer escuchar algo así para sonreír otra vez; yo, que sólo he escuchado una música en mi vida: la de La Cinta de las Rápidas y las Lentas. Y las cabezadas y el tipo sonriendo y moviendo las manos prodigiosamente por el mástil de una guitarra invisible. Y fuera de esos cascos, una música de ascensor, como tocada por una filarmónica del Imserso, infestando el autobús. La música de mi vida. Hasta que el motor se detiene. Y con él, esa música.

Y «aquí», y ahora, al querer guardarme la tarjetita del primer mensaje entregado por esa ardilla humana, por ese trabajador de *Villa verano* que se cuece a fuego lento dentro de ese disfraz de pelo falso, me llevo la mano a la cartera y me topo con mi destino envasado al vacío. Sin tarjeta de crédito ni billetes ni monedas. Todo mi capital a cambio del timo del conejo rosa: el tipo me envía de viaje en sueños y mi tarjeta tiene más actividad en una hora que yo en toda mi vida. Y apretar y apretar y estrujar y estrujar la cabeza del conejo de peluche. Sin un duro, sin vuelta atrás. Y el sueño y la rabia y la vergüenza y el olor a caramelo y a gasolina en ayunas. Y otra vez, antes de hacer trizas el papel: «Usted está aquí. Su destino está en sus manos».

Perfecto, habrá que asumirlo: «Aquí» estamos. «Allí» o «Más allá» habría sido aún peor que «Aquí».

LAS MANOS EN LOS BOLSILLOS

Si todos los animales que me rodean fueran animales, y no personas disfrazadas de animales, esto sería una fábula. Pero no lo son, así que no estoy muy seguro de que todo esto tenga una moraleja.

Tengo veintitrés años: demasiado viejo para ser adolescente y demasiado crío para encajar que soy mayor; demasiados años para creer en las fábulas, demasiado niño como para no aferrarme a ellas. Y, sin embargo, me siento viejo: me he convertido en un *viejoven*. Quizá por eso sólo veo dibujos animados y documentales de animales y películas de naves y platillos, pero a la vez me río poco y duermo mucho y juego a las cartas mejor que al fútbol. A lo mejor por eso, y aunque podría ponérmelas sólo para leer, suelo llevar las mismas gafas de alambre que usaba de pequeño y que ya eran de viejo hace diez años. Unas gafas que siempre bailan en mis orejas demasiado grandes y desplegadas, unos alerones que convierten mi cabeza en algo parecido a un trofeo muy feo de un campeonato sin público.

A lo mejor también por eso, porque soy un *viejoven*, a veces voy vestido con ropa de señor mayor que se ha quedado en el paro; pero quizá precisamente por eso hace unos años me compré unas bambas de colores chillones, las paseé de la tienda a mi casa pensando que todo el mundo se reía de mí y, al entrar en mi habitación, me las quité para siempre. «¿Qué les pasa?», me dijo mi madre, con tono tierno de madre. «Que me hacen daño», le contesté.

Y así me siento ahora: cansado de que me duelan estas cosas pequeñas.

Estoy solo en algún punto de la costa mediterránea, a las puertas de uno de los mayores complejos de ocio de Europa, y hace calor de verdad. Pero no calor de estar en un ascensor de Barcelona y decir: «En Madrid es más seco». No, hace calor de querer estamparte contra un iceberg y quedarte cristalizado dentro como uno de esos insectos en una bola de ámbar. Al menos hasta que todo esto haya pasado.

Tendría que llamar para cancelar mi tarjeta de crédito, así que rasco mis bolsillos como si acabara de acordarme de que esa situación concreta me da mucha alergia. Rasco-rasco-rasco-rasco, hasta que veo cómo una señora mayor con complexión de cacatúa me mira mal. Me gustaría pedirle dinero o al menos explicarle que, aunque la evidencia visual apunte a lo contrario, no me estoy tocando mis zonas más íntimas, sino buscando monedas. Y es entonces, en pleno bochorno, cuando descubro cinco billetes de cincuenta euros, castigados, mojados y dobladísimos, en el bolsillo más pequeño de los tejanos. De repente me convierto a la fe de los duendes justicieros que te salvan por la noche mientras duermes la mona, hasta que me asaltan más detalles; por ejemplo, la imagen de mi mano la noche anterior, en plena incursión hacia la caja fuerte de la fábrica.

Justo antes del toc-toc-toc en la ventana, en los

minutos previos al asalto, estaba leyendo uno de esos libros de bolsillo que me han salvado tantas noches en ese cubículo de flexo de luz gandula, aire acondicionado zumbón y fluorescentes titilantes. Una de esas virguerías bibliográficas compradas en el Mercat de Sant Antoni, en las que la acción empieza en el título: *Locura púrpura*; *Ganador y colocado*; *Flores para cerdos*; *Agente sí, pero de seguros*; *Crimen tecnicolor*; *Mellizas mortales*. Estaba tan solo, tan apagado, que devoraba esas miniaturas como leyendo con las manos, invadido por un brío febril que despertaba mis instintos más aventureros. Quería vivir algo parecido a lo que sucedía dentro de esas páginas de mercadillo. Quería elegir mi aventura. Quería que fuera fácil y exagerada y que fosforesciera y que hubiera contraespionaje en biquini y pitilleras de plata y algún día poder decirle a alguien —quizá a un experto en lepidópteros y en bermudas— algo como: «Este ejemplar es extraordinariamente pequeño para ser una *Nimphalis polidoris*». Y encima, que no me tomaran por loco. Porque yo nunca había vivido nada parecido.

Y justo cuando pensaba eso: toc-toc-toc. Entonces la mano a la caja para luego pensar que mejor no desear según qué cosas y saber que siempre he sido un gallina y, después, todo lo demás.

Otra vez «aquí». Con esos billetes que acabo de encontrar podría comprar un viaje de vuelta y regresar a la ciudad que me dio una paliza hace unas horas. O puedo entrar ahí, sólo por estar en el centro de algo, por encontrar un poco de acción en ese lugar donde la gente busca diversión como los dinosaurios buscan abrevadero. Y también para encontrar un teléfono y cancelar la tarjeta. Así que, espoleado por mi enorme idiotez, aún un poco borracho y con mi huida reciente como un arañazo nocturno que no sabes cómo te has hecho, decido que yo no soy un gallina y que la única opción valiente es entrar.

Ante mí, ya en el interior de *Villa verano*, un horizonte de castillos centroeuropeos de cartón que se elevan como helados de colores flúor servidos desde un surtidor del cielo. Hay que imaginarme de espaldas, con una bolsa amarilla a mi derecha y una cabeza de peluche en la mano. La viva imagen del protagonista de la expresión «comerse el mundo», fotografiado en el umbral de un recinto rematadamente feo y extraño.

«Descanse en paz.»

Este segundo mensaje de *Villa verano*, entre amable y macabro según el estado de ánimo del lector, lo leo en otro papelito: «Descanse en Paz. Spa para cuerpo y mente». Un papelito que me entrega una Wilma con el disfraz un poco gris, como de haber pasado desde los años cincuenta entre fogones. Pienso en Pedro Picapiedra berreando ese nombre, volviendo derrotado a casa después de ocho horas de trabajo como conductor de una grúa neanderthal con forma de dinosaurio lila, corriendo y soportando la carrocería de su auto de piedra y roble con los brazos, bajando del Troncomóvil con los pies en carne viva después de pisar el mismo paisaje diez veces hasta llegar a su hogar de roca. El paisaje de dibujo que se repite: la nube, el cuervo, la montaña, y Pedro que no avanza. Como yo.

PLAN DE CHOQUE

Cuando el auto amarillo avispa está a punto de estamparse contra el verde ortiga, el conductor sonríe y consigue zafarse con un volantazo tan brusco como elegante, una maniobra aristocrática: tramposa y sutil.

A bordo del coche verde ortiga, que se detiene, un personaje frustrado, atónito por la manera en que el del coche amarillo ha roto el tácito acuerdo de choque. Un segundo después, emite improperios que aquí podéis leer convenientemente codificados: «%6$brrr!!!».

Ya estoy en el corazón de *Villa verano*, en este enorme desierto de cemento minado de esculturas de colores agresivos, atracciones repelentes y sonrisas idiotas de animales de peluche. He llamado a mis padres y también al banco y he confirmado lo que ya sabía: mi tarjeta está a cero.

Ahora, apoyado en la cabina donde se expenden las monedas de plástico que encienden los coches musicales, golpeo el cigarrillo en la pulsera plateada para prensarlo. Doy una calada y del humo sale una idea con forma de globo aerostático. Ahí va. Hay dos tipos de terrícolas: los que quieren chocar y los que insisten en esquivar el golpe. En los autos de choque se encuentra lo peor y lo mejor de los seres humanos.

Quizá por eso no puedo evitar mirar con condescendencia al fracasado del coche verde. También por eso, miro quién va al volante del auto amarillo. Y, pum, saltan chispas como las que se ven en la maraña de alambres electrificados que hace de cielo. Apuro un poco más el cigarro mientras del auto se apea una chica con una coleta alta color trigo al sol y la cara de tarta de nata.

«Te veo bien», pienso. Hace tiempo que debería haber dejado las gafas. El tipo del cuello de barril me ha hecho un gran favor con aquel puñetazo que me dio. Ahora no las llevo y sin embargo veo con claridad a una chica de acción, de cara redonda como la *o* de la palabra, una estatuilla siria de agárrate que hay curvas con nariz de botón, un vestido más amarillo que mi bolsa y unos botines blancos que se acercan hacia mí, mientras el cigarrillo se consume y ya llega a las yemas de mis dedos como la mecha a un manojo de cilindros donde se lee algo parecido a las siglas de un telediario nocturno: TNT. Respiro, pero respiro marcando otro prefijo: suspiro.

—¿Tienes fuego? —le pregunto, como si me lo hubiera chivado un mal guionista.

—Te estás quemando —contesta ella, con la mirada puesta en mi pitillo ya encendido.

Algunos ven en estas escenas una flecha acercándose a una diana blanca-azul-roja: flechazo. Otros visionan humo a punto de salir de una locomotora: licencia poética futurista. Otros, a dos desconocidos cruzándose en un pasillo de tren muy, muy, muy estrecho: amor a primera vista. Otros, a un querubín francotirador con micropene apostado sobre la ventana con un marco dorado y barroco, cerrando un ojo y manejando un arco: no te equivoques con Cupido. Otros

33

piensan en abejas acercándose al centro de una flor: polinización animal. O incluso se ven asaltados por la idea de una hoguera crepitando en mitad del claro del bosque: esto está que arde. Lo peor es que muchos otros se recrean en el extremo encendido del pitillo sin filtro alcanzando las yemas de los dedos del protagonista de esta historia.

Mientras siento el rubor empapándome la cara, se reanuda la circulación de los autos de choque y un auto de color rojo Marlboro queda varado en una esquina por algún problema mecánico. Entonces comprendo que existen los pringados que ni siquiera arrancan.

Yo siempre he esquivado el golpe, pero sé que a partir de este preciso instante buscaré la colisión con la heroína del coche amarillo. He cambiado. Tampoco es que me vaya la vida en ello pero no tengo nada mejor que hacer. Llego de unos cuantos meses enfrascado en la dura tarea de hacer esto: nada. Soy un ex convicto del aburrimiento y de mis propios miedos. Así que quizá pueda trabajar aquí, en este pueblo de los disfraces; y, de paso, intentar cazar a la semidiosa de *Villa verano*.

Yo no la buscaba, pero ella me ha encontrado.

EN PRIMERA LÍNEA DE BAR I

—Pues el tipo estaba como una puta maraca: cada mañana se ajustaba la corbata mientras pitaba la tetera y después se metía en el váter... —dice uno que parece la suma de un científico loco con un viejo lobo de mar.

—Bueno, normal, ¿no? Yo hago algo parecido cada mañana. Soy un reloj. No fallo después del primer cigarrillo —interviene el camarero desde el otro lado de la barra.

—«Café y cigarro... muñeco de barro», ¿no?

—Exacto.

—Pero no, capullo, cuando entraba en su lavabo un mundo nuevo de trinca empezaba para él. El tipo tenía un estudio de grabación alrededor del váter. Los cables estaban pegados con chicle en las esquinas y los micrófonos salían como cucarachas desde la bañera, detrás del espejo... La puta locura. Tú no lo entenderías.

—No, es que tú eres muy listo. Se te ve en la cara.

—Mira, un gran amigo (que luego se tiró a mi novia y al que casi me cargo con un piolet) me dijo un día: «Nunca discutas con un imbécil. Tendrás que ponerte a su altura y ahí él te ganará porque tendrá más experiencia».

El hombre, que podría hacer de Capitán Nemo en cualquier función teatral, bebe todo el rato. La barba blanca y el aire prepotente y desengañado son los únicos rasgos que destacan de su cuerpo, bidimensional como una raspa de sardina, idóneo para un chiste sobre el hombre más delgado del mundo. La camiseta imperio asoma entre la camisa de micro rayas azules y blancas. Los tejanos rotos y los náuticos parlanchines: abiertos por delante y con la lengua de calcetín azul marino. Habla entre trago y trago:

—Hay ricachones tarados que tienen que ir a la ópera o a un tablao flamenco para decir que escuchan música: «Oh, esto sí que es música», dicen. Y luego hay gente especial que hace música incluso cagando.

El Capitán Nemo explica así, como si fuera el Cuento Más Bonito Jamás Contado, la historia de un productor inglés de los años sesenta. Por lo visto, ese tipo alcanzó el número uno en su país gracias a canciones como la que suena ahora en este bar de *Villa verano*: una línea de órgano sideral con una melodía machacona, de serie de tele rodada en el espacio exterior.

—El chalao se encerraba allí cada día y grababa las púas de su peine, el sonido de la cadena del váter, los gritos de la puta de su casera, que siempre se estaba quejando por el ruido que él hacía desde su estudio... Desde allí se inventaba canciones que podrían sonar en otros mundos imaginados más felices. Mundos que no se parecían en nada a la mierda de mundo en el que vivía él, que por si no te has enterado es la misma mierda de mundo en el que vivimos nosotros. A veces, eso sí, paraba un ratillo y se ponía su peli favorita...

La peli iba de unos niños extraterrestres superdotados: querubines de flequillo platino y rictus ceñudo. Una nueva estirpe alienígena pluscuamperfecta y de mirada perdida. O algo así explica Nemo:

—Unos listillos de la hostia. Listillos de esos tan pero que tan listos que están pidiendo a gritos que les estampe una botella en la cabeza sin pedir permiso.

El tipo, acodado en la barra, levanta el vaso una y otra vez como un autómata de feria.

—Unos niños elegantes a tope. No elegantes como los que tocan en las orquestas de pueblo. Elegantes como los tipos de los güisqui clubs, que es parecido pero no igual. Aunque a ti te dará igual, que parece que te vista un ciego.

—No como tú, que vas guapísimo siempre: con esos tejanos y esos zapatos ventilados... —responde el camarero.

—Esto es lo que se lleva ahora en Londres, capullo.
—Ya.
—Pues bien, los niños de los que te hablo podían matar a quien quisieran con unos rayos que les salían de los ojos. Los adultos les tenían un miedo de la hostia. Y ellos, elegantes como si se fueran a casar todos con todos, querían dominar el mundo y volver a hacerlo a su manera.

—Fascistas —dice el camarero, con ese gusto congénito en los de su especie por hablar de política.

—Tu madre. Así éramos nosotros, como esos extraterrestres, cuando subíamos por la calle Lleida para ir al concierto de Los Salvajes en el Palacio de Deportes de Barcelona.

El Capitán Nemo estira el brazo de repente y debajo de su codo aparece un ancla dibujada. Da otro sorbo y vuelve a encajar el codo, como una horma, en el mismo lugar.

–¿Y cómo acababa el *flin*?

–Sírveme otro Magno y no interrumpas... Al final de la peli, el único adulto listo del pueblo consigue descubrir el secreto de los niños y... Hay una explosión en la escuela donde se ha encerrado con ellos... Y esos fantásticos niños se convierten en especímenes como este menda que tengo aquí al lado mirándome con cara de mongólico...

Me giro y descubro que no hay nadie detrás de mí. Podría tirar al suelo a ese capitán acabado, pero sólo consigo poner la cara que pones cuando estás estreñido y sonríes porque te tienen que hacer una foto: Pa-ta-ta. Y me callo, porque mis pintas le dan la razón al viejo: una camiseta de publicidad con el lema «La guarra de las galaxias», unos tejanos estampados con sospechosas ronchas, unas chanclas de plástico amarillo y un sombrero de paja de ala estrecha que acabo de comprar.

–Pero lo peor no es eso. Lo peor no es que los jóvenes se hayan convertido en este pavo.

Y me mira otra vez como si yo fuera el protagonista a cuatro patas de un anuncio de perrera.

–¿Qué es lo peor? –dice el camarero, que despacha una caña con aire distraído.

–Lo peor es que lo que te he explicado era una peli. Lo peor es lo que le pasó al compositor del váter. Atiende.

El pobre tipo había acabado peor que todos los niños malditos. Después de hacerse famoso y de que hubieran sonado muchas de sus fantasiosas canciones en la radio, lo persiguieron porque le gustaban los jovencitos.

–Empezaron a decir que al tío de los marcianitos le gustaban los humanos sin pelos en los huevos –dice Nemo–. La policía andaba tras él. Hasta que el escándalo llegó a los periódicos. Un buen día, el músico, que por aquel entonces ya hablaba con gatos y trataba a los personajes de sus canciones como si fueran reales, le pegó un tiro a la casera y después se metió la pistola en la boca. ¡Y eso mismo haría yo si fuera valiente! –añade el Capitán, alargando su copa de tallo corto.
–¿Más?
–¡Pero lo peor no fue lo que le pasó a él!
–¡Joder!
–El tío se metió un tiro y se mudó al otro barrio, pero lo peor fue que la canción que lo llevó a la fama, *Telstar,* esa canción que estás oyendo tocada fatal por cuatro gilipollas de músicos de estudio...
– ...

El camarero ya ha cortado la conexión.

–...esa canción que le hizo soñar con otro mundo posible, ese tema, se convirtió en los ochenta en la canción preferida de Margaret Thatcher, esa zorra que llevaba un gato muerto sobre la cabeza a modo de peinado. ¡Manda huevos! La tía lo habría colgado si le hubieran dejado, pero se ponía chota con la cancioncita....

Es una triste historia, ciertamente. Apuro mi caña y me dispongo a salir del bar. En la mesa que hay junto a la puerta, dos matrimonios de ingleses que parecen cuatro cerditos vestidos y recién duchados arman barullo dando sorbos a sus batidos al ritmo de la canción, chasquean los dedos y hacen brillar sus pulseras plateadas. Les encanta *Telstar*. Les encanta ese himno de la conquista del espacio que, en mi cabeza, con lo que ha explicado el tipo de la barra, suena ahora mucho más solemne. Ellos también se ponen alegres con la canción. Sonríen. Pagarían lo que fuera por que nunca dejara de sonar ese maravilloso hilo musical: esas canciones tan fáciles y silbables. Tan animadas. Sin ninguna historia detrás. El Capitán Nemo los observa, gira su taburete y pide otro Magno. Yo desaparezco.

TE QUEREMOS

Estoy en la habitación que he alquilado para pasar mi primera y quizá última noche en *Villa verano*. Me quito el disfraz de turista y me dirijo al lavabo a preparar mi uretra para el sueño de los justos. Frente al váter, con la melodía del bar sonando en mi cabeza una y otra vez, pienso en el protagonista de la historia que acabo de oír y siento la poesía intermitente de la meada. Me la sacudo un par de veces y sonrío unos segundos, el mentón reposado en el esternón para poder ver esa poesía, hasta que levanto la vista y miro al frente. Y justo después de salpicar las bisagras de la tapa del váter descubro un póster de publicidad en mi inodoro: un tipo con sombrero de paja, barba y patillas, me señala con índice inquisidor y me dice: «Te queremos».

Así que me agarro a ese «Te queremos» como si me lo estuviera diciendo mi madre después de haberme tirado un pedo en la cena familiar de fin de año, o de haber roto toda la vajilla. «Te queremos igual, aunque seas así como eres», algo así.

Ya estirado, enciendo la lámpara y adopto la postura soñadora de manual: manos entrelazadas detrás de la nuca y mirada al techo. A los dos minutos me siento aburrido: lo de ponerse a pensar está sobrevalorado, así que saco de la maleta uno de mis bolsilibros. En la portada, una mujer morena de voluptuosas curvas y escueto bañador blanco levanta la mano con aire aterrorizado, como si pidiera ayuda, o como si acabara de ensayar una pirueta de gimnasia y saludara al jurado sabiendo que la ha pifiado.

El encuentro con el Capitán Nemo me ha gustado: parecía un cofre de historias brillantes que asomaban por los bordes de la tapa mal cerrada. Era como uno de esos personajes que piensas que sólo existen en las novelas que te gustan.

En las páginas del librito que leo ahora, unos exploradores, arrellanados en dos alveolos anatómicos y fumando en pipa, viajan al espacio para salvar a la Humanidad de unas extrañas polillas alienígenas. Todo acaba con un clímax épico: los malos del espacio exterior mueren cuando sus cabezas de cristal estallan a causa de los agudísimos sonidos de millones de violines. Y yo, estirado en la cama, jaleo mentalmente ese triunfo, mientras, sin darme cuenta, silbo cada vez más fuerte la melodía de *Telstar*.

Absurdamente desvelado, bebo un poco de agua y miro a un lado y a otro por si alguien me ha escuchado en mi propia habitación cerrada con llave. De vuelta a la cama, pienso en la Chica de los Coches Musicales que Chocaban y no Chocaban. Tras un poco de forcejeo solipsista, el Club de los Cinco sale victorioso en su duelo con el Llanero Solitario y caigo dormido a la espera de horas mejores.

EL TRABAJO DE DISFRAZARSE

Aquello no parecía la cola de una entrevista de trabajo, sino, quizá, la de un dentista en Nueva Delhi. Del luminoso día, de aquel sol que restallaba en cada logotipo coloreado de *Villa verano*, no queda nada. Estoy bajando a un subterráneo poco salubre que me recuerda a mi puesto de vigilante nocturno. Llego a una salita con mesas plegables y tres o cuatro números de *Villa Voz*, la revista que publica *Villa verano*.

La portada de *Villa Voz* de esta semana: una fotografía enorme de Goofy consolando a Pluto bajo la inquietante leyenda: «Martes... ¡niños gratis!».

Hojeo la revista hasta que oigo un grito de la señora de recepción. ¿Me queríais? Aquí me tenéis. Yo también os quiero.

—¿Por qué quieres este trabajo?

—Porque siempre he querido trabajar en *Villa verano*. —Mientras me llevo el dedo al puente de unas gafas que ya no existen, activo el piloto automático de conversación—. Desde que leí el anuncio, más que divertirme aquí, pensaba en lo guay que sería trabajar disfrutando. A eso he aspirado siempre: a trabajar disfrutando, a vivir de mi hobby. No se me ocurre un sitio mejor. Me gusta todo: el aire, las casas, los disfraces, la portada del *Villa Voz*... —iba a añadir «usted», pero mejor no.

—Normal. Pues *Villa verano* tiene sitio para gente como tú.

—¿Ya está?
—Si tú nos quieres, nosotros te queremos. Y tú nos quieres, ¿verdad?
—Claro, mucho.
—Nosotros te queremos también. Te queremos y te queremos con nosotros.
—Estoy muy agradecido. No os arrepentiréis.
—Claro, porque te queremos.
—¿Y qué tendré que hacer?
—Nada... eso es lo de menos. ¿Sabes idiomas?
—Sí... cuatro o cinco.
—¿Cuáles?
—Castellano, catalán, gallego hablado y escrito...
—¿Inglés?
—A veces. Sí, a nivel de usuario.
—Entonces no te preocupes. La mitad del día estarás encantado.
—¿La mitad?
Sí, la mitad. Y eso, siendo optimistas. Porque voy a ser un «trabajador B». Y eso quiere decir básicamente que apenas puedo echar mano de la frase «Siempre hay alguien que está peor». Los «trabajadores B» tenemos que ir cada mañana a un centro para recibir las instrucciones de lo que haremos a lo largo de esa jornada. En mi caso particular, durante las primeras horas de cada día, voy a ser, además, un «técnico auxiliar de hostelería», algo que suena a fregar platos con las uñas y a limpiar planchas de fritanga con la lengua. Por la tarde, sin embargo, todo mi trabajo consiste en ir disfrazado y repartir folletos informativos o posar con los críos.

—¿Alguna vez te han lavado la lengua con jabón?
—La mujer cada vez dice cosas más raras.
—No.
—Espero que no digas tacos. Aquí tienes. —Me tiende un dossier de quince páginas, el *Manual de Comportamiento de Villa verano*—. No puedes decir palabrotas o nos enfadaremos. Porque te queremos. Y aquí no se dicen palabrotas.
—Yo nunca digo cosas de ésas. Soy muy educado.
—Lo sé. Lo he notado desde que has entrado. Pero a veces, el calor, los nervios...
—Tengo mucha paciencia —digo, haciendo tap-tap-tap-tap: tacón, punta, tacón, con el pie.
—Y tampoco puedes correr, ni ponerte las manos detrás como si fueras un viejo, ni hablar con los turistas de cosas que se salgan de tu personaje. Con cada disfraz vienen cuatro frases. No te hagas el actor listillo...
—No, me ciño al guión.
—Claro. Eres listo, se te nota. Lo he notado desde el principio. Rellena estos formularios, sácate la pulsera de turista amarilla y recoge otra dorada que te entregarán en el punto de información, una roca naranja muy grande. Un hombre bajito y calvo con gorra y escopeta te la dará...
—¿Está cargada?
—¿Perdona?
—La escopeta, digo, porque tiene una... —Mis palabras se apagan mientras la mujer bigotuda llama a la siguiente víctima. Ya soy uno de ellos. Incluso un jorobado con síndrome de Tourette habría pasado esta entrevista.

QUÉ HAY DE NUEVO

—¿Qué hay de nuevo?

Esto, dicho por este hombre, tiene algo de pregunta desesperada, como de náufragos haciendo señales a los aviones que sobrevuelan la isla. Pero también tiene algo de saludo de lunes entre dos funcionarios de correos.

—¿Qu-qué?

Bien. Este hombre con la cabeza rapada, una escopeta de plástico colgada del hombro y un tartamudeo bastante molesto parece una mezcla de lo peor de Porky, Bugs Bunny y Élmer el Gruñón.

—Venía para que me explicara qué tengo que hacer y para que me diera la pulsera dorada —le digo tendiéndole el formulario que he rellenado en la entrevista.

—Pue-pueeeeede, pue-puede ser que a uste-te-ted no le guste el trabajo que le acaban de da-dar.

—Sí, estoy encantado. Quiero quedarme unos días en *Villa verano* y la mejor forma de hacerlo es trabajar aquí unas semanas.

—Pe-peeeero, usted sa-sa-sabeeeee, que tendrá que ir disfra-fra-fra-za-za-za—za-do, ¿no?

—Sí, no me importa, lo he hecho más veces.

El hombrecito tartamudo dispara en mi imaginación mil imágenes que discurren por mis sinapsis como corredores de relevos, pasándose el testigo y alcanzando velocidades increíbles. Siento el impulso de ladearle la gorrita de cazador, colgarle una cadena dorada gigante, cambiarle la escopeta de plástico por un radiocasete y dejarlo rapeando hasta el fin de los días.

–Ya-ya-yaaaaaa... pe-pe-pe... –Una extraña pulsión me empuja a completar sus palabras: peperoni, salt'n'pepper, Pepenélope, tío Pe-pe– ... pe-pe-pero aquí tendrá que ir disfrazado la mayor parte del di-di-día...

–No pasa nada.

–Yo-yo, yo-yo...

–Perdone, no quiero ser indiscreto. Entiendo que usted está disfrazado de Élmer Gruñón, así que tiene que ser impertinente y tartamudear, pero ¿podríamos hacer un trato?

–¿Cu-cu-cuál?

–Me explica todo de carrerilla y después vuelve a meterse en el papel con el siguiente turista...

–¿Esta-ta-ta-ta-ta-ta... –yo ya visualizo una metralleta cosiendo a balazos al trabajador motivado y gruñón– ... ta-ta-tá loco? *Nopuedoabandonarelpapelmientrasestoyenhorasdetrabajo* –me dice, en el tono de confidencia de los espías en los aeropuertos.

A partir de aquí todo se calma. Élmer, asomado por el pequeño ventanuco como un gusano que saliera de la zanahoria, me explica que él siempre había querido ser el cazador que persigue al conejo listo para que no le robe las zanahorias. Aunque el tartamudeo es molesto, en el fondo le encanta poder interpretar el papel de gruñón: siempre está enfadado por las condiciones laborales y por el trabajo como concepto en abstracto, así que encarnar a Élmer le permite ladrar a todos los novatos y a los turistas sin represalias. De hecho, están muy contentos con su trabajo, salvo por un día que se metió demasiado en el personaje, se le fue la mano e hizo llorar a los niños de una escuela de educación especial.

Élmer ya es un «trabajador A»: no tiene que limpiar y disfruta de un poco más de margen para hablar.

Yo le explico, para compensar, y haciendo como que doy caladas a una zanahoria como si fuera un habano, que siempre he querido vivir de escribir, pero que por el momento me tengo que conformar con trabajos bajamente cualificados. Y aquí le detallo unos cuantos, para que vea que no se me caen los anillos:

1) Vigilante nocturno en un complejo industrial (éste ya lo he explicado), vigilando una fábrica a oscuras con un teléfono móvil como única arma y escuchando programas de desgraciados y locos que llaman a la radio para contar sus penas.

2) Sexador de pollos en la aldea: distinguir al instante entre pollo y la mujer del pollo, de la que nunca supe el nombre.

3) Paseador de perros peligrosos en la zona alta. Los dueños siempre se parecen a sus mascotas.

4) Vendedor a domicilio de Canal Plus cuando ya existe Internet y, por tanto, la pornografía gratuita.

5) Montador de bolis Bic en casa, a tres pesetas la unidad.

6) Escritor de relatos eróticos para una revista de adolescentes. Algunas de mis obras: *Manga-tanga*,

Adolescentes muy maduras, Videoconsoladoras y videojuegos, Secretos de vestuario, El conejo de la suerte, M pnes a 1000: el móvil del crimen pasional, Conecta a cuatro, Twister en la oscuridad...

7) Pinchadiscos en fiestas de cumpleaños para niños, y

8) Mambo. El más parecido a lo que me espera en *Villa verano*: hacer de Papá Noel verde para una compañía telefónica en plena campaña navideña. En ese trabajo me pasó de todo: un papá daltónico que trajo a su pobre hijo de daltónico a sentarse en mi regazo para pedirme los regalos, un montón de niños oligofrénicos hijos de progre que vinieron a insultarme por capitalista, instigados desde la sombra por sus padres («Estás matando la Noche de Reyes», me decían)...

Para cuando finalizo mi breve inventario de curros basura, Élmer Gruñón, lágrimas en los ojos, ya me considera uno de los suyos.

—Eres uno de los mi-mi-mi-mí-os, vi-vi-vi-e-jo-jo-jo —dice, arrastrando los *jos* con un leve deje de la risa rotunda, aunque en este caso un poco aflautada, de Santa Claus, quizá por mera deformación profesional, quizá buscando un guiño autoparódico a nuestra propia desgracia.

EN PRIMERA LÍNEA DE BAR II:
CON NEMO

Ya no estoy en el paro. Y no es que trabajar me guste demasiado. Una vez juré con mi mano posada sobre una *Guía del Ocio* que no trabajaría jamás. El curro en este baile de disfraces es una nueva traición sumada a un historial no por abultado menos patético; pero el caso es que las visitas a Nemo son parte de mi nueva misión.

En el interior del bar, el barbudo sigue anclado en la barra, apoyado sobre su antebrazo tatuado y pidiendo un Magno más. Me siento a su lado y, para disimular, repaso el local con la vista. Está adornado con motivos marineros: escafandras oxidadas, un fotograma de una isla misteriosa donde un cangrejo enorme ataca a un pobre hombre diminuto, redes pescadoras extendidas en la pared como banderas, algún que otro símbolo pirata, suelo de madera crujiente, de quilla antigua...

Tomo asiento, pido una cerveza y, ajeno al hilo musical —en el que suena en este momento *Every Breath You Take* tocada con flautas dulces—, activo mi sentido arácnido auditivo para intentar descubrir qué tararea el Capitán. Paseo la vista por el paisaje de botellas de la pared y me detengo en un cartel que reza: «Aquí no se fía».

Nemo tararea canciones de un actor muy famoso, cuyo nombre no logra recordar. Le explica al camarero, que devuelve como única réplica una mirada desconfiada, que ese actor tiene la cabeza «como tallada en madera», y que canta «sobre lo inseguros que nos sentimos al lado de un mujerón»:

—Dice algo así como que si quieres vivir bien, nunca te cases con una mujer más guapa que tú. Yo me junté una vez con una mujer más guapa que yo...

—Eso no es difícil —contesta el camarero.

—A ver, imbécil, no te pago para que me insultes...

—En realidad, no me pagas desde hace semanas —dice el camarero, manejando el garrote que suele colgar como un chorizo al lado del letrero de «Aquí no se fía». El letrero parece una pieza de museo en un lugar como *Villa verano*.

Por mi parte, mientras escucho sorbiendo la espuma de una cerveza, pienso que si el consejo de la canción se convirtiera en ley, todos los hombres guapos estarían obligados a bailar con las más feas, y se crearía así toda una subespecie de diosas necesitadas de muchísimo cariño. Las más guapas serían también las más solícitas. «Ah, ahora sí, ¿no?», soltarían los chicos un instante antes de tener los pantalones en los tobillos y los pies sobre un estanque de baba.

Sorprendido por mi propia ocurrencia, emito una risita. Desde fuera debo de parecer un psicópata a punto de desenfundar una Colt 45 y cargarme a medio bar. Nemo, verdaderamente intrigado, me mira con sus ojos de ballena, pequeñísimos y enrojecidos (aunque no precisamente por el agua), desde el otro extremo de la barra.

—Y tú, ¿de qué te ríes?

—De nada.

—«El que nada no se ahoga»: ahora ya tienes un chiste malo para reírte.

No lo hago.

—Ahora no te ríes, ¿verdad?

—Sí, es gracioso.

No lo es.

—No, no es gracioso, chaval. No es gracioso. Pero te diré que sólo hay algo peor que los locos que se ríen solos en los bares, y son los mentirosos que están locos y se ríen solos en los bares.

—Perdón...

—No pidas perdón así, joder. Pareces un adolescente que se corre demasiado rápido, hostia. Explícame el chiste y así nos reímos todos.

—Nada, pensaba en las chicas con las que he estado...

—¿Y te ríes? Joder, pues con esas pintas tú lo debes de tener difícil para conseguir una tía más fea que tú. No sé, igual la encontrarías en un pueblo de Portugal, o algo así.

Me está obligando a recitarle mi historial. Determinados factores ajenos a mí me han brindado la posibilidad, durante una época, de estar con chicas siempre más guapas que yo. Yo, alto para los bajos y bajo para los altos, y de ojos café y pelo color castaña (o sea, normal como un producto de marca blanca), fui, durante un tiempo, y sólo en una zona de la geografía española, el que cabreaba en serio a los tíos que me cruzaba por la calle. Y comentarios tales como «no es posible», «qué cabrón» y «debe tener más de eso que de alto» (mientras hacían una pistola con el índice y el pulgar) pasaban silbando como balas cuando caminaba al lado de alguna chica. Recuerdo con especial cariño a las que se me acercaban en mis vacaciones adolescentes en Galicia: quitar el hipo sería la expresión para definirlas, si no fuera porque lo que quitaban era las palabras.

Y recuerdo también el primer magreo: con Sabela, al lado de un seminario. Yo sin ropa y con cero grados que se ensañaban con mi cuerpo, habituado al Mediterráneo, en aquel pueblo de piedra fría y olor a pan.

Por aquel entonces, yo no sabía nunca qué decir. Horas antes, ella me había mirado en aquella plaza llena de gaitas mientras golpeaba con fuerza una pandereta y cantaba en tonos agudísimos que dejaban sordos como tapias a los curas del pueblo; tonos que, como el perro que soy, sólo yo podía oír:

*A saia da Carolina, ten un lagarto pintado,
cando a Carolina baila, o lagarto dálle ó rabo.*

Cantaba sólo para mí, que lo podía escuchar, sentado en el banco de la estatua del escritor famoso, como comentando la jugada con él.

*Bailaches Carolina, bailei si señor;
dime con quen bailaches, bailei co meu amor.*

Aquello fue a plena luz del día, con la plaza del centro repleta de señores de mejillas y birretes morados, ocurrencias y sotanas oscuras y vicios discretos. En mi cabeza, Sabela tiene también un lagarto en su falda roja y, cuando baila, el lagarto menea el rabo. De noche, en el disco paf *Conecta2*, se me había acercado.

—¿*E logo*?

—¿Luego? Pues iré a dormir a casa de mi tía, la de la panadería...

Nunca sabía qué decir. Y después, su mano jugueteando con mis botones, entre risas (aunque yo no sabía si lo que le había hecho gracia era que yo tenía las pajitas del cubata metidas en las narices: el último ejemplar de morsa catalana).

—¿*Oíches*?

—¿Qué? ¿Un gorrión? —contestaba yo, haciéndome el campestre en la puerta de un bar donde la música no dejaba escuchar nada, mucho menos un pájaro, y aún menos un gorrión.

Ella me quería decir algo, pero yo sólo oía los gritos y las panderetas de horas antes, en la plaza de la catedral, ajeno a las canciones del verano anterior, o del anterior al anterior, o del siguiente, que sonaban en la Navidad de ese pueblo de hornos de leña y frío de congelador.

—*Que riquiño*...

—Sí.

Y pasando por la panadería de mi familia, escondiéndome yo un poco por si me veían mis tíos, oliendo el centeno y las barras de pan que llevaban mi apellido:

—*Ai, o catalán*...

—Sí, de Barcelona.

Así, sin saber nunca qué decir, o diciendo que sí a todo, llegamos a las puertas del seminario. Y después, dentro, en los jardines, el humo saliendo de nuestras bocas y envolviendo la escena como en un videoclip antiguo. Y mi cuerpo habituado ya a los rigores del Cantábrico, calentado por *riquiños* y caricias, y olor a pan y a colonia de chica. Rodando por la hierba húmeda del jardín.

Cando a Carolina Baila, o lagarto dálle ó rabo.

Que riquiño. Sintiendo esto: _____. Por primera vez. Sintiéndolo de esa forma por última vez.

Al acabar, habría dado las gracias, en ese mismo momento o en una carta remitida al Ayuntamiento del pueblo o a las familias de esas chicas: «Oh, gracias, no lo merezco, de verdad. Fdo.: *O catalán*».

Pero resulta que no querían que yo hablara. Yo era el trofeo, el trofeo con orejas de soplillo, con generosas asas; mi cabeza, trofeo de campeonato de un pueblo de jíbaros. Y un trofeo no habla. Me paseaban durante unos días por las estrechas calles de adoquines tan mojados que brillaban. Saludaba a sus amigas y me llevaban a comer pipas a las escaleras del pabellón deportivo mientras los chicos locales se desbocaban jugando a fútbol sala para recuperarlas y me dedicaban los goles palpándose las zonas que querían usar con ellas, o bien, en homenaje a mi origen catalán, me hacían la butifarra. No tenían por qué sufrir: el encanto del catalán de las gafas de alambre no duraría mucho.

Al verano siguiente, Sabela y todas las Sabelas del pueblo estaban con un guardia civil de paso, con el dueño del pub, con el goleador del equipo, con cualquiera de los que habían fantaseado sólo unos meses antes con partirme la cara. Yo me quedaba con la misma sonrisa idiota del verano anterior, pero mucho más solo.

—Sí, chaval, a mí me pasaba algo parecido. Pero si crees que soy de esos que le explican la vida al primer pardillo que se les acerca, lo llevas mal.
—Perdón...
—Joder, otra vez.
—Per... estee... perfecto.
—Hombre, perfecto tampoco. No está bien que los picoletos te quiten a las chicas, hombre. Con pistolas cualquiera se las lleva.

Agarrándome a la condescendencia de Nemo, y en un alarde de virilidad espontánea y un poco impostada, pido un Magno y se lo acerco. No le he explicado lo peor: cuando volvía creyéndome el rey del mambo y de la muñeira a Barcelona. Cómo salía del pueblo del pan con las solapas del polo subidas, y cómo poco a poco éstas se me iban bajando, porque por lo visto mi don con las mujeres disminuía cuando el coche pasaba por Ponferrada, y desaparecía por completo al entrar en Aragón. Quizá porque resulta que, de catalanes, en Cataluña hay unos cuantos. Y todos podrían haber sido *riquiños* en Galicia. O quizá por otra razón que aún entonces desconocía. En fin, ¡que me quitaran lo bailao!, *oíches*?

—Gracias, muchacho —me dice Nemo—. Pídete algo tú también —añade como si fuera él el que está invitando—. Y una tapita, joder: tengo más hambre que el perro de un afilador.

—Me gusta este bar.
—Sí, es el único lugar donde me siento seguro a estas alturas. En el resto no dan alcohol y la gente va disfrazada de cosas. Hace tiempo que no lo pruebo, pero si salgo de aquí mucho rato me da el jamacuco y me ahogo. Aquí tengo todo lo que necesito. Es el único bar de *Villa verano* donde se puede empinar el codo, ¿lo puedes creer? De momento, no voy a salir.

Inocente es, en definitiva, el Capitán Nemo, ese buen hombre sabio resentido con la Humanidad, encerrado en ese camarote con aguafuertes suspendidos en la pared, retratos de Kosciusko, el héroe caído al grito de «Finnis poloniæ», y de Botzaris, el leónidas de la Grecia moderna.

—Eh, tú. Me gusta la gente que sabe apreciar los silencios, pero tú eres un poco autista, tío. Te acabo de invitar y ni das las gracias.

En su cabeza ya es él quien me ha invitado.

—Nada –digo, mintiendo–, pensaba en esta canción que suena. No la conozco.

—*Amor en venta*, chaval. Una de las canciones con las que empezó a terminar todo.

—¿Por qué?

—Por lo visto era de un musical de un compositor muy famoso. Tenía que cantarla una mujer blanca, en el papel de puta que vendía amor de todos los tipos. Pero la gente se escandalizó y la puta tuvo que convertirse en una negra del «Jarlen», para hacerlo más creíble...

—¿Y tú cómo sabes todo eso?

—Y a ti qué coño te importa.

«Perdón», pienso.

—El caso es que esa canción la cantaron grandes voces, como Bili Jolidai, a quien muchos patanes confunden con Badi Joli, que es como si mi abuela tuviera rabo.

—Sí, claro. —Ni idea.

—Pero la letra de la canción seguía resultando muy escandalosa para los oídos refinados. Una cadena americana hizo entonces algo curioso: radiaba la canción, pero sin la voz, para que sólo se escuchara la música...

—Pero la gente ya se sabía la letra, ¿no?

—Exacto, chico listo. Y ahí empieza todo. El hilo musical les saca el alma a las canciones, pero hay unos pocos elegidos que conocemos su código oculto. Desde luego, tú no eres uno de ellos. Sólo los que podemos cerrar los ojos e imaginarlas y saber de dónde vienen y vivirlas con pasión...

Un manotazo ha derramado la mitad del Magno que he pagado en la barra, pero Nemo alza su copa semivacía:

—Bebe algo, hombre, por las mujeres y el pulpo de Galicia.

—En gallego, el pulpo se llama *polbo*.

Las cervezas me han hecho perder la timidez, pero sigo sin hacerme gracia.

En este momento, giro unos grados el taburete y veo a dos quinceañeros jugando al duro con un cubalitro de calimocho: llevan náuticos apropiados para el lugar, camisas con flores gigantes, ondas engominadas y gafas como ojos de mosca mutante. Yo, siempre *viejoven*, no puedo evitar sentirme más viejo que joven. Hablan italiano y gesticulan como en una escena muda. Uno de ellos tararea *Amor en venta* entre carcajadas. Bebo mi Magno de un trago y me sobreviene una cascada de tos.

Cierro los ojos.

Cuando los abro, estoy en mi habitación, vestido y con una lata de cerveza sin abrir durmiendo a mi lado, caliente y familiar como un gato. No recuerdo cómo he llegado allí. Sólo me acuerdo del Capitán Nemo. ¿Qué lo había llevado a *Villa verano*? ¿Qué lo conectaba con todos los héroes que ya no quieren saber nada del mundo?

PERSONAS Y PERSONAJES

La habitación gira a mi alrededor como cuando era un niño tan aburrido que me pasaba los recreos solo y dando vueltas sobre mí mismo en el patio del colegio hasta que parecía que iba colocado como un chamán loco. Intento mantener el equilibrio mientras hago inventario de pérdidas, vergüenzas y cigarros. Según mi cálculo final, el balance de la noche es positivo: a cambio de humillarme explicándole mi vida, he podido escuchar anécdotas brillantes de canciones acuchilladas por la censura y por el hilo musical: un colador que deja lo importante, los matices, fuera. Esas mismas melodías, demasiado conocidas, y pegajosas como un chicle en una suela, son las que ahora empapan mi cerebro. Las que se pasean por él y se saludan con molestos estribillos: «¡Tequila!», dice una. «¡Chihuahua!», contesta la otra. «¡Booomba!», la tercera, desde lejos. Y la cuarta: «¡Tiburón!». Y una quinta, más melancólica, acaso enamorada: «With or Without You», o «New York, New York». Todo lo que no me había dado cuenta que estaba escuchando la noche anterior regresa ahora.

Mi celda es especialmente ingrata para la penitencia de la resaca: la cámara de un espartano tacaño sería una *suite* en el Hotel Plaza al lado de este prodigio de lo *minimal*, del interiorismo haikú. Decido, pues, en beneficio del delicado *feng shui* de mi cabeza

(«¡Chihuahua!»), pegarme una ducha fría y salir a *Villa verano*.

Por debajo de la puerta, una nota de publicidad me anuncia que hoy es el primer día de mi vida: «El primer día de tu vida. *Villa verano* es siempre como la primera vez». Sé de gente que ha sonreído cuando el cajero, en el lapso de tiempo que precede a la salida del extracto de saldo de su tarjeta, le decía «Éste es el principio de una nueva vida». Después, claro, resultaba que era el anuncio de un coche.

En el punto de información, Élmer lustra con un trapo su escopeta falsa.

—¿Qué hay de nuevo?

—Nada.

No parece de muy buen humor. Le explico que es mi primer día de trabajo, que hoy me asignarán turnos y un primer disfraz.

—Entonces serás uno de nosotros.

Ahora me apunta con su escopeta cerrando un ojo. La punta de su lengua asoma por la comisura derecha.

—Supongo, pero no conozco a nadie aún.

—¿Ves a ese al que apunto ahora?

—¿El hipopótamo que camina raro?

—Sí. Pues en realidad tiene una pierna más corta que otra. Curraba en la Once, pero decidió que prefería un sitio donde no fuera diferente a los demás.

—Por eso va disfrazado de hipopótamo.

—Claro. ¿Y aquel pirata de allí? ¿Lo ves? Pues el parche que lleva no es un disfraz: le gustaban muchísimo las escopetas de balines, incluso iba a concursos, pero le metieron un tiro y perdió el ojo.

Al ver a Élmer apuntándolo con una sonrisa en la boca, el pirata saluda y sale pitando de la línea de tiro.

—El oso polar de allí tiene como mínimo ciento cincuenta hijos. El tío es un pervertido de la hostia y no desaprovecha ni las pajas que se hace. Ha vivido durante años de los treinta pavos que te dan por donar tu semen, pero está medio loco porque cada vez que ve a un niño por la calle cree que se le parece demasiado.

—Ah.

—¿Y aquel gato negro con la panza blanca y la nariz roja? Ese tío es un puto majara. Lo entrenaron en la Guardia Real. Le hicieron mil putadas: lo obligaron a correr en pelotas por una montaña en enero, a comer mierda de un superior, a pasar una noche entera durmiendo encima de ortigas... Ese tío está como una puta cabra. Un día le entraron a robar en casa y casi se carga al cabrón. Cualquier día nos la lía. Cada vez que le dan una orden pone una cara de loco que flipas. Pero también está el burro aquel con bombín, que es un gitano que cantaba rumbas en los tejados del Barrio Chino de Barcelona hasta que se dio el piro porque vinieron los moros a dominar la zona. Y no quieras saber por qué, pero se vino aquí y no se quita el disfraz ni para cagar. Tiene un miedo que flipas todo el rato.

—Aquí no creo que lo encuentren.

—Y aquella ardilla, ¿verdad que sólo ves una?

—Es que sólo hay una.

—Pues él se cree que tiene otra al lado. Aún no sé por qué coño lo soltarían del manicomio. Su mejor amigo se llama Billy.

—¿Y qué?

—Pues que ahora mismo está hablando con él.
—¿Es un amigo imaginario?
—Eso pregúntaselo a él. ¡Hasta luego Billy! —grita Élmer cuando la ardilla pasa por nuestro lado.
—Saluda a Élmer, Billy...

Élmer también me presenta al guiri forrado con mala salud que tenía que estar en el Mediterráneo; a la madre de alquiler; al joven con cara de viejo; a la *stripper* que ha engordado demasiado desde que la dejó su novio de toda la vida; al bombero pirómano; a la cajera de supermercado con síndrome de Tourette; al tornero fresador que perdió un brazo un día que trabajó con resaca; a la estudiante que llevaba veinte años intentando sacarse Medicina; al abogado padre de familia que la perdió en un accidente y al jugador de póquer profesional que se metió un piño con la moto y ahora es daltónico.

¡Todos parecen tan normales disfrazados de animales!

—¡Alehop!
—¡Hola, *nen*!

Élmer saluda a un cocodrilo con sombrero achatado y pajarita que acaba de dar una voltereta en el aire delante de nuestras narices. A mí se me ha puesto cara de muñeca hinchable: ojos saltones y boca en forma de gran *o*.

—¡El sombrero es falso! Lo llevo cosido, por eso no se cae.
—Tristán. Te presento al Comanechi.
—Hola.
—Qué hay, *nen*. ¿Eres nuevo?

Su voz es rasposa, quizá por la careta de cocodrilo.
—Sí.
—Pues a disfrutar, que son dos días. ¡Hop!

Y el Comanechi se va, con la excelente forma física del que entrena mucho y lleva una vida sana.

—¿Es rumano?
—¡Qué dices!
—¿Perdió un campeonato y tuvo un trauma?
—¡Qué va! Éste es un yonki de Cerdanyola de toda la vida. El tío nunca tenía un duro y para que le dieran pasta probó con la flauta travesera y con los timbales, pero se dio cuenta de que podía dar volteretas y la peña flipaba y le daba un huevo de monedas o las tachas de los pitillos.

—Por eso lo de Comanechi.
—Sí, el tío ahora ya no se mete. Tiene todos sus amigos aquí al lado, en la ciudad. Se fueron todos de allí para quitarse, pero sólo lo ha conseguido él.

Mientras me explica todo eso, una sombra nos alcanza y un animal aterriza con virtuosismo sobre sus dos pies verdes.

—¿Un cigarrito?
—Joder, Comanechi, como nos pillen así, te quedas sin sueldo una semana.
—¡Ja!, eso el día que esos gordos aprendan a hacer saltos mortales.
—Eres un listo.
—Adiós, Comanechi. —Yo le digo adiós con la mano, como si hubiera conocido a un superhombre que vuela.
—¡Pa'lante! —dice él, alejándose con el pitillo en el ala de su sombrero.

EL PRIMER DÍA DE MI VIDA

Villa verano tiene forma de *v*. Dos de los lados del triángulo invertido están ocupados por filas de hoteles y apartamentos. De momento, yo vivo en la de la izquierda. Las oficinas donde tengo que ir a recibir las instrucciones laborales están justo en el vértice de la *v*.

Cuando entro en las oficinas, suena otra vez la canción *Tequila*, esta vez en un arreglo de ritmo lento y orquestación pomposa: una conga interpretada por una Filarmónica de Viena a la que le hubieran retirado las subvenciones.

En mi mano, el último papel que me han dado: «El primer día de tu vida», y en el reverso: «Montaña King Khan, emocionante como la primera vez».

–Un momento, ahora le atienden –me dice un hombre disfrazado de oficinista.

Hojeo el *Villa Voz*, hasta que oigo que me llaman por mi nombre:

–¿Tristán?

Nunca mi nombre había sonado con ese timbre de clavicémbalo. Me mezco en mi propio nombre. Visualizo a mis padres de compras en el Makro, un sábado, después del trabajo duro de toda la semana, buscando un nombre mientras arrastran el enorme carro de la compra. «Tris-tán». Es perfecto. Suena como si me acabaran de bautizar. Recién salido de la pila baptismal y silbando una canción desconocida, levanto los ojos. Claro, ahí está: la Chica de los Coches de Choque.

—Soy Alma.

Y me pongo a pensar en todas las cosas que nunca me atrevería a decirle: «Serás Alma, pero tienes cara de Modesty Blaise, y a esa heroína de tebeo le gusta disfrazarse exactamente igual que tú: mono de cuello mao, falda corta con apertura lateral sobre el muslo izquierdo, arabescos de cachemira sobre seda azul, pelo recogido en un moño de vértigo».

Tengo ganas de saltarme el protocolo del primer intercambio y soltarle, como en las novelitas que suelo leer: «Te llamas Alma, y tienes mucho *soul*». O bien: «Para llamarte Alma, tienes cuerpo de llamarte Cuerpo», esto último como quien arranca un motor: «¡Cuer-RRRRRRpo!», o algo así. Pero me limito a decir:

—Yo soy Tristán.

—Ya lo sé: te acabo de llamar.

—Exacto. Y tenías razón: me llamo Tristán.

Rodeada de trompetas adornadas con banderas que se entrelazan formando un arco para ella, Alma pasa a detallarme, con la monótona dulzura de una línea erótica de alto coste, las reglas del juego.

«¡Dios, arráncame los ojos!» No puedo ni mirarle a la cara.

Al margen de la media jornada de tareas infernales que deben desempeñar los «trabajadores B», hay todo un abanico (amenazadoramente grande) de personajes ingratos que deben encarnar por la tarde. Los disfraces, sin ventilación, han sido heredados de otro parque de atracciones que ha quebrado a causa de los rumores sobre las enfermedades que contraían los empleados.

—Una vez tuve que ir completamente desnuda y pintada de dorado.

—Ajá.

Eso es todo lo que alcanzo a esgrimir como respuesta: como quien intenta sacar un sable y descubre que sólo tiene la empuñadura en la mano.

—En otra ocasión tuve que ir vestida de caramelo de limón. O de miel, no me acuerdo: todo el cuerpo pintado de amarillo, cubierta sólo con un chubasquero transparente y con lacitos en la cabeza y en los pies.

—¿Lo pasaste bien? —digo, como una pistola que sólo dispara una banderita donde se lee: «Bang».

Ríe. Me está provocando, y mi reacción es la de un adolescente que ve desnuda a su novia por primera vez. Me propongo fanfarronear con datos acerca del personaje de la chica dorada de James Bond, para después ofrecer mi lado más humano con la anécdota del día: que yo también fui vestido de caramelo alguna vez (no tenía disfraz hasta el último momento, así que me puse una servilleta en cada oreja). Sin embargo, de mi boca sólo sale un simple «vale». Alma me explica que es una broma, que no se permiten disfraces tan atrevidos en *Villa verano*.

—Al menos a la vista de la gente, al menos en la superficie.

¿En la superficie? No sé a qué se refiere, pero ya sólo soy capaz de verla sin ropa y en tonos dorados. La Chica de Caramelo de los Coches de Choque. Y cómo habla: con un «¿sabes?» al final de cada frase. Suena como si ella supiera siempre de qué va la cosa. Suena brillante, ¿sabes?

Añade que quizá no ha usado ese disfraz, pero sí muchos otros. Hay una gran diferencia, razona, entre ir disfrazado de canario de peluche o del personaje que tú eliges. Y entonces toma aire, y me suelta:

—Uno siempre está disfrazado, ¿sabes? Por eso, al ponerse otro disfraz, se deja de estar disfrazado.

Ni idea.

—Yo soy un poco la que coordina el vestuario. A quien tienes que acudir si tienes algún problema con un compañero o con el personaje que te ha tocado ese día. Cualquier problema que tengas...

Un conductor sin gasolina ni agua en el París-Dakar no tendrá tantos problemas. Una mosca en un vaso de tubo de agua no tendrá tantos problemas. Soy un imán de problemas. Problemas, problemas, problemas. «Créeme —pienso en decirle—, voy a tener muchísimos problemas.»

—...puede tener una solución si vienes y me lo explicas —concluye.

Después de adjudicarme mi primer papel, me acompaña a la puerta. Cuando ya se aleja por el pasillo, me giro con el movimiento brusco de quien se vuelve para disparar en un duelo y después dice que era broma. Veo cómo sus zancadas levantan su falda por el lado derecho hasta el punto exacto en el que se puede distinguir una pistolita de agua amarrada por un liguero azul marino. O eso es lo que me parece.

EL TÚNEL DEL TIEMPO

«Siempre estamos disfrazados, así que a veces tenemos que disfrazarnos para mostrarnos como somos.»

Esto me lo digo a mí mismo con el ceño fruncido. Lo digo delante del espejo y un tipo borroso con mallas rojas, tutú verde, zapatillas blancas y casco de romano tocado con el cepillo de una escoba asiente sin demasiado convencimiento. Ya no llevo gafas: en realidad sólo las necesitaba para leer, y si las he llevado por tanto tiempo es porque leer era prácticamente lo único que hacía.

Alma me ha asignado el primer disfraz. El del marcianito que quiere acabar con el planeta Tierra haciendo uso de su modulador espacial explosivo cargado de uranio; en realidad, un macarrónico cañón accionado por un simple cartucho de dinamita. Un alienígena bastante cabrón y bajito.

Pero esto es lo de menos. Las horas antes de ponerme disfraz he ejercido de «técnico auxiliar de hostelería». De nueve a tres de la tarde, todo mi mundo ha sido una plancha donde tenía que freír cuatro frankfurts por minuto con la cara a un palmo del fuego justo cuando los termómetros marcaban casi cuarenta grados. Mientras yo me preguntaba ¿por qué?, los turistas resoplaban para darme a entender lo rematadamente lento que era. Uno de ellos, espigado, con gorrita ladeada y camisa hawaiana, se ha atrevido a decirme: «Que no tengo todo el día», mientras extraía cera de su oído, bostezaba y llamaba por móvil a un cuñado para darle envidia con sus vacaciones.

—Será cabrón —he mascullado, y ha sonado como el primer insulto de la creación: claro y diáfano.

—¿Cómo? —ha respondido el turista achinando los ojos y ladeando la cabeza como si tuviera un violín encima del hombro. Ha cerrado su móvil y ha empezado a buscar con la vista el punto de información.

—¿Querrá ketchup? —le he dicho yo, y por toda respuesta ha vaciado el bote entero sobre su salchicha diminuta, derramando y tiñendo de rojo todo el tinglado de mi quiosquito y mis propias manos también.

«Tengo las manos manchadas de sangre, he acabado con esa escoria», he pensado, para insuflarme dignidad. Y luego he chupado el ketchup de mis dedos con una mueca de asco resignado.

Por la tarde, con la cara roja como el culo de uno de esos monos diabólicos que hacen calvos a los turistas del zoo, me he puesto a dar un paseo por las calles de *Villa verano* antes de empezar a repartir los *flyers* y folletos informativos. He vuelto a saludar a Élmer en las casetas de la entrada y esta vez me ha devuelto el saludo con una reverencia, tres salvas de su escopeta de fogueo y una carcajada tartamuda.

Entre nubes de algodón que se enroscan como balas de paja de color rosa, no he dejado de recibir toda clase de papelitos entregados por compañeros de sonrisas idénticas que ni siquiera se podían parar a hablar un poco por miedo a recibir una sanción. «El segundo gratis», «El Cielo en la Tierra», «Diversión de otro planeta».

Justo en el centro del complejo, los turistas –y los marcianos retrofuturistas como yo– se topan con un gran estanque circular que ha sido bautizado, en un alarde de originalidad, como Lago Deseo. El fondo está cubierto de monedas de todas las regiones del mundo. Ese Fondo Monetario Internacional submarino es el depósito de las ilusiones de miles de familias que piden un deseo a la vez que sueltan algo de dinero.

Sentado en un banco próximo al lago he visto a un tipo con una corbata color turquesa de un palmo de ancho hablando por los codos. A cuarenta grados, con americana y esa soga enorme al cuello, más disfrazado que cualquiera de los animales, parecía haber recibido los cariñosos lametones de una vaca en el casco que tenía por pelo. Miraba absorto el brillo de las monedas y hablaba solo sin parar. De golpe, su animadísima cháchara explotó: insultos como cascotes empezaron a salir despedidos de su boca. Su mirada seguía fija en el Lago Deseo, sin embargo. «O le habla a los reyes y príncipes cuya efigie puede verse en las monedas y les echa una soberana bronca, o ese tío está loco», me he dicho. Un loco con un traje a medida. El Loco de la Corbata.

Un anillo rodea el lago donde el tipo grita sin parar, una avenida ancha y circular que los letreros anuncian como «El Túnel del Tiempo», y que ocupa aproximadamente un tercio del recinto total. El Túnel del Tiempo funciona como un viaje a través de los siglos: a medida que avanza, a izquierda y a derecha, las cantinas, atracciones y personajes que te asaltan son de una década o de otra.

La avenida del Túnel del Tiempo limita a un lado con el Lago Deseo y al otro con una montaña rusa llamada Delorean: una atracción enorme con forma de lata por donde un coche discurre dibujando arabescos, cabriolas y piruetas imposibles mientras viaja disparada del Lejano Oeste o de la Inglaterra victoriana al futuro distópico, pasando por los dorados cincuenta.

Después de tres largas horas de ronda marciana asustando a algún que otro chaval y aguantando las bromas de turistas de ciento cincuenta kilos que se reían de mis mallas, he vuelto al hotel. He entrado disfrazado de marciano. Podría haber llevado una pistola de rayos calóricos, pero la conserje, postadolescente, ni siquiera ha apartado la vista de su revista: leía *Manga-tanga III. Los chicos los prefieren rosas.*

EN PRIMERA LÍNEA DE BAR III: NEMO Y LOS FAMOSOS

−Eh, ¡Tristón!

Estoy fumando apoyado en la puerta trasera del *Submarino*, el bar al lado del hotel donde está mi nueva habitación. Todos conocen este hotel como El Castillo Encantado, aunque más que un castillo es una especie de caja con paredes de papel (los tabiques son tan finos que puedes escuchar perfectamente voces provenientes de casi todas las habitaciones de todos los pisos). En mi cuarto, por otra parte, apenas cabe un colchón, un espejo, una taza de váter y un pequeño fregadero que no para de gotear.

−Eh, ¡Tritón!

Hoy todo ha sido especialmente extraño: ha empezado a llover y todos los turistas y trabajadores de *Villa verano* han tenido que correr en estampida a buscar refugio bajo los parasoles ondulados de la zona de los años cincuenta, las plataformas lunares del futuro, las gastadas marquesinas de los *saloons* del oeste, las sombrillas de paja de las zonas tropicales. Han bastado unas cuantas gotas para dinamitar la cordialidad y las normas de *Villa verano*. En un momento, el complejo se ha convertido en una selva de animales antropomórficos que corrían de aquí para allá sin reparo en pisar a los turistas. A lo lejos podía ver a Corbata Habladora realmente enfadado: rojo de ira, con la onda de su peinado arruinada y gritando a todo lo que se movía.

–Eh, ¡Tristán!

Me giro: Nemo me llama desde detrás de su barba de náufrago, con esos ojos suyos de canica, propios de un muñeco, o de un pez, o del muñeco de un pez, hundidos en su cara de plastilina lila.

–¿Cómo sabes mi nombre?

–La otra noche me lo dijiste. Al cuarto vaso que tiraste al suelo. Joder, que parecías un griego de fiesta de esos que les pilla el punto y rompen todo.

Nemo se puede permitir hacer bromas con mi nombre, pero yo no tengo ni idea de cuál es el suyo.

–Mi nombre es Inocente –me dice, en un tono neutro que puede tener más de guasa que de confesión–, pero tú ayer me llamabas Capitán todo el rato, y yo, chaval, no te voy impedir que lo hagas.

–Bien, Capitán.

Entramos en *El Submarino*, donde suena, según Nemo, «una versión de *La Bamba* con flautas de panchito de los que tocan en la calle. Si esta pieza se repite –añade– te juro que mato a alguien». A mí esta música tampoco me tranquiliza. El hilo musical me recuerda a las salas de espera de los hospitales, los ascensores de los edificios públicos, la espera en el avión antes del despegue, la tranquilidad que, en las películas, antecede al momento trágico.

Tomamos lo de siempre, lo de las otras dos veces que nos hemos visto, y hablamos de mis primeros días de trabajo. Nemo, o Inocente, asiente distraído aunque solícito, como una bellísima persona que no tiene demasiadas ganas de escucharte porque le pillas a punto de irse de vacaciones a Bombay. Según él, tengo peor pinta que el primer día.

—Tristón —me dice—, estás peor que el primer día.

Y después me explica que las canciones son como piedras arrojadas a un estanque. Cuando suena una canción, la letra y la melodía conjuran muchos sentimientos e historias asociadas que crecen como las ondas del agua cuando cae una piedra. La piedra sólo cae en un punto, pero todo el estanque se alborota. La canción que suena en este momento es *Twist and Shout*, pero en versión organillo, de esos que se deberían vender con una cabra al lado. Ha sido suficiente para que el Capitán arranque a hablar, quizá animado por los Magnos, quizá arrastrado por la inercia de aquellos círculos que crecen cuando en una película un personaje recuerda algo y la pantalla se ondula como si fuera de agua.

—Recuerdo cuando pedía esta canción a Los Estudiantes y los cabritos ponían cara de póquer. Bueno, ¡de póquer!: ponían cara de triunfo a la brisca, o de cinquillo. Ellos sabían cosas de Elvis, o de Perkins, o versiones de canciones españolas, o de baladas italianas, pero no mucho de los inglesitos, sobre todo al principio. Me volvían loco. Tocaban horas y horas a cambio de Coca-Cola y hamburguesas, o por seiscientas pesetas. Usaban guitarras españolas con cuerdas de nailon...

—¿Y sonaban bien?

—Sonaban a España, chaval. Pero poco después se hicieron con unas guitarras eléctricas, de esas que llegaban porque las traía algún soldado de la marina yanqui, de las que revendían en las bases militares de Andalucía. El caso es que la primera vez salieron del concierto con las manos sangrando de tanto rasgar. Después se dijo no sé qué tanto del punk: aquello sí que era punk. A mí me gustaba el batería: era un bestia. Tocaba con un tambor del ejército pintado de rojo, un bombo de circo y un platillo sin pedal. El tío tenía que apoyar el pie izquierdo en un diccionario de latín, un tocho enorme, porque si no perdía el equilibrio y se metía el leñazo. Pero a él le daba igual. Siempre había un momento en que se levantaba de la batería y empezaba a golpear las paredes y las sillas del público con las baquetas, como poseído por el ritmo... ¡El ritmo!

–¿Y tú eras amigo suyo?

–¿Ves este tatuaje?

–Sí, claro, el ancla, lo vi el primer día...

–Pues esto es por la primera vez que vi una guitarra eléctrica: la llevaba uno de los de aquel grupo, y tenía forma de ancla. ¿Te lo puedes creer?

Trago de Magno. Y continúa:

–¿Puede haber algo más increíble?

Sus pequeños ojos de ballena anciana se han encendido con el brillo que les suelen dar las buenas historias contadas alrededor de una hoguera.

–Al día siguiente me hice como pude este tatuaje y decidí montar una banda de rocanrol. Pensaba que podía conseguir una guitarra en la base militar de Torrejón de Ardoz, que estaba cerca de mi casa, y también que si hacía falta podía irme hasta Cádiz en el seiscientos de mi padre, a buscarme la vida.

–¿Y cómo se llamaba el grupo?

—Pensé en llamarle Los Submarinos, pero me sonaba demasiado a perdedor. También pensé en Los Rayos y en Los Centellas, pero lo veía poco rotundo. Los Cocidos, Los Espejos, Los Satélites, Los Tunantes... o Los Balas, porque, ¿sabes?, siempre me ha gustado la imagen de los hombres-bala cruzando el circo con un casco de motorista... Pero decidí apostar por algo que sonara a triunfo, que me recordara un poco a las orquestas de los pueblos, que tuviera algo de guasa, pero que fuera muy muy en serio...

—¿Y qué nombre escogiste?

Me lo estoy pasando en grande.

—Los Famosos —sentencia, como si se le hubiera ocurrido en este mismo instante. Y después, en un rapto de melancolía, se abandona a su charco de Magno y se despide de mí—: Hasta mañana, muchacho. Ahora déjame con lo mío, que tengo nostalgia del futuro otra vez.

Lo dejo atrás, acodado en la barra y con ese color púrpura en la cara.

«Nostalgia del futuro», ha dicho. «La nostalgia del futuro es la peor de las nostalgias.» Ni idea.

LA CINTA DE LAS RÁPIDAS
Y LAS LENTAS

Con Nemo estoy empezando a conocer la música: él me la está presentando, me está enseñando a distinguir el ruido de la melodía, la diferencia entre oír y escuchar. Porque, antes de conocer a Nemo, a mí me gustaba todo tipo de música. A la pregunta: ¿a ti qué tipo de música te gusta?, yo contestaba: de todo. Pero eso empieza ahora a perder validez.

No sabía lo que me gustaba aún, pero sabía lo que no me gustaba: no me gustaban las canciones intrusas que tomaban mi cerebro por asalto, que se metían en mis orejas y me gritaban: «Chihuahua», «Tequila», «Bomba», «Bamba», sin pedirme permiso cuando tenía resaca, o cuando iba por la salchicha número quinientos ochenta y nueve de la mañana.

Antes de conocer a Nemo, yo tenía otros amigos. A veces tres, a veces uno. Y me gustaba todo tipo de música. O ninguna.

Recuerdo el primer año de Universidad: el año de La Cinta de las Rápidas y las Lentas, esa cinta que giraba y giraba en el coche enorme de Valentín, el único amigo que hice en aquella facultad de ladrillo y de cristal donde el sol te abrasaba en verano y el frío te atería hasta convertirte en cubito humano en invierno (los pies transformados en frigopiés y las manos en frigodedos), a menos que estuvieses en el Volkswagen Passat de Valentín, la cáscara del caracol donde poníamos el aire acondicionado o la calefacción y escuchábamos una y otra vez La Cinta de las Rápidas y las Lentas. Fuera todo eran carámbanos con forma de jóvenes viejos. «Míralos, son *viejóvenes*», decía yo, el más *viejoven* de todos, poniendo la pelota en su tejado.

Valentín se sentaba en la última fila de la clase, siempre vestido de negro, con botas enormes, perilla y gafas de pasta del mismo color. Normalmente miraba al resto de la clase por encima del puente de pasta con condescendencia, sólo unos segundos, antes de volver a fijar la mirada en su papel y seguir dibujando cosas que hasta entonces yo no había visto jamás.

Para sobrevivir a las toneladas de entropía que salían de los pupitres y de la boca de la mayoría de profesores —por aquella época yo decía cosas como *entropía*, pero quizá *le mot juste*, por usar otra expresión de aquella etapa, sería *mierda*—, me distraía mirando cómo las chicas descapuchaban los rotuladores fluorescentes, cómo sacaban la lengua por la comisura derecha mientras tomaban apuntes sin perder palabra, cómo una de ellas, a la que le molestaba el pelo, se prendía el moño con uno de los mil bolígrafos de todos los colores que tenía encima de la mesa. También, de vez en cuando, intentaba escudriñar qué narices estaría dibujando y pensando Valentín de aquella apasionante clase: Control de la Psicología de la Comunicación I.

Recuerdo que alguna vez le escribí en una nota: «¿Qué dibujas?», y él me respondió, en el mismo papel: «El culo del mundo». Yo estaba tan aburrido que me moría por ver aquello: «¿Lo puedo ver?». Y entonces él me pasó un papel donde, con líneas seguras, había esbozado el prodigioso trasero de la profesora suramericana que impartía esa clase. Una nave alienígena en forma de pasta de dientes gigante se dirigía con vuelo certero hacia cierto agujero negro del dibujo, ubicado en el pompis de la genial publicista. «Ojalá nos fuéramos a tomar por culo», respondí por escrito, con mi letra de médico esquizofrénico. «¿¡Qué?!», escribió él, con tinta roja. Y yo, con mejor caligrafía: «Que ojalá nos fuéramos a tomar por culo». Valentín se puso de pie. Por un momento pensé que iba a meterle mano a la señora que ahora garabateaba esquemas en la pizarra. Pero, en vez de eso, salió y cerró la puerta de la clase a sus espaldas. «Gilipollas», pensé. Minutos después, repiqueteaba en la ventana con su Bic rojo. Me estaba llamando: me iba a llevar al culo del mundo.

Cinco minutos más tarde estábamos en su coche escuchando una canción muy rápida, uno de los *hits* –todos lo eran– de la cara A de La Cinta de las Rápidas y las Lentas. Ese enorme coche destartalado de color marrón y plata parecía el caparazón de Valentín. Allí había de todo: fuets que irrumpían en viñetas de tebeos de colores vivos, navajas suizas que se mezclaban con bolígrafos y lápices de todos los colores en vasos que podían verse aquí y allá, muñecos de todo tipo que hacían surf en cedés ondulados por el sol y botellas vacías, o casi vacías, que agonizaban en un lecho de vasos de plástico astillados, trozos de mortadela, bolsas de Bocabits y camisetas negras.

–Siempre voy de negro –decía Valentín–: me estiliza, no se mancha, y si se muere alguien yo siempre quedo como un señor.

—¿A dónde vamos?

—A tomar por culo.

Pero no arrancaba. Abría una de las botellas de Martini que tenía en el asiento trasero, se arrellanaba en el asiento del conductor, y el muñequito que tenía colgado del retrovisor, una especie de mono sonriente, empezaba a decir que sí con la cabeza hasta que cesaba el bamboleo.

Eso fue todo lo que hicimos durante horas, días, semanas, meses. Ése fue nuestro modo de resistencia frente a nuestro sistema educativo.

—La Universidad es una institución penal que te obliga a olvidar la infancia —decía yo tres horas después, completamente borracho, encarando ya la pendiente de la cara B, la de las lentas y las tristes. E inmediatamente después puntualizaba—: Sólo que en esta cárcel hay tías y culos.

—A tomar por culo —contestaba Valentín, apurando las tres últimas gotas y después usando la botella de Martini como catalejo para jugar a que podía ver más de cerca a las chicas, con rizos o sin rizos, con falda o con pantalón, con botines, mocasines o zapatos con cordones, o con tacones altos, que pasaban por delante del morro de nuestro coche, de nuestra casa.

Y así pasábamos el tiempo, sin ir a una sola clase: el coche varado a las puertas de la facultad, bebiendo como estibadores y esperando no se sabe qué, como detectives privados.

Valentín, que poco honor a su nombre solía hacer, a veces se entregaba a dibujar cualquier cosa. Por ejemplo a una chica de falda escocesa de tablas con botines negros, jersey amarillo canario de cuello redondo y coleta alta. La dibujaba al detalle, cuidando la textura y las proporciones; pero, lástima, siempre se olvidaba de un pequeño detalle: nunca las vestía. Sus gafas de pasta negra parecían ser de esas que permiten ver más allá de la ropa.

Poco después empecé a inventarme historias sobre aquellas chicas. Yo escribía mientras él dibujaba. Luego intercambiábamos los papeles y nos reíamos. Y le dábamos otro sorbo a la botella. Y grapábamos las dos hojas, sellando nuestra amistad.

También hacíamos libelos sobre profesores, caricaturas maliciosas sobre sus deformidades morales y físicas, o imaginábamos posibles futuros alternativos y apocalípticos para aquella facultad a las afueras de Barcelona. Éramos verdaderamente beligerantes. Y con un mérito añadido: lo éramos sin movernos un centímetro, sin siquiera arrancar el coche, y sin que nadie se enterara.

Cuando sonaban las rápidas, bebíamos más velozmente y reíamos más. Eran canciones de ritmo rápido grabadas directamente de la radio, con anuncios o con un discurso del presentador antes de que arrancara la voz del cantante, grabaciones de Kiss, Aerosmith, Manu Chao, Motörhead, Nine Inch Nails, Crowded House, porque a mí me gustaba de todo.

Cuando estábamos animados, jugábamos a que perdonábamos la vida a los estudiantes-hormiga que iban y venían cargando sus carpetas. Cuando pasaban por delante, les pitábamos. Cuando, asustados, se intentaban detener o apartar, los dos al unísono, siguiendo una coreografía mil veces ensayada, les cedíamos paso agitando los brazos. Entonces nos insultaban. Y qué maravillosa música era para nuestros oídos los insultos de los estudiantes-hormiga. Casi vivíamos de ellos, y los celebrábamos siempre con un sorbo.

–¡Por la gente que queda y por la gente que pasa! –brindaba yo, siempre más críptico.

–A tomar por culo –respondía Valentín, y, con el coche aún apagado, le daba al botón de cambiar de cara para escuchar, al azar, cualquier canción rápida.

SABER Y GANAR

La cinta sonaba igual meses después, emitiendo ondas en medio del invierno, sólo que entonces poníamos la calefacción del coche. De vez en cuando yo entraba en el edificio de ladrillos para recoger algún folleto universitario, algún documento con el sello de aquella institución, para después dejarlo encima del sofá de mis padres y que vieran que todo iba bien, que el chico estaba aprendiendo mucho.

Tramábamos historietas cada vez más elaboradas, firmadas por Tristán y Valentín: encontraríamos una editorial y aquel Passat atestado de cosas sería la nave que nos conduciría al éxito, al reconocimiento intelectual. Esto último es los que más nos importaba. Entretanto, seguíamos bebiendo, avistando culos como se avistan ovnis.

Valentín me dejaba tebeos y yo le prestaba libros de aventuras de los que había leído toda la vida y que cogía en casa de mis padres, en el barrio de Sant Andreu, en donde grandes filas de colecciones vendidas en *pack*, con volúmenes de idéntico color, adornaban las estanterías. Entre premios Nobel, premios Planeta y aventuras, la elección estaba clara sin necesidad de darle mucho al coco. Por mi parte, releí todos los volúmenes ese mismo año. Más tarde empecé a prestarle otros libros, esta vez de ciencia ficción, cosas que no habría compartido con nadie más por miedo a que echara a correr. «Y de repente, el verano del cohete...», le explicaba. Y el tío se reía.

Pronto vimos que las botellas valían dinero, igual que los bolígrafos y los blocs. Tendríamos que buscarnos la vida («ganarnos el pan», decía yo, como si la pasta fuera a ser invertida en tan primaria necesidad). Valentín tenía un plan. Entre los dos sabíamos más que toda aquella Universidad junta, así que sería fácil participar en los concursos que escuchábamos en la radio cuando –rara vez– nos cansábamos de La Cinta de las Rápidas y las Lentas. Eran concursos de cultura general de cadenas de radio pequeñas, así que resultaba fácil entrar en antena. Valentín llamaba para inscribirse desde casa de sus padres, y después, cuando estábamos de nuevo en el Coche-Cueva, a menudo borrachísimos y cantando de memoria las canciones, nos llamaban a su móvil. Nevara o hiciera sol, salíamos del coche para encontrar cobertura y nos concentrábamos en aunar conocimientos.

¿Qué crucial batalla tuvo que librar Napoleón aquejado de almorranas?

¿Cuál es el origen histórico de los apellidos Japón Sevilla?

¿Con qué otro personaje de Barrio Sésamo mantenía una relación sentimental la persona que actuaba dentro del disfraz de Espinete?

Casi siempre acertábamos. No es que yo supiera tanto, pero al lado de Valentín acertaba el triple: me atrevía a contestar lo primero que me venía a la cabeza, y entre los dos... «Correcto». Eso nos daba aún más razones para pensar que ni de coña íbamos a salir del coche para escuchar a imbéciles en las clases. Y también nos permitía mejorar nuestro hábitat. Los regalos eran desde radiocasetes y exprimidores hasta tostadoras y juegos de cartas. Pronto, el Coche-Cueva fue una mansión con todo lo que necesitábamos. A medida que llegaban los regalos, les dábamos uso. Bebíamos como vasos de agua las botellas de cava y comíamos como pipas las bolsas de polvorones, pero también enchufábamos a la batería del coche las sandwicheras y exprimíamos zumo de naranja natural para hacernos destornilladores con vodka.

–Calidad de vida –soltaba Valentín, entre mordisco y sorbo.

–*Meeeeeeec* –decía yo, pulsando el volante.

«Pasa, pasa», decíamos a la vez a uno de los que más iban a clase. Y de nuevo los insultos. Y el sorbo satisfecho.

No nos queríamos mover por nada del mundo de allí. Apaciblemente aparcados a los pies del templo del conocimiento, con chicas pasando por delante y dinero llamando a nuestro móvil: «Calidad de vida», como viejos que ya lo han vivido y visto todo. Divirtiéndonos y detenidos. *Viejóvenes*. En muchos momentos pensaba que el tiempo era como esos estudiantes que veíamos por el parabrisas y que pasaban de largo cuando estábamos dentro del Coche-Cueva: allí dentro se podía estar toda una vida sin envejecer.

Pero pronto nos dejaron de llamar de los concursos, algo que nosotros interpretamos como señal de que éramos superiores al resto (aunque, en realidad, era que a Valentín le habían restringido las llamadas del móvil por no pagar las facturas). Así que hubo que «buscarse el pan» lejos de donde teníamos instalado nuestro Coche-Cueva. Y Valentín, claro, tenía un plan. Y si Valentín tenía un plan, debía ser fácil de llevarse a cabo y poco laborioso, porque si no el propio Valentín habría cerrado el pico.

El plan, como todos nuestros planes, no era sólo un plan: era el plan perfecto. Y las dos piltrafas que se tajaban durante días enteros sin salir de ese coche eran, casualmente, las personas más cualificadas para llevarlo a cabo. Se trataba de vender latas de cerveza a la entrada de un concierto en el Palau Sant Jordi.

—Si la pasta no va al Coche-Cueva, el Coche-Cueva irá a la pasta —apunté yo.

Valentín podía encontrar latas muy baratas en un proveedor de su pueblo del Vallés. Si las conseguíamos a veinte pelas y las vendíamos a veinte duros, nos quedábamos un buen pico.

—Nadie da duros a cuatro pesetas —dije yo, que ya empezaba a hablar como un hombre de setenta años.

Pero Valentín dijo que era fácil, que conocía a otra gente que vendía por la zona y que no se meterían. Y que siempre que quisiéramos, si venía la poli, nos podríamos meter en el coche y fugarnos de ahí como Flash.

QUIEN TIENE UN DON...
TIENE UN MONTÓN DE CHICAS

Yo nunca había visto ese trasto moverse, y me parecía un prodigio que finalmente lo hiciera.

Ese sábado tocaba AC/DC en el Sant Jordi. Una canción suya era la número cuatro de la cara de las rápidas. Podríamos escucharla desde fuera y después hacer un poco de negocio con los fans que salieran del concierto. Aparcamos cerca de las escaleras mecánicas y subimos con los carritos llenos de latas y hielo. Una vez arriba, con la ciudad a nuestros pies, escuchamos eructos y gritos y risas amplificadas y al grupo lanzando las canciones. No tocaron la número cuatro hasta que casi habían terminado, cuando nosotros ya controlábamos que no había polis y procurábamos que los que vendían camisetas al lado no nos echaran por intrusos. Cuando finalmente la emprendieron con ella sonó mucho peor que cuando la escuchábamos en el coche, pero estábamos ahí para «ganarnos el pan», así que sacamos las birras.

Nos las quitaban de las manos. Vendíamos de cinco en cinco a toda una estampida de seres clónicos con chupas de cuero, toallas cosidas a los chalecos vaqueros y camisetas de *tours* que habían tenido lugar en años en los que nosotros pensábamos que aún no se había inventado la música.

–¡Zumo de cebada a veinte duros! –gritaba yo.

–Di cerveza, imbécil, que no se entiende –me decía Valentín.

Y así iban cayendo, hasta que sólo quedó una, con la que decidimos brindar por nuestro éxito. Justo cuando la lata hacía *shhh*, mi cara se puso blanca como si me hubiera dado cuenta de que la última lata era en realidad una granada de mano sin anilla: habíamos comprado cerveza sin alcohol.

Quizá por ese detalle sin importancia, la clientela regresaba ahora sobre sus pasos para reclamar. Parecía una persecución de *El señor de los anillos*. Echamos a correr hacia nuestro refugio, el Coche-Cueva. Bajamos las escaleras mecánicas a toda velocidad, nos metimos en el auto y arrancamos. Miento: intentamos arrancar. El pobre Passat, quizá resentido por que lo lleváramos de aquí para allá después de tantos inviernos apacibles, se negó a arrancar. Cuando alcanzamos a ver las caras de nuestros perseguidores por los retrovisores, saltamos del auto y echamos a correr montaña abajo.

Yo nunca había hecho deporte: me veía ya como el pequeño ñu de los documentales al que los guepardos dan caza porque se le tuerce una pata, resbala sobre sus pezuñas y cae al suelo. Pero Valentín sí había hecho atletismo años atrás, y corría más que nadie. Me sorprendí, segundo a segundo, alcanzándolo y corriendo a su misma velocidad, francamente alarmado por mi propio rendimiento. Parecía que me estuvieran pasando a cámara rápida, como cuando se quieren pasar rápido las escenas narrativas de una peli porno. Deprisa, deprisa. Corre, corre. Vete, vete. En mi vida había corrido así. Las orejas como una doble claca: clac-clac-clac. Al lado de Valentín, y por delante de la jauría de portadores de latas sin alcohol, era el Nieto del Viento.

Nos refugiamos en una cueva de Montjuïc donde practican los alpinistas de ciudad, llena de agarraderas y picas y justo al lado de un campo de rugby. Allí dejamos pasar el rato, fumando un Fortuna tras otro. «Cómo corres, cabrón», me dijo Valentín. «Yo sólo te seguía», contesté.

Horas después, ya de madrugada, volvimos al lugar del crimen y, empujando y haciendo puentes, pudimos arrancar el coche. Valentín me dejó en la puerta de casa. Cuando me iba a bajar, descubrí un tebeo que asomaba por debajo de la alfombrilla del copiloto. Lo cogí.

—Es Animal Man, ¿lo conoces?
—No tengo el gusto.
—Es la hostia, el cabrón: no tiene ni un solo poder, pero cuando entra en contacto con cualquier criatura, adopta sus poderes. Según el animal que llame o que tenga al lado, tiene un superpoder u otro. No sólo uno: tiene todos los poderes de toda la naturaleza. Su único mérito es llevarse bien con ellos y poderlos llamar o encontrar cuando quiere. Es la hostia. Muy diplomático, el tío. Muy listo.
—Eso sí que es un don.
—Sí, tío, y ya sabes lo que decía aquél... —Valentín era tan vago que, sólo por no pensar, siempre citaba al tal «aquél», un tipo sabio, sin duda—: quien tiene un don...
—También tiene una responsabilidad.
—No, chaval, quien tiene un don... tiene un montón de chicas.

FIESTAS Y PASATIEMPOS

Aquél fue el canto de cisne del Coche-Cueva: las luces, la radio, la tostadora y el exprimidor habían acabado con su batería, y con las ganas de salir de casa de Valentín. Poco a poco, verano mediante, perdimos el contacto. Después cogí el trabajo de vigilante nocturno en un polígono alejado de la facultad. Y ahora estoy aquí. Y «aquí», en este momento, quiere decir a las puertas del taller de Alma, intentando recuperar la magia gallega de mi adolescencia. Sintiendo y recordando mientras estoy enfundado en un traje de marciano.

He llegado arrastrando mis zapatillas blancas, ya grises, y ella despide la misma luz que la otra vez. Quiero solicitar un cambio de personaje, pero sobre todo quiero volver a verla. Vengo con mi discurso preparado por puntos: lo llevo esbozado en una libretita rayada, previendo posibles respuestas y esbozando chascarrillos hasta con tres finales alternativos.

Con el corazón al trote, me acerco al mostrador. Me espera, radiante como siempre mientras escribe en una especie de cuaderno. Veo que está coloreando uno de esos pasatiempos en los que el dibujo está dividido en parcelas, como si fueran estados de un continente o partes de un cerdo, y tienes que pintarlas de un color u otro, según el número. En concreto, está devolviendo a la vida tecnicolor a una especie de gimnasta artística que hace piruetas con unas cintas de colores.

—Yo hice de esto, ¿sabes? —me dice.

«Y qué más», pensé. Ya me he olvidado mi guión: de nuevo no sé qué decir.

Me explica que le gustan mucho la gimnasia artística y los pasatiempos, especialmente éste, y también el de unir puntos para formar figuras. Y después añade:

—Me recuerdan a los mapas celestes de Casiopea, Andrómeda, Pegaso... ¿sabes?

Para mí, Pegaso es un parque de Sant Andreu, al que bajaba con tres amigos (mi récord personal) a fumar colillas y a jugar a rol cuando ya tenía pelusa en el bigote, poco después de haberme convertido en un listillo que sólo ligaba en el noroeste de la Península. Pero ésa no me parece una réplica muy elegante.

—Ah, Pegaso... —repito, melancólico, como si fuera un viejo amigo común que se hubiera dejado arrastrar por la mala vida.

(Aquí quizá sería conveniente calzar, siempre de modo discreto, y en voz baja, para que no escuche Alma, que estoy totalmente en contra de los pasatiempos.)

—Tranquilo, claro que podemos cambiarte de personaje. Pero quería comentarte otra cosa... El viernes hay una fiesta secreta, ¿sabes? Alguien te dejará una nota con las instrucciones por debajo de la puerta de tu habitación. Vendrás, ¿no?

—¡Claro!

La afirmación suena rematadamente exagerada: con el tono eufórico, desesperado y precipitado de quien canta bingo cuando le han desahuciado y quitado la custodia de sus hijos. Fatal.

Le dejo el número de mi habitación.

—Pues nos vemos, entonces. Recoge el nuevo disfraz en la caseta 14.

—¡Claro! —otra vez: han cantado «claro», y añado—: Por cierto, me encanta esta marca de pasatiempos. Bueno, la verdad es que cuando trabajaba de vigilante nocturno no paraba de hacer de éstos: las siete diferencias, los errores, el crucigrama, las palabras cruzadas, el laberinto, el jeroglífico, el damero, autodefinidos de todo tipo, el problema de ajedrez, la quisicosa, el rompecabezas, el sudoku... Todos me gustan: la sopa de letras... Los pasatiempos son una gran forma de pasar el tiempo.

LA MÚSICA DE LOS ANIMALES

Mi última ronda de marciano romano tiene, como era de esperar, algo de marcial, de Julio César entrando en Roma sin grandes tropas pero con grandes esperanzas, con Pompeyo huyendo con las orejas gachas. Me detengo justo delante del Lago Deseo, miro el suelo tapizado de bronce y oro, y digo, majestuoso pero humilde: «Alea iacta est», una frase que oí por primera vez en boca de un empollón en una timba de póquer en el recreo del colegio, y que sólo después descubrí, viendo la tele, que fue pronunciada por César delante del Rubicón. Ante el lago, con el agua devolviéndome mi reflejo de extraterrestre, me digo: «la suerte está echada». Iré a la fiesta.

Continúo caminando hasta que escucho una música. La música en *Villa verano* no es algo que puedas oír o dejar de oír; no, la música en *Villa verano* te persigue como persigue la música de tambores y violines al fugitivo de un *thriller*.

Yo soy de los pocos que huyen de esa música. Un escuadrón de adolescentes ha colocado un montón de mochilas en el centro del ruedo que ellos mismos forman y ahora brinca alrededor: son la tribu de las gafas de sol modelo mosca; todos idénticos, sin ojos, los pantalones de chándal con tres franjas, sin camiseta, los collares dorados de la primera comunión botando en sus cuellos, los brazos estirados hacia el cielo.

Y las botellas de agua. Muchas, como para llenar un estanque. Pero ninguna chica. Intento advertirles de que no se puede ir sin camiseta, pero me miden con la mirada, se fijan en mi disfraz y empiezan a tirarme el agua de las botellas encima.

—Pasa de ésos, primo. Que ésos siempre están chinaos. Ya les dará el jamacuco.

Eso me lo dice un burro. Un burro amable, con pajarita azul y sombrero. El gallo que tiene a su lado, con un lazo rojo en el cuello, declama ante un micrófono:

—Somos Los Animales. Y esta canción va para Borja y Natalia, que se acaban de casar y esta noche tendrán mucho trabajo.

Y empieza a sonar una canción que he escuchado mil veces en la cara B de La Cinta de las Rápidas y las Lentas, una de esas canciones muy lentas que dicen «love» e «it's true» todo el rato. Natalia, en primera fila, se seca el rímel con el índice mientras todo el público da palmas y alguno incluso enciende un mechero. El sol le resta épica al momento.

—Son buenos, los chicos —le digo a un señor con bigote, como si yo fuera un capo de discográfica dispuesto a ofrecer a Los Animales una hamburguesa, una Coca-Cola y luego un contrato.

—Siempre que la tocan me emociono. Y la tocan treinta veces al día por lo menos, pero yo de aquí no me muevo —me responde.

El Burro escupe entre acorde y acorde, y el Gallo pierde fuelle con cada estrofa. La canción marca el final de su turno.

Empiezan a recoger los instrumentos con prisa,

mientras sus ojos bizquean por el sol, asomándose por la boca de sus disfraces de animales.

—Hola, yo también trabajo aquí.

—Sí, ya imagino que no eres un marciano de verdad —me suelta el Gallo—. Esto es una mierda, a ver si me voy rápido, que me estoy asando.

—Joder, primo, necesito el Camel que nos vamos a fumar ahora ahí abajo como el Cabra necesitaba un bujerito al salir de chirona.

Ignoro si el Cabra es uno del grupo, el que toca las maracas y que ese día no trabaja, o qué pasa aquí.

—Pues no está mal, ¿no? —digo midiendo mis palabras, como siempre—. Quiero decir, vivir de tocar.

—¡Qué dices, tío! Esto es una puta mierda: tocando todo el día baladas de Scorpions y de Dani Daniel y Nino Bravo para los putos novios, y canciones de payasos para los putos críos. Somos una *jukebox* de mierda... Me llamo Gustavo.

—Y yo, Tristán.

—¿Tristán? No llevas mucho aquí, ¿verdad? En fin, antes nos llamábamos Los Imposibles, por los dibujos esos de un grupo de rocanrol que va a los pueblos a dar bolos y luego se convierten en superhéroes. Pero ni Cristo conocía esos dibujos. Y ahora nos han vestido de animales con pajarita y estamos así ocho horas seguidas tocando lo mismo todo el rato.

—A mí me va de puta madre, *nen*. Así no me reconoce ni la Virgen —dice el Burro, aflojando el nudo de su pajarita.

—Pero éste no es nuestro grupo de verdad... Nuestra verdadera banda se llama Los Juguetes Rotos...

una mezcla de garaje-rumba con gritos y tambores.

Ah, vale. Sí, sí, sí, sé exactamente de qué me hablas. Más que éxitos, recopilatorios de grandes fracasos, por el momento.

Como un tren: «Doy vueltas, como mi tren portátil, du-duuuu, ah, doy vueltas en la misma vía, duduuu, ah, siempre el mismo camino, hasta encontrarte; oh, nena: sí, estás como un tren». *Hasta el infinito*: «El infinito no es una línea azul, el infinito no es un ocho estirado; no, nena, el infinito soy yo volando, diciéndote dónde te llevaré: hasta el infinito, y más allá». *Telesketch*: «Soy como un gag de la televisión: risas enlatadas, risas enlatadas; soy como un *sketch* de la radio: risas enlatadas, risas enlatadas. No tengo gracia, pero es que me dibujaron así; no es que sea feo, es que me dibujaron con *Telesketch*». Y la más aclamada por la gente; curiosamente, la única no compuesta por él: *Muñeca de porcelana*: «Una adaptación en clave de punk chatarrero de un viejo tema jipi», que decía: «Muñeca de porcelana, buscaba un alma dentro de ti, y eso era como buscar mariposas blancas encima de la nieve».

El Burro me explica poco después lo que yo ya sabía: que se ha escapado del barrio donde normalmente tocaba para ganarse la vida, que antes bajaba de su choza al lado de Glorias («donde han puesto la polla esa gigante, casi tan grande como la mía»), hasta la calle Robadors, y que ahí cantaba para los turistas y las putas («de todos los colores: lo mismo rumanas que del continente marrón, ¿eh?, que no entendían ni papa de la letra, pero me mandaban besitos»). Que luego se colaba en el número 29, donde sólo vivían okupas («pero de los que no tienen otra casa ni viven con la ayudita del Estado»), y que cantaba allí durante horas, entre camisetas de colores y calzoncillos grises y bragas de encaje («que olían tan bien como las flores del campo y parecían banderines de fiesta»).

–...hasta que llegaron las grúas y se cargaron las casas y todo se llenó de moros que pasaban yeso de la pared y uno vino a por ti un día... ¡Joder Yoni, lo has explicado mil veces!

El Burro se llama Yónatan, pero le llaman Yoni Guitar. Y el que ha oído la historia mil veces se llama Gustavo.

–Sí, claro. Explica tú la apasionante historia de tu grupo, que tocaba en centros cívicos, primo. Ésa sí que es buena: duerme hasta a las cabras farloperas.

Pero Gustavo pasa de él y vuelve a hablar de su proyecto en *Villa verano*, de Los Juguetes Rotos, con la verborrea de un vendedor de teletienda que delira después de muchas horas de trabajo.

Cuando la cuerda se le agota, me dice que van a tocar en una fiesta secreta el viernes, y que me puedo apuntar si quiero.

–Creo que ya me han invitado –le digo.

–Bien, pues no faltes. Y vete ya, que si nos ven hablando mucho nos quitan la paga de un día –me avisa.

–No faltaré: tengo muchas ganas de escucharos.

Y me voy pensando que la cresta del disfraz de Gustavo parece de verdad. Aunque en realidad todo parece falso y auténtico en *Villa verano*, como una moneda demasiado brillante o demasiado gastada.

LA GIMNASIA SUECA

Me han doblado el turno de la mañana: once horas mirando mi reflejo deformado en la plancha de las salchichas.

—¿Horas extras? —le pregunto a Élmer en mi descanso, con un frankfurt convertido en chicle en mi boca.

—Sí, hombre, las que quieras. Horas extras, a decenas.

—Al menos sacaré más dinero —digo, por una vez optimista.

—Bueno —responde Élmer—, lo de cobrarlas ya es otra cosa. Es que el tiempo en *Villa verano* es muy relativo. Mañana ya sabes que hay gimnasia sueca antes de empezar tu turno.

Son las ocho de la mañana y estoy dando vueltas a mi cabeza junto a otros cincuenta trabajadores, y mis cervicales hacen cri-cri-cri como si una colonia de grillos se hubiera instalado en mi cogote. De fondo, el hilo musical suena eufórico.

Giro la cabeza, con los ojos cerrados, y veo salchichas con alitas rondándome y dibujando la órbita de una corona, como cuando en los dibujos alguien se da un golpe en la cabeza. El sol se ensaña ahora con todos nosotros, que resistimos de pie en un solar escondido a las afueras de *Villa verano* con la línea del mar insinuándose sin gracia entre los bloques de cemento. Sigo con mis ejercicios, medio dormido, hasta que abro los ojos y veo que todos mis compañeros están ya a cuatro patas apretando los glúteos y los esfínteres, como un batallón de perros que levantara la pata izquierda y la derecha alternativamente con los cambios de las canciones del hilo.

–Eh, tú –oigo que dicen.

Y «tú» soy yo, así que me convierto en un perro, a cuatro patas.

–¿Cómo lo llevas?

Es Alma. Tengo detrás a Alma con pantalones cortos amarillos, el pelo recogido en una coleta alta y una camiseta con un ciervo dibujado. Y no, no lo veo con el tercer ojo: por un momento, he girado sobre mis cuatro patas trescientos sesenta grados y he comprobado que Alma está mirando mi trasero en pompa, el estampado floreado de mi bañador que oscila y se levanta con mi patita: derecha, izquierda, derecha, izquierda. No podía ser al revés, no. ¿Alma delante y a unos pocos centímetros? Ni de broma. Ahora, cualquier despiste, cualquier flatulencia derivada de la ingesta masiva de frankfurts el día anterior, puede resultar letal. Así que me afano en apretar los glúteos como un culturista. Precisión germánica: patita izquierda, patita derecha. Ahora de pie, los brazos estirados. Hasta que tenemos que hacer fuerza cogiéndonos de las manos... ¿con el de atrás? No, qué os pensabais: con el de delante. Veo a Alma agarrándose al tal Gustavo, y a mí me toca a un tipo fibradísimo y de metro noventa: a su lado, parezco su llavero. Me hago más y más pequeño mientras Alma me mira de reojo y se lo toma a broma.

–¿Cómo vas?

Y después, a levantar las rodillas en una carrera estática. Uno, dos, uno, dos, mientras suena una música que da ganas de invadir Polonia. Como de ejército de locos. Así, una hora, el sol ya convertido en un dios sádico. El sudor, y el cogote en carne viva.

–¿No es fantástico unirse mientras sale el sol, con los músculos en forma? Somos un solo cuerpo. Demos gracias. ¡Villa...!

No, el tipo que dirige los ejercicios con gorra y silbato y unos gemelos como bates de acero no se refiere a Pancho, no nos llama a la revolución.

–¡...Verano! –contestan cuatro pelotas de la primera fila.

–Así me gusta.

¿Alguien sabe por qué a la gimnasia sueca se le llama «sueca»? Igual porque se inventó en aquel país, y si fue así es porque allí no hace tanto calor, hijodeputa.

Yo nunca digo palabrotas, nunca, pero esto es lo único que puedo pensar mientras, bajo un sol de justicia, doy saltitos y me pongo en cuclillas, y hago como que estoy sentado en una silla que algún gracioso me ha retirado. No pasa nada: en quince minutos estaré delante de mi plancha favorita.

LA VIDA SOLUCIONADA

Después de un día largo como sólo puede ser un día trabajando en *Villa verano*, los he visto en un banco del Lago Deseo, ese cofre de monedas de todo el mundo y de ilusiones de todo tipo que se quedan allí, brillando cuando las acaricia algún rayo de sol. Resignados, sin hipocondría, asisten a la caída de la tarde como quien ve una película que ha visto muchas veces (o con la actitud de mi padre, que cuando veía en la tele el león de la Metro, bromeaba con humor cínico y renuncia graciosa: «Esta película ya la he visto»). Son Nemo y un tipo de su edad, los pies descalzos y la mirada perdida del autista delante de la lavadora. Charlando, pero dándose la réplica con grandes silencios entre pregunta y respuesta, como en una película europea de arte y ensayo.

Pregunta.
Silencio.
Silencio.
Silencio.
Respuesta. Suspiro.

Fuera del *Submarino*, Nemo parece fuera de lugar: una figurita de indio en el cajón de figuritas de astronautas.

—¿Qué hacéis? —les digo, bizqueando un poco ante ellos, bajo los últimos disparos del sol.

—Contar las monedas de nuestro tesoro —contesta Nemo.

Nemo me explica que su compinche es un tío con la vida solucionada. Al mirarlo, pienso que el adjetivo adecuado sería más bien *sentenciada*.

—Se llama Toño, pero yo le llamo Lucas porque tiene mucha suerte y porque siempre me está gorreando mis Lucky Strikes.

Por lo visto, ha trabajado en la rotativa de un prestigioso diario durante más de veinte años. El primer lector del diario, el primero en tener ganas de irse a dormir nada más leerlo. Y me suelta:

—Me lo dijo un tío muy listo de la redacción, el redactor de cultura, que venía de vez en cuando a la rotativa: «Los periódicos son como las salchichas: nunca quieras ver cómo se hacen». Él se refería a otra cosa, y creo que la frase no era suya, pero yo siempre le decía que sí y los dos sonreíamos y nos dábamos la mano. Yo siempre pensaba que se la había manchado, pero qué coño, éramos amigos.

Al parecer, Lucas fue despedido: una reestructuración, un ajuste, una patada; el caso es que de pronto se vio en la calle.

—¿Y no viste más a tu amigo?

—Un día me estaba tomando un café «bautizado», que le llamamos nosotros, un carajillo, cuando entró en el bar. Había dejado de beber entre semana y pidió un cortado con dos sobres de Nescafé. Hablamos de que los diarios son como las salchichas: se hacen con los desechos del mundo, se comen rápido, sientan mal y si te pones a pensar en ellos hasta dan miedo. En definitiva, que es mejor no ver cómo se hacen, vamos. «Casi es mejor no verlos ni antes ni durante ni después», dije yo. Él me dio la razón otra vez y me dijo que enviara los dos sobres de Nescafé al concurso ese. Como no tenía nada que hacer, yo, que creo que las loterías son un invento para chuparnos el dinero a los currelas, que no creo en eso, vaya... yo, para que veas lo que es no tener nada que hacer, los envié. Y aquí estoy: con la vida solucionada.

Y el colega emite un suspiro. Nemo se ha escabullido a mitad de la historia sin decir nada. Me voy a buscarlo al *Submarino*, mientras me digo que de algún modo el tipo este ha tenido suerte, hasta que, poco después de eso de «...la vida solucionada...» oigo decir detrás de mí: «...¡Ja!».

EN PRIMERA LÍNEA DE BAR IV: LOS AMIGOS DE LOS FAMOSOS

—Ya te ha estado mintiendo el Lucas, ¿no? Un listo, el Lucas: mamando del bote sin dar palo al agua.

Nemo vuelve a estar en su lugar de siempre: el indio en el cajón de las figuritas de indios. En la barra de siempre, con el cinismo cálido de siempre.

En el hilo musical, en el bucle de las canciones que alguna vez brillaron y que ahora suenan apagadas, una versión de espera en aeropuerto de *Let's Spend the Night Together*, tema que entonara Mick Jagger, «ese cantante con labios de puta y cerebro de banquero», en palabras de Nemo, que me explica que ya en su momento cambiaron la letra de una de sus canciones para que pudiera salir en la tele yanqui. Me dice en su inglés guachigüei que cambiaron «Let's spend the night together» por «Let's spend some time together», y en su boca suenan igual las dos frases, pero a él le parece que no. Inocente tiene la mirada fija en la superficie del mar cobrizo y portátil de la copa de Magno, en la calma que precede al lingotazo.

A Nemo, Lucas le parece el tipo de persona que garantiza una compañía pálida y sin sorpresa. Sus conversaciones están estancadas y caldeadas como el agua del Lago Deseo, pero hay en ellas una especie de complicidad que ayuda a pasar el rato.

Nemo se llama Inocente, pero sus cicatrices revelan más de una contradicción en su nombre: «Un oximorrrrón», me decía el otro día, borracho, como un loro que se lo ha escuchado decir a un listillo que pasaba. Nemo es así: dice palabras que no le pegan sólo porque le gusta cómo suenan; suelta frases enteras en algo parecido al inglés o incluso al alemán aunque asegura no haber tenido nunca un libro delante.

Me explica que, si Lucas se ha ganado la vida en los subterráneos donde suelen estar instaladas las rotativas de los diarios, él lo ha hecho bajo los focos. Pues hubo un tiempo en que Los Famosos hicieron honor a su nombre. Sonaron en las radios, gracias a algunas canciones grabadas en los estudios Zafiro, temas como *Zapatero a mis zapatos*: «Zapatero, a mis zapatos, a mis zapatos, de gamuza azul, quiero tenerlos listos este viernes, para gastarlos en el güisqui club», *Patas de gallo*: «Ésta es mi generación, la primera generación, mis patas de elefante, aplastan tus patas de gallo. A tus patitas de gallo, mis patas de elefante», *La fama rana* (aquí no hay letra porque era una balada instrumental). El caso es que a Nemo le gusta mucho *Zapatero a mis zapatos*, y fue ese *hit* el que más sonó en esa época. No al nivel de *Black is Black*, de Los Bravos; de *Get on Your Knees*, de Los Canarios («ni me los nombres», soltó Nemo cuando hacíamos este inventario); de *Vestido azul*, de Shelly y La Nueva Generación, ni de *Soy así*, de Los Salvajes. Ni siquiera había llegado, si me apuras, a sonar tanto como *Todo gira*, de Los Impala, pero fue un éxito que aún aparece en alguna recopilación de música de la época.

Nemo se ha animado con la inercia de nombres y los tragos:

—Los Impala —me confiesa al fin— me salvaron la vida en una ocasión.

Y la historia me recuerda muchísimo a los libritos de la colección Kiai que leía cuando era vigilante nocturno:

—Una noche, habíamos ido a buscar mi primera guitarra de propiedad a la base de Torrejón de Ardoz. Los nuevos modelos aún se compraban mejor allí, cerca de Madrid; o por Rota, en Cádiz. Me la tenía que vender un marine, un negro enorme que a mí me imponía lo suyo y que hablaba el guachigüei muy rápido y estirando siempre la última palabra como si estuviera cantando. Me recordaba al caníbal aquel que sale al principio de la película de la ballena: todo tatuado, fumando cosas raras, a punto de comerte con los ojos y con la boca, o de atravesarte el corazón, o lo que no es el corazón, con su arpón. Pero, claro, no se lo dije. El caso es que, en el momento de llegar al intercambio de dinero por la guitarra, el negro ese empezó a levantar pulgares, pero no para decirme que perfecto, que *okay*, sino para pedirme más dinero. Por suerte, me acompañaban unos amigos que acababan de llegar de Venezuela. Se llamaban Los Impala, como los coches, y eran un sensacional grupazo de soul. Cuando pensaba que con ellos iba a ser suficiente para convencerlo de no subirme el precio, el negrazo silbó y aparecieron cuatro putos mastuerzos con cabezas de cubo y cadenas y dientes oro, que si llega una urraca se los lleva enteritos. Fue entonces cuando pensé en lo que quería que se leyera en mi lápida: «Murió con sus zapatos favoritos puestos. El famoso Inocente, zapatero a tus zapatos». Pero no, de repente –continúa el Capitán con tono de locutor de fútbol– Los Impala se desplegaron, se dispusieron en fila y empezaron a dibujar eses, ochos y piruetas con los brazos y las piernas. Por lo visto todos ellos eran cinturón negro de taekwondo. Los miembros de una banda de rocanrol convertidos en héroes orientales, directos desde Venezuela, pisándole a fondo, en sus Chevrolets Impala: todo gira, ¡Kiai! Uno de ellos era el especialista en las patadas frontales, (que después, en el bar, me dijeron que se llamaban *Ap-Cha-Ki*), mientras que el más bajito usaba patadas circulares como la *Dol-RyLiyo-Cha-Ki*. «Pim, pam, pum, bocadillo de atún.» ¿Tú sabes de dónde viene la expresión repartir hostias como panes?

–No...

–Pues del «Pim, pam, pum, bocadillo de atún» de Los Impala, muchacho. Las técnicas marciales pudieron con los gigantes y los davides saltarines dejaron en el suelo a los goliats sin necesidad de piedras ni de hondas. Qué artistas, Los Impala. Me fui con la guitarra de gorra: al final no tuve que pagar nada. Sólo una ronda de cervezas para ese súper grupo.

Contento de poder dar la réplica y aportar algo, satisfecho por traer a la tierra la cometa de recuerdos del Capitán y hacer algo con ella, le digo que ayer conocí a Los Animales.

–Ah, ¿esos maricones con pajarita? Yo nunca me disfrazaría de burro, pero me recuerdan a cuando Los Famosos nos pusimos psicodélicos y peludos, en la época del disco conceptual *Lunares*. Llevábamos a los conciertos un gong del tamaño de la luna, o del Big Ben por lo menos, y lo tocábamos al final de cada canción. También sonorizábamos un cajón lleno de insectos y amplificábamos sus sonidos...

La capacidad de Nemo para llevar el agua a su molino es francamente impresionante. Lleva toda la vida siendo un instrumento al servicio de la melancolía y el rencor: está engrasado como un francotirador que ha perdido el pulso, pero que le apunta a una lata encima del arco iris y no falla. Le digo que la cosa no acababa ahí, que aquella es sólo la fachada y que Los Animales tienen otro grupo donde tocan las canciones que Gustavo, el que se disfraza de gallo, siente realmente como suyas. Añado, incluso, para hacer a Nemo partícipe de mi alegría, que las tocarán en una fiesta secreta.

—Bueno —contesta Nemo—, por lo menos hay algo más que el dichoso hilo musical en este mundo. Al menos hay tres mariquitas intentando hacer canciones de verdad. ¿Cómo dices que se llamaban?

—Los Animales.

—No, el grupo de verdad, merluzo.

—Los Juguetes Rotos.

—Los Juguetes Rotos, Los Juguetes Rotos... —Y Nemo vuelve a dirigir su mirada en cinemascope, mejillas púrpura, hacia el retrovisor donde emiten veinticuatro horas al día, siete días a la semana, el canal temático de los pequeños recuerdos, dolores, éxitos y fracasos del que fuera líder de un grupo llamado Los Famosos.

Ignoro de dónde viene la tristeza oceánica de Nemo. Por qué todo se torció. Por qué ocurrió así, si ha conocido a tanta gente, si incluso ha conocido el éxito con *Zapatero a mis zapatos*. Sólo sé que a Nemo se le notan las cicatrices. Y yo me desmayo con las cicatrices. De pronto se me ocurre que Nemo se parece un poco a lo que puede ser de mí en el futuro. Y que yo no quiero ser exactamente como él después de unas décadas. Así que me propongo ayudarlo, y empiezo por preguntarle de dónde vienen esas cicatrices.

–Nadie ha visto calamares gigantes –me explica, otra vez borracho–, sin embargo sí se han pescado ballenas que tienen manchas y cicatrices circulares gigantes por la succión de las ventosas de algún monstruo enorme y desconocido escondido en el fondo del mar.

LA INVITACIÓN
DEBAJO DE LA PUERTA

Una vez en la habitación, empiezan a salir los fantasmas del Castillo Encantado. Escucho los gemidos del millón de abdominales del loco de la guardia real, los gritos del tipo del amigo invisible a su querido Billy, los aspavientos del donador de esperma despachando dosis. Entonces, veo un papelito asomado por debajo de la alfombra. Parece escrito a mano, y dice así:

> Para todos los que piensen que todos estos disfraces sólo son disfraces, y que los disfraces son una forma de mostrarnos como somos, se extiende esta invitación a una fiesta de disfraces en "Atlantis".
>
> Que cada uno se disfrace de lo que quiera: ropa disponible en el taller de Alma, abierto de 9 a 11 de la noche.
>
> Entrada a "Atlantis": a partir de las doce, por los pasillos de los vestuarios.
>
> En vivo: Los Juguetes Rotos.
>
> No te pierdas. No te lo pierdas.
> No te chives.

Según mi plano mental de *Villa verano*, el lugar llamado *Atlantis* debe de quedar justo debajo del Lago Deseo. Fantaseo un rato estirado en la cama como cuando, en las películas de adolescentes, un adolescente piensa que al día siguiente moja o al menos toca teta.

Pienso en nereidas, en copas de oricalco, en secretos que sólo algunos conocen, y en el porvenir utópico, algo que no existe pero que podría existir si el mundo fuera mejor.

Y luego pienso en una canción que mi hermana mayor escuchaba en los largos viajes en coche hacia Galicia, cuando le colgaban *hulahops* de las orejas y llevaba jerséis ocho tallas más grandes:

> *You should be loving someone.*
> *And you know who it must be.*
> *'Cause you'll never find Atlantis.*
> *'Til you make that someone me.*

Me quedo dormido con el papelito de la invitación en la mano y la ropa puesta.

LA RUTINA DEL AGUA

Míster Agua en cámara subjetiva: las escamas de mi malla brillan al sol y los brillos dibujan formas en mi cuerpo rojo y verde convirtiéndolo en una obra de arte mutante. Así empieza el día conocido como el Día Antes de la Noche de la Fiesta.

Después de despachar salchichas, mi función consiste esta tarde en vigilar el Lago Deseo con mi nuevo disfraz: paseo por la frontera del Túnel del Tiempo, observo la dinámica de las situaciones, controlo que la gente no arroje sino monedas al cobrizo fondo marino del lago, prevengo a los niños de que no se tiren de cabeza al agua y echo la bronca a los graciosos que tiran restos de comida y que después me miran con sorna y me dicen cosas como: «Es para los peces».

También tengo que repartir papeles. No como el de mi invitación, sino papeles en los que puede leerse: «Olvídense del trabajo. Visiten las colchonetas de la risa».

De vez en cuando me cruzo con otros que están haciendo lo mismo que yo y que me recuerdan que no he de colocar las manos detrás y que no me pare demasiado rato en el mismo sitio. Veo a un trabajador muy bajito, enfundado en un mono con el dibujo de una cadena de átomos en el pecho, luchando con un niño alemán gordísimo y de color de pastelito rosa que intenta picarle los ojos. Le saludo dando por sentado que él también irá a la fiesta: veo a todos los trabajadores de *Villa verano* como hermanos de una logia secreta que hoy, por fin, se va a divertir. Agarro al mocoso y lo pongo en su sitio para que suelte de una vez al pobre Átomo. El trabajador bajito me hace señas y me dice, angustiado: «¡Pero qué haces! ¿No has oído hablar de los Clientes Fantasma? Los hay a montones, no puedes ir de listo con los clientes. Además, yo lo tenía controlado, estábamos jugando».

Sí, claro: jugando al teto.

Sigo mi camino y, a lo lejos, veo a un señor demasiado abrigado que está de espaldas y en postura contemplativa. Da toda la impresión de estar añadiendo oro al Lago Deseo, pero no precisamente en forma de monedas. Al acercarme un poco más, descubro a Lucas, parado y con la vista fija en el fondo del lago.

—Buenos días, Lucas.

Lucas, con la tranquilidad y la tristeza crepuscular que da tener «la vida solucionada», me responde que su día no es ni más bueno ni más malo que cualquier otro, y enseguida pasa a advertirme que no pase tantas horas con Nemo. Me dice que es un buen hombre, pero muy resentido, y que ese resentimiento es contagioso.

—Es contagioso —insiste.

Añade que no puede decirme por qué, pero que después de la disolución de Los Famosos, Inocente se tuvo que ganar la vida de una forma que, para alguien como él, es denigrante.

—A mí me parece una forma de ganarse la vida como cualquier otra —añade Lucas—. Pero ya habrás descubierto lo orgulloso que es, y claro, para él fue el acta de defunción...

—Lucas, tú sabes de qué va todo esto, ¿no? —le digo yo, sin saber muy bien qué le estoy preguntando exactamente.

—Yo sé demasiadas cosas.

—¿Cómo hicieron este pedazo de parque aquí en medio?

—¿Nadie te ha explicado la historia del Clan de los Z?

—Nadie me explica nada aquí...

—Yo te lo resumo, hombre, que no tengo nada mejor que hacer. A mí me lo explicó mi amigo el periodista, que sabía mucho de todo. Verás, todo esto pertenece a tres hermanos, y a tres hermanos con apellidos diferentes, que eso ya es mérito.

—¿Cómo puede ser?

—Fácil: no son hermanos del todo. Son tres huérfanos que coincidieron en un colegio de León. Parece un chiste: Hernández, Fernández y Rodríguez. Allí les hicieron mil putadas, las típicas, vamos. Se hicieron muy amigos y juraron que un día estarían forrados. Uno hizo carrera política y los otros dos empezaron a vender cosas para el jardín y las piscinas: azulejos, enanitos de escayola... esas cosas. Hasta que el político se lo montó para convertirse en concejal de urbanismo, y ya está.

—¿Eso es todo?

—Sí, ya está. La empresa se hizo enorme. Fijo que has visto algún anuncio en la tele de las piscinas esas con una Z en el fondo. Y uno de ellos compró un equipo de baloncesto y luego uno de fútbol y puso publicidad de la Z en los equipos. Y de ahí, pues la locura.

—Claro.

La verdad, yo no tenía ni idea de qué me estaba hablando.

—Sí, hombre. Hernández les dio el permiso para la urbaniZación, así, con una Z grande. Y se les fue la olla y montaron una enorme. Y cada vez que tú tienes mucho suelo, le tienes que dar un diez por ciento al Ayuntamiento. Eso lo sabes, ¿no? Que tú has estudiado...

—Claro, claro.

Ni idea.

—Pues Rodríguez cogía y volvía a poner ese diez por ciento a concurso, ¿y a que no sabes quién ganaba?

—¿La Z?

—¡Joder, qué rápido aprendes! Y, bueno, pues así. El equipo iba de puta madre y se clasificaba para la Champions y todo dios veía la publicidad y construían más y más. Y me dijo mi amigo que nadie decía ni pío en el pueblo porque les enviaban cestas de Navidad a casa y los invitaban a parrilladas y así... Que ya sabes que todos somos muy baratos.

—Bueno, por lo menos...

—Como todo dios les reía las gracias, incluso querían hacer el primer parque temático español: *Jamón Park*, o *España-España*, lo querían llamar, con atracciones sobre el Dos de Mayo, la batalla de Lepanto y la de Navas de Tolosa, y una especie de juego de esos de pistolas de pintura pero con el tema de la Reconquista. Los chalaos incluso querían montar una reproducción del Puerto de Palos, de donde salió Colón, y una especie de *karting* réplica del de Montmeló, con la montaña rusa del Escorial y toda la pesca.

—No sé, igual tenía algo más de sentido que todo esto.

—Sí, claro, tendríamos una clientela muy selecta. Ah, y luego hacían pistas de tenis o de golf para la UrbaniZación y decían que eran terrenos deportivos municipales, y todo el lío así, hasta que les salía la pasta por las orejas y pasaron de lo del parque español y se fiaron de sus hijos y montaron el tinglado este, que tampoco tiene pies ni cabeza, ya lo ves: todo hecho con material de las fallas, que un día arde y nos vamos a tomar por culo todos. Ahora han empezado a echar a gente por lo de la crisis y hay un huevo de casas a medio construir. Si sales de aquí todo son grúas, ya lo verás. La han cagado un poco, pero de momento van tirando. Aunque fijo que en breve os echan a más de la mitad, que no está el horno para bollos. ¿No te has dado cuenta de que los chavales silban una canción cada vez que echan a alguien?

—Pues no. Gracias, Lucas.

—¿Gracias? Ya te digo yo que es peor saber que no saber.

Así que le sonrío y lo dejo mirando fijamente el brillo del fondo. Lucas tiene color de salud, mucho color, color de persona que tiene «la vida solucionada».

Camino un rato más mientras dejo correr las horas. Reparto papelitos sin ganas, con algo de abandono y sin esperanza, como esos sordomudos que dejan su abecedario encima de las mesas de las terrazas para después volver y recogerlos. De esos que, en un momento dado, pueden llegar a mascullar milagrosamente la frase «Iros a la mierda» para inmediatamente volver a encerrarse en un silencio de clausura. Le doy un papel al Señor Corbata Turquesa, que anda como siempre hablando solo y vestido de traje.

—Muchas gracias, amigo —me dice.

Y, de pronto, seca sus comisuras aspirando aire con el gesto que hacen las serpientes para traer de vuelta la lengua:

—*Fhssss...*

¿Quién es este loco?, me pregunto. Hasta que oigo:

—*Oíches?!!!*

EL REY DE LAS TORTAS

—*E logo?!!!*

Ahí está: el mostacho frondoso de motero cubriendo el bigote y las comisuras hasta la barbilla, con una barriga de buda gallego embutida en un delantal de cuatro botones laterales, sus alpargatas y su sombrero de cocinero adornados con el blasón galaico de su estirpe de pasteleros celtas.

—*Oíches?*

Es el Rey de las Tortas. Una auténtica aparición. Más de diez años sin verlo. Está igual, pero ya debe ir a por los sesenta.

—*Entón... como lle vai?*

—Aquí andamos, Rey. Trabajando un poco.

—Pero, y luego, ¿tú no ibas para abogado o para escritor? Chaval, teníamos un compromiso, tú tenías que escribir la biografía real, y aquí te veo...

—Se hace lo que se puede, don Marcos.

—Pero, *home*, *neniño*, eso de trabajar disfrazado...

El que me acaba de decir esto es Marcos Figueira, el Rey de las Tortas. Sólo sus amigos podemos llamarlo por su nombre. Un día, el 4 de agosto de uno de mis veranos de niño en el pueblo con olor a pan y a eucalipto, Marcos me había llamado a cuentas:

—Tú vienes siendo el sobrino de los de la panadería, *ou*? —Y luego—: ¿Quieres ver mi tesoro?

Y así, Su Majestad el Rey de las Tortas me llevó a

ver su tesoro. Me metió en su tienda, una especie de casa de muñecas construida en granito marrón y con ventanales de madera blanca, y me condujo al fondo, donde hacía calor incluso en las noches frías de aquel pueblo helado:

—Éste es mi secreto. Y también mi tesoro.

Y lo que vi fueron cientos de redondas doradas horneándose, magdalenas y tortas de pasteles cobrizos, y las famosas tartas de cabello de ángel y hojaldre, tachonadas con guindas, que lo habían hecho famoso.

El brillo cegaba.

—¿Te gusta mi tesoro? ¿Quieres saber cómo lo conseguí?

Y entonces fue cuando me explicó cómo se había convertido en el Rey de las Tortas, cómo había empezado encargando magdalenas y vendiéndolas en bicicleta por los pueblos, cómo había recurrido a toda suerte de artimañas para darse a conocer, cómo había conseguido hacerse una foto con uno de los cantantes gallegos más importantes de la historia: Juan Pardo. El Rey de las Tortas tenía en su tienda un panel de fotografías de él mismo en delantal junto a la gente más rica y poderosa del país y del extranjero: Cicciolina, Juan Carlos I, Moncho Borrajo, Sabrina, Torrente Ballester, Álvaro Cunqueiro, Mayra Gómez Kemp, José Luis Perales... «Se ve que si te haces fotos con gente así, se te pega algo: ellos se creen que lo hago porque los admiro, pero en realidad les estoy quitando la fama a ellos», me contaba. El tío había conseguido no sólo que todos le llamaran el Rey de las Tortas a fuerza de repartir dulces, sino que a su hijo único lo conocieran como «el Príncipe» y a su querida esposa Felisa la llamaran «la Reina».

Sus consejos eran valiosos. Fue él quien me chivó que, si me quedaba quieto, seguro que alguna chica del pueblo me haría un favor. Me dio ese consejo horas antes de mi encuentro con Sabela.

Don Marcos ha venido a oír cantar a un amigo suyo muy famoso y luego se vuelve a Galicia.

—Don Marcos —le digo ahora—, estoy trabajando. Hablemos luego. Si me ven hablando con usted me dejan sin sueldo una semana...

—¿Es que no os dejan hablar? ¡Serán cabritos!...

—Pues sí...

—Escucha una cosa, amigo. ¿Ves este helado con almendras que me estoy comiendo?

—Sí.

—Bien, pues cuesta un poco, porque por fuera está duro, pero tienes que morder fuerte y entonces llega la vainilla, y todo es fácil y sabe como dios... ¿entiendes?

—Más o menos...

—Entonces, nos vemos en otro momento... *Ata loguiño, neno!*

Por el pueblo frío de olor a leña y pan y eucalipto se paseaban tipos como un sabio que sabía latín y griego y que iba disfrazado de Mago Merlín, con su sotana plateada, su capa negra perlada de amatistas, su sombrero de cucurucho de terciopelo y su bastón con una paloma ensartada. Éste invitaba a los niños a su habitación mágica para luego colgar en la puerta de su casa carteles donde se leían cosas como: «Por mucho que murmuren y me quiten el honor, el árbol que es bien plantado siempre conserva su flor». O como el hijo del cacique, que gritaba todo el rato: «*O meu é meu*» en la plaza de la catedral; o como aquel otro, que se te acercaba, te cogía del brazo y te susurraba al oído: «*Contáronme que fuches ti quen lle arrancou as orellas ao can do obispo*». Y luego estaban otros lunáticos sanos y felices, como el Rey de las Tortas: los que se lo montaban bien.

NERVIOS EN EL VESTUARIO

—¿De qué?

En medio de todo este jolgorio, me da corte explicarle a Alma de qué quiero ir disfrazado. Poco antes me ha dicho que estas fiestas son perfectas porque es como ver a tus colegas desnudos. Y otra vez he sentido el pellizco en la columna y las hormigas trepando por mi espalda.

—Pero no porque vayan con poca ropa —me ha aclarado, entre risitas—, sino porque eligen el disfraz que los muestra como son.

—Cla-cla-ro.

Y aquí viene mi tic: el índice y el corazón haciendo el gesto de caminar para usar mi oreja como claqueta. Ahora acaba de preguntarme de qué quiero ir disfrazado, y yo le he dicho que del Rey de las Tortas.

—¿De qué?

Le vuelvo a decir el nombre y me pregunta si es el de un macarra experto en palizas. Yo le explico lo del tesoro y también lo de las fotografías con los famosos. Le cuento quién es don Marcos, y cuál es su aspecto.

—¿Un delantal? ¿O sea que quieres ir disfrazado con un delantal y con bigote?

—Sí, y con un gorro de cocinero.

—¿Pero de qué te servirá si nadie sabe quién es tu personaje?

—No sé.

Sin replicar, Alma ha buscado algo que se parezca al atuendo del Rey, y está cosiendo ahora cuatro botones en el delantal blanco que ha encontrado.

Pizpireta y trompeteante, así es la cháchara de Alma mientras me toma las medidas. Por momentos parece que habla otro idioma. Me habría encantado haber apretado el botón de «silencio» en el mando y haberla visto mover los labios e imaginar que me decía: «Tienes proporciones verdaderamente helénicas, ¿sabes? El cuerpo del David de Miguel Ángel parece haber sido modelado a partir del tuyo, salvo, claro, esto que tienes aquí...». En esos momentos, la proximidad, el calor, los nervios en el vestuario. Como antes de un partido importante: el baile de disfraces de *Atlantis*.

Mientras decide mi talla de pantalón, siento un apretón de deseo alado e inoportuno, como cuando la peluquera te aplica el champú acariciándote el pelo; como cuando la desconocida empleada de la tienda de Levi's se pone en cuclillas a hilvanar los bajos de tu pantalón mientras habla a la altura de tu bragueta como si ahí hubiera un micrófono escondido; como cuando una amiga demasiado guapa para ser una amiga se confiesa con la nariz roja por el moqueo de la llorera, y se te abraza y te pide consejo con voz suplicante; como cuando una chica aparentemente desastrada, con el moño improvisadamente prendido con un boli Bic, estudia a tu lado en una biblioteca donde está prohibidísimo hablar, y saca bolígrafos de todos los colores y les coloca sus capuchones metódicamente cada vez que los usa, y de repente te pregunta si tienes sacapuntas para afilar su lápiz Staedtler; como cuando chocas con cualquier chica por la calle y empieza el baile de quién deja pasar a quién, una especie de yenka, pasito para adelante, pasito para atrás, y tú intentando evitar sus ojos y vislumbrando a lo lejos el ritmo de los neones de aquel enorme letrero de Danone, y ella mirando al final de la Diagonal, por donde se sale de la ciudad, izquierda, izquierda, derecha, derecha, y así unos cuatro segundos, eternos, en los que te parece que le empiezas a coger cariño...

—¿Te tira de la sisa? —me dice Alma.

Y yo, sin tener ni idea de qué es eso, pero ubicando la sisa en otro lugar de mi mapa corporal, como quien responde en el Trivial que Ocata está en Japón y no en el Masnou catalán, le respondo:

—Un poco...

Para relajar todos los músculos, pienso al azar en imágenes que le quiten hierro a la situación: las piernas de Hristo Stoichkov, el puñetazo de Ruiz Mateos, mi propia cara (eso ya es triste) el día de Monstruogol, mi único día feliz en el colegio, del que ya daré cuenta en algún momento. En ésas ando, cuando oigo que Alma me dice:

—Ya está, Rey. Listo para pasarlo bien.

—Gra-gracias.

—De-de nada, señor Tortas.

—¿Y tú de qué vas? —le pregunto mientras me fijo en que, en lugar de los zapatos de tacón, lleva sólo unas medias de fútbol.

—De Barrabás.

—No, en serio, ¿tú de qué vas?

—En serio, de lo que tú quieras.
—Vas de Modesty Blaise, ¿verdad?
—¿De quién?

Pero ya la están reclamando para otro disfraz, y tiene que dejarme.

Me miro al espejo, que por una vez me devuelve la imagen de alguien a quien admiro. Para meterme más en el personaje voy y me pongo algo de harina en el bigote. Y ahora me recito a mí mismo el gran consejo del Rey: «El que a buen árbol se arrima, más fruta se lleva».

—Di que sí, hombre. Y cuidado con lo que te metes, que la fiesta aún no ha empezado —dice una muchacha a mis espaldas, mientras se arregla el flequillo.

Le pregunto de qué va disfrazada y me responde que de *pin-up* terrorista palestina.

—¿De qué?
—¿Quieres de esto? Cuidado, que se despega. Tengo salivilla de duende.

Y me tiende lo que en algunos círculos se dio en llamar durante un tiempo un cigarrito de la risa.

Huele a eucalipto en llamas.

DOS

EL BAILE DE LOS DISFRACES I:
TOLERANCIA 0 - PEÑITA 1

El vestuario desemboca en un largo pasillo con apenas una luz de emergencia cada cinco metros. Esas luces débiles y titilantes son las migas de pan que conducen a la fiesta. En el trayecto, se oyen carcajadas y se ven personajes que saludan con sonrisas en la cara y latas de cerveza en la mano. Leo en las paredes ocurrencias que algún borracho ha pintado: «Tolerancia 0 - Peñita 1»; «Scorpions número 1 en baladas»; «Aquí no se puede pintar», «No lo pienses, sólo hazlo».

Camino solo, buscando la puerta. No llevo gafas: las gafas son de cobarde, y en realidad ya no las necesito: quiero dejar de leer durante un buen tiempo. Las tuberías de colores, los tubos del aire acondicionado, las luces intermitentes y los desperdicios por el suelo no parecen tener fin. Pero ya empieza a oírse la música. Música de verdad, no el runrún cojonero de allá arriba. Canciones con palabras, con tambores sincopados, con gritos y con trompetas que son como toboganes locos. A cada paso más cerca, a cada paso más potente. En el último tramo, voy dejando a izquierda y derecha algunos portalones cerrados con candado. Hasta que llega el último, que deja entreabierto un espacio por donde se filtran luces rojas y naranjas.

Al empujar la puerta, siento como una explosión. Es como abrir una ventana y dejar entrar un huracán.

En medio del caos, se oye una voz que grita: «Don't fight it, feel it».

–¿Te gusta Sam Cooke? –me pregunta Gustavo.
–Mucho.

Podría haber añadido: «Desde hace treinta segundos».

Todo en esta cueva parece la versión vívida y encendida de los ecos tristes y apagados de allá arriba. Las sonrisas son de reunión de amigos y no de anuncio de Colgate. La música es de concierto de tu vida y no de ascensor hacia el cadalso. Suenan gloriosos tacos y cariñosos insultos. Los disfraces son misteriosos, algunos indescifrables, y no han sido impuestos, como los de arriba. Las conversaciones, muchas sin sentido o sin ilación, son espontáneas. Los bailes, esa maraña de brazos y pies, ese fabuloso lío de extremidades sudorosas por la falta de aire, no responden a coreografía alguna: son como una danza extática de Bali. Las parejas buscan rincones a oscuras y arruinan sus disfraces para tocarse la piel por debajo de ellos.

Al fondo, un neón artesano hecho con luces de Navidad amarradas en alambre reza: *Atlantis*. La tierra del porvenir utópico, el yacimiento de oricalco que brilla, el lugar de las mil lenguas que se hundió, y que sólo unos pocos, ¡qué putada!, conocen ya.

EL BAILE DE LOS DISFRACES II: LEYENDAS SUBTERRÁNEAS

—Pues yo creo que sí, Tristán, creo que el Túnel del Tiempo se debe ver desde el espacio. Hombre, no es tan grande como la Muralla China, que eso sí que se ve fijo, porque lo he leído en el Internet, pero yo creo que se ve...

—Sí, hombre, por el brillo de las monedas se ve...

—Te digo que sí, hombre, que se ve. Creo que incluso, con un buen teleobjetivo, se puede percibir el movimiento del Delorean de la montaña rusa...

Prudente, prefiero no responderle. La fiesta no ha hecho más que comenzar, pero puede que el tipo venga ya cocido de serie. El tal Alejandro, que así se llama, parece haber tomado carrerilla en algún bar durante la tarde. Yo, en cambio, estoy completamente sereno. Necesito muchas copas para ponerme a la altura del resto, que siguen bailando mientras suena ahora una canción que repite una y otra vez la enigmática frase «Batmacumba ye-ye». Una y otra vez, cada vez con más tambores.

«Tengo que beber —me digo—, perder el hígado no está mal si puedo romper el hielo con Alma.»

Mientras Alejandro sigue dándole a su matraca, yo repaso la sala: está llena de recovecos en los que parejas improbables urden sus amores amparadas en la sombra. Todas las paredes están llenas de portadas de discos.

La música atruena, el calor se despeña en goterones de sudor por los cuerpos. De pronto, se oye una explosión de júbilo: los trabajadores de la pizzería *Super Mario* han acabado su turno y traen restos de pizza gratis para todo el mundo. Las bandejas de cartón empiezan a rular hasta que una de ellas recala en mis manos.

—¡Cuidado!

Otra vez Alejandro. Me ha cogido cariño. Dice que va vestido de Pink Floyd. Lleva una especie de sotana verde desteñida. A mí me parece que va disfrazado de moco.

—Nunca me he fiado de ellos –me dice–. ¿Tú no sabías que la mayoría de los pizzeros son polis?

—No, la verdad es que no tienen pinta. Ni éstos, que van vestidos de fontanero, ni los que conozco en Barcelona, que no llegan a fin de mes, los pobres.

—No te enteras, tío: ahí está precisamente la clave. Los pitufos los tienen cogidos por los huevos... Se conoce que la cosa empezó en Australia, donde se ve que la bofia es muy lista. Como los pizzeros tenían que recorrer grandes distancias con sus vespinos, y como tenían que ir rápido para hacer más pedidos y tener más propinas, se saltaban un montón de señales. Entonces, los listos les propusieron un trato: les perdonarían todas las multas a cambio de que fueran agentes encubiertos. Claro, la cosa es que tenían que llegar a los pisos de los jóvenes que pedían pizza e intentar oler si había marihuana en el aire mientras recibían el cambio. Claro, los canutos combinan muy bien con la pizza a domicilio. Los muy traidores pipeaban, y si veían algo sospechoso, se daban el chivatazo. Los jóvenes, pobres, veían cómo aún no le habían hincado el diente a la pizza caliente cuando ya entraba una patrulla en su casa, les interrumpía el visionado de, pongamos, *Aterriza como puedas*, les pillaba con el queso estirado como puente inestable entre la boca y la pizza y los ponía con las manos en la pared y los cojones aquí arriba.

Alejandro, en este momento, en este preciso instante en que pinza su nuez con dos dedos y pone cara de estreñido, está comprando los boletos para que le den el premio al Tío más Extraño de la Ciudad. A falta de algo mejor, con ese miedo atávico a quedarnos solos en una fiesta que tenemos los tímidos, le sigo el rollo y me muestro indignado con esos secretas.

Alma, mientras tanto, hace el papel de «qué gracia me hace todo lo que me dice todo el mundo», con esa carcajada de ráfaga corta de las mujeres maduras e interesantes de las películas. Así que, mientras Alejandro me da conversación, yo sonrío como lo hacen ante las cámaras los altos mandos de dos naciones históricamente enemigas, o simplemente con idiomas irreconciliables: el norcoreano con el iraní, por ejemplo.

Alejandro, encantado con la atención que parezco prestarle, procede a hacerme un inventario de leyendas urbanas que para él son verdades como templos. Una: las dosis de LSD que Jimi Hendrix colocaba bajo la cinta de su cabeza, con el noble fin de que la droga se filtrara en su cuerpo durante esos conciertos en los que incendiaba guitarras después de practicar felaciones a su mástil. Dos: el borracho al que detienen y obligan a soplar, situación que él, más ciego que Alfredo y pensando que es el suyo, interpreta como el pie idóneo para robar el coche de la policía, sin saber que al día siguiente amanecerá con veinte coches de las fuerzas del orden dándole los buenos días en el portal de su casa. Tres: nunca hay que dar las luces para avisar a un coche que las lleva apagadas, ya que ése es precisamente el primer paso para el rito satánico de iniciación de la Pandilla Sangre, una logia sobre ruedas que mata y descuartiza a todo el que tenga ese filantrópico gesto en las carreteras españolas. O, cuatro: a mediados de los setenta, «se conoce que» los narcotraficantes de Estados Unidos repartían calcomanías con dibujos de Disney bañadas en pequeñas dosis de ácido, para enganchar a la droga a los niños desde pequeños.

Alejandro vive instalado en la convicción de que a él le colaron una de ésas durante un verano que estuvo de intercambio en Orlando. Me explica la razón por la que trabaja como barrendero en *Villa verano*. Cinco: se dice, se comenta, que el parque de California de Disney está construido sobre un antiguo cementerio indígena y que nadie ha muerto nunca en ese enorme recinto.

—Por eso estoy aquí, ¿tú has oído de alguien que la haya palmado en *Villa verano*? Pues ahí lo tienes. Aquí, se conoce que soy inmortal.

Alejandro me mira con esa mirada espiraloide y mercurial tan característica de quienes interpretan el papel de psicópata en las pelis de adolescentes. Es el momento de emprender una maniobra de evasión:

—Discúlpame, Alejandro —le digo—: voy al baño.

EL BAILE DE LOS DISFRACES III: CANCIONES CON ALMA

El baño parece la letrina de una ciudad arrasada por un ataque aéreo. El lavabo está vencido, según me explica uno, por la efusividad de una pareja. El excusado, sin embargo, tiene su *hit* escondido: sobre la cisterna de la taza del váter hay un gran neón vertical donde se lee de arriba abajo:

H
U
E
V
O
S

Adopto esta palabra como mantra y la recito con los ojos cerrados, como un saltador de trampolín a punto de lanzarse de espaldas a la piscina olímpica: «Huevos, huevoshuevos, huevoshuevoshuevos, huevoshuevoshuevoshuevos».

—¡Su Majestad!

Es Alma saludándome.

—¡Hola! —respondo, con la torpe y enfática entonación nasal de un sordomudo enamorado.

¿Qué hacen dos personas en una fiesta cuando se encuentran y no saben qué decir? Opción A: si no quieren seguir hablando, al menos una de ellas se va al lavabo (yo salgo de allí y ella no pretende entrar, así que pasemos a la segunda opción); opción B: si los dos quieren seguir hablando, van a la barra a pedir.

–Dos cervezas.

–No, yo prefiero un güisqui con Coca-Cola.

–Que sean dos –yo de nuevo, chaquetero–, pero con Red Bull –matizo, con tono de *sommelier*, para no ser acusado de copión.

La barra no tiene nada que ver con el acabado caoba de navío antiguo del *Submarino*, donde ahora mismo debe de estar apurando tragos el Inocente Nemo. En este caso, se trata de una de esas barras de chapa regaladas por Coca-Cola.

–¿Red Bull?

No es Alma, sino Alejandrito, de nuevo al ataque.

–¿Pero no sabes que el Red Bull lleva esperma de toro?

Alma estalla en una carcajada que podría haber hecho estallar todas las copas que allá arriba están bebiendo los comensales de los restaurantes de *Villa verano*:

–«De lo que se bebe se cría» –comenta Alma, carraspeando–: huevos, huevos, huevos...

Alejandro pide permiso para ir al baño y da un giro de ciento ochenta grados sobre sus talones, como un espléndido bailarín.

–Veo que ya has conocido a Alejandrito El Leyendas –me dice Alma.

–Por suerte o por desgracia –le respondo yo, como buen descendiente de gallegos, para no mojarme, ya que aún no sé si son amigos o no.

–No es mal chico. Se quedó colgado de una especie

de invasión de micropuntos de LSD a principios de los noventa. Desde entonces, cree que se lo dieron dentro de un caramelo a la puerta del instituto. Hay que tratarlo bien... ¿Todavía no te ha contado lo de los cocodrilos del Lago Deseo?

—Pensaba que, según la leyenda, estaban en las alcantarillas de Nueva York...

—Sí, pero el Leyendas lo adapta todo a su entorno... Hace versiones *alejandrocéntricas* de todo. El listo siempre le regalaba a las chicas M&M's verdes, que según él son afrodisíacos.

Yo no ceso de imaginarme a Alma con los ojos en blanco, bailando como poseída, desprendiéndose de la ropa, ¡qué calor!

—Qué calor hace... —le digo, reanudando la conversación *in media res*, como decía mi amigo pedante del cole.

—Suerte que mi disfraz es bastante ventilado, ¿adivinas de qué voy?

«Claro, desde el primer día», podría haber dicho, pero le respondo con un prudente:

—Creo que sí.

Colijo entonces que, si va de Modesty (aunque nada me asegura que sea así), entonces es huérfana, que ha tenido una infancia difícil, que se ha hecho a sí misma, que ha vivido mil aventuras, que ha estado del lado del crimen y que es una profesional de los secretos, incluso que ha tenido un hermano con problemas serios con las drogas al que siempre ha querido ayudar: Alma y su vida de Modesty Blaise.

—¿Alejandrito es tu hermano?

—¿Cómo lo sabes?

—Por nada, por cómo lo mirabas….

Me explica que le gusta la aventura. Que sus padres no han muerto, pero que son unos jipis que la dejaron con sus tíos para seguir vendiendo pulseritas de cuero por Europa. Que le envían de vez en cuando una postal, pero que se ha criado con el hermano de su madre, un jipi reciclado en creativo de publicidad bastante insoportable, pero que la aguantó hasta que se fugó de casa.

A su hermano lo ha rescatado más tarde, para que trabaje en *Villa verano*, pero antes ella ha recorrido el mundo:

—Quería ver mundo, ¿sabes?

Aun siendo jipis, sus padres tienen tres casas. Alma ha viajado a Estados Unidos, donde trabajó en el parque de atracciones de Coney Island. Concretamente, hacía de Serpentina, contoneándose con una serpiente sin veneno en el cuello, y de Electra, lanzando rayos con un truco óptico bastante trabajado. También, y ya con el correspondiente pelo rapado y de color rojo, había vivido en un *loft* enorme de artistillas en el este de Berlín, justo al lado de Kastanienallee, sólo porque le gustaba el nombre de la calle: la Avenida de las Castañas.

—En Berlín iba en bici incluso en enero, ¿sabes? —me dice, y yo no sé muy bien por qué ha querido subrayar este dato.

Me cuenta que había vivido en un sitio y en otro hasta que se percató de que su existencia se parecía demasiado a la de sus padres, que tanta rabia le daban, y prefirió volver a Madrid, donde se matriculó en una especie de módulo de estilismo y diseño de moda. Y de ahí, por una ETT, a gestionar el vestuario de *Villa verano* desde hacía nada menos que tres veranos. A sus veinticinco años, ha vivido más de lo que yo hubiera vivido de ser un gato con siete vidas.

—Son cinco frostis —dice el camarero, que tiene detrás de él un pequeño póster en el que un tipo alza el dedo del medio, desafiante, justo encima de la leyenda: «Only Cash».

—¿Quién es ése? —le pregunto.

—Johnny Cash.

—Ah, claro, en efecto.

—En efectivo.

Pero no pillo el chiste hasta quince segundos después, así que no me río. Pago con un billete de cinco euros. Soy como Animal Man: vuelo al lado del águila, me camuflo al lado del insecto palo y al lado del elefante nunca he estado. Hasta ahora, siempre he funcionado por luz ajena y me pongo en marcha cuando el otro camina. Quizá por eso voy disfrazado de Rey de las Tortas. Quizá por eso contraataco para explicarle a Alma alguna anécdota de mi relación con el riesgo. Animado por el vaso ya vacío, por el calor, por la posibilidad de aprovechar ese momento. Salimos al pasillo y allí le cuento vivencias en tono modesto, pero con grandes palabras. Le empiezo a hablar de mi empleo de vigilante nocturno, solo, en un gran complejo de fábricas del extrarradio de Granollers:

—Donde yo estaba, nadie podía escuchar mis gritos —recito de memoria.

Risa. Complicidad. Bien.

Alargo y alargo la anécdota a través de la segunda y tercera copa, hasta que me digo que quizá la estoy cansando, y lo peor: no veo la luz al final del relato, porque el final es bastante vergonzoso.

Para cambiar de tercio, me pongo a decirle que me propongo escribir un libro.

—Ah, muy interesante —me dice ella.

«Interesante como ponerse un domingo a ver crecer una planta», debe de pensar.

Yo sigo sin saber con seguridad de qué va disfrazada, y le digo:

—Vas de Modesty Blaise, ¿verdad?

—¿De quién?

De repente empieza a sonar un ruido de cacharrería: *walkmans*, muñecas, quesitos de Trivial llenos y vacíos, locomotoras pequeñas, mandos de Scalextric, incluso una videoconsola Nintendo NES, que es un buen ladrillazo, están siendo arrojados al escenario; todos son objetos perdidos por niños en *Villa verano*. Es el ritual para dar la bienvenida a Los Juguetes Rotos. Me gustaría que Nemo estuviera aquí en este momento.

Y sé, también, que Modesty Blaise, tan guapa y tan lista y tan fuerte, llora al final de cada aventura. Y Alma es todo eso, aunque no vaya disfrazada de Modesty Blaise. Aunque yo me esté montando la película.

EL BAILE DE LOS DISFRACES IV:
EL RUIDO DE LOS JUGUETES ROTOS

—Hasta el infinito. Estamos aquí para acompañar hasta el infinito a Los Juguetes Rotos —dice ahora Alejandrito, el Leyendas, esquivando un Cubo de Rubick—. Esos juguetes no homologados que los niños se tragan y después sueltan en los lavabos para que se los coman los cocodrilos de las alcantarillas de Nueva York. Los Juguetes Rotos, abrasivos como la Coca-Cola, que puede deshacer un filete de ternera en tan solo dos días, peligrosos como mezclar Coca-Cola con Peta Zetas, sensuales y misteriosos como la chica de la curva que te avisa del accidente. Intensos como el concierto en el que a Michael Jackson se le cayó la nariz. ¡Nunca se acaban las pilas de Los Juguetes Rotos! —«¡Ni las tuyas, Leyendas!», le gritan —...Porque los juguetes rotos viajan al infinito y más allá. Con todos nosotros... ¡Los Juguetes Rotos!

La gente acude en tropel al arco de entrada a la habitación de los instrumentos. Un espacio de techo abovedado insonorizado con hueveras de cartón naranja y blanco dispuestas alternativamente con las paredes forradas de fotografías de los grupos favoritos de Gustavo y compañía. El público se agolpa en la arcada y se hacina en la pequeña habitación como en un vagón de metro en hora punta.

—¡Hasta el infinito y más allá!— grita Gus. El concierto ha empezado.

El público, con las caras y las manos sudadas, grita las canciones como en una misa en Harlem. Mientras arriba, en la superficie de *Villa verano*, suena seguramente alguna versión de *La chica de Ipanema* interpretada por un indígena de Pernambuco, abajo, en *Atlantis*, todo es diferente. Entre canción y canción, Los Juguetes Rotos dan lingotazos y rulan entre el público una botella de Tequila Cuervo.

En una esquina del local, algunos reparten pequeñas pegatinas de colores, que ahora ya están pegadas en las camisetas y en las caras, dibujando signos de exclamación o pajaritas o cohetes. En el escenario, la banda ataca *Telesketch* –«...no tengo gracia, pero es que me dibujaron así; no es que sea feo, es que me dibujaron con Telesketch»– y la gente agita carretas de plástico.

Los Juguetes Rotos van disfrazados de sí mismos: corbatas estrechas, americanas de cuatro botones y pantalones por el tobillo de tela plateada, azul y color vino.

Batería, bajo y guitarra se funden en un tornado, y Gustavo hace como un molinillo con el brazo cuando toca, y el Yoni Guitar da palmas en la parte trasera de la guitarra. Un taladro y un tiroteo, y también una caída en ala delta. Así es esta música.

Cuando empiezan a tocar *Como un tren*, pero sobre todo poco después, en el estribillo de la versión de *Muñeca de porcelana*, se obra lo que yo, cerveza ya caliente en mano, me temía desde hacía mucho rato: un rayo láser conecta los ojos de Gustavo con los de Alma.

«Muñeca de porcelana, buscaba un alma dentro de ti, y eso era como buscar, mariposas blancas, encima de la nieve.»

Qué cabrón. El contacto visual entre Gustavo y Alma deja aún más chata a la Esfinge de Giza. Ya me puedo olvidar de Alma. Aunque ella ahora me da la mano y me pasa una nota.

Pero lo peor es que el Leyendas vuelve a la carga:

—Pues el primer cantante de Iron Maiden murió por una apuesta. Perdió y se tuvo que beber el vómito de todos los de la banda.

En todo momento, incluso durante la larga anécdota de los jevis tragadores de vómito, aprieto con mi mano izquierda el papelito de Alma. Me siento muy identificado con los protagonistas de esta última leyenda. Conteniendo los espasmos para no echarlo todo por la boca, enfilo el camino a mi habitación por un pasillo minado de latas que se retuercen como después de la explosión. Llego a la que podría ser mi puerta. Como un matador inexperto, intento en cuatro ocasiones introducir la llave en la cerradura. Y cuatro: lo consigo.

Sentado en la cama, segundos después de perder el mundo de vista, leo la nota que me han dado:

—Tienes un sitio en mi *Villa verano*. No faltes el martes a las 22.00 horas en el laberinto de las bicis.

EN PRIMERA LÍNEA DE MAR: NEMO Y LOS SALMONES

Todo gira. Helicópteros, bombas... Oigo patadas en la puerta e insultos en alemán de agentes de la Stassi que vienen a registrar mi humilde guarida. ¿Qué he hecho? Me he quedado dormido hace nada, todavía estoy limpiando la roña de mis suelas en las alfombrillas de los palacios del sueño y ya me quieren traer de vuelta.

—Sal ya, mandril, que son las siete de la mañana.

Es el Capitán, y no la policía germana en pleno, pero el daño es el mismo. Las siete de la mañana. Siete menos cinco: dos. Tengo que contar con los dedos tres veces: he dormido dos horas, ciento veinte minutos, siete mil doscientos segundos de nada.

Nemo insiste con saña y se ceba con la puerta, mientras yo anclo en tierra firme y me pregunto cómo narices ha sabido cuál es mi habitación y, sobre todo, qué viene a hacer aquí a estas horas.

Inocente, que en estos momentos hace menos honor que nunca a su nombre, aparece apoyado en el quicio de la puerta con un vaso de líquido efervescente en la mano.

—Alka-Seltzer, chaval, que hay que explicarlo todo.

Mi cara sería perfecta, en este momento, para ilustrar la palabra *resaca* en la enciclopedia visual de Salvat.

—El otro día en *El Submarino* me explicaste que

hoy era tu único día libre y pensé que querrías aprovecharlo y no dormir todo el santo día como un oso.

Salgo de la ducha limpio y sonriendo a pesar de la boca con textura de cenicero y de los riñones recién donados por un hombre de ciento veinte años.

—Qué, fue bien la fiesta, ¿no? Después me explicas, ahora acaba de vestirte. Te espero en el Impala, en la puerta del hotel.

Cuando salgo, el Cadillac Impala se ha convertido en uno de los carritos de golf con los que los empleados se movían por *Villa verano*. Nemo le ha puesto unos flecos en el toldo y unas pegatinas doradas y estrelladas con las caras de algunos de sus ídolos de la música en las puertas. Me explica que él hacía *tunning* mucho antes de que éste se pusiera de moda, y que su carrito, que le ha regalado el barman de *El Submarino* porque él apenas lo usaba, está sencillito ahora, pero que ha llegado a tener sus dados colgados del retrovisor con el número seis en cada cara y unos alerones «de quitar el hipo».

El Nemóvil, como yo mismo lo he bautizado al minuto tres, arranca y se dirige hacia la salida del complejo de *Villa verano* a través de un camino que muy pocos conocen. Por el trayecto, de unos veinte minutos, Nemo me explica cosas de la única época de su vida que parece importarle; por ejemplo, que Plácido Domingo cantó en un conjunto beat. Y que lo hacía bien, no como ahora, «que grita como si lo estuvieran matando».

Yo le cuento cómo fue la fiesta en general y el concierto de Los Juguetes Rotos en particular, mientras él finge concentración máxima en la conducción de ese cochecito que no alcanza los veinte kilómetros por hora, y me pregunta:

—Pero esos mariquitas no tenían ni coristas, ¿no?

—Pero ¿cómo podían sonar bien si sólo eran tres?

—Pero a ésos no los conoce ni su madre cuando vuelven a casa por Navidad, ¿no?

Le explico que eso es precisamente lo que me gusta de ellos: el secreto compartido entre unos cuantos. Ellos tocan cada día a la vista de todos, pero sólo unos pocos entienden y disfrutan de su música de verdad, «si bien —añado, resentido— quizá flojean un poquito en la voz solista, que se tiene que pulir».

Le digo que algún día tiene que bajar a verlos, que hacen conciertos casi cada semana, que le gustarían.

—Yo ya he oído todo lo que tenía que oír —me responde Inocente.

Y no sé si se refiere a la música en general o a mí.

Para cambiar de tercio, me explica que casi nadie en *Villa verano* se atreve a salir del recinto. Que quién iba a salir si tienen comida y bebida gratis gracias a sus pulseritas. Que nadie piensa en la vida más allá de esa *V* gigante robada a la Costa del Sol. Que las casetas de las atracciones no les dejan ver la playa, o algo así.

Cuando el motor eléctrico se apaga, antes que mirar dónde estamos agradezco que cese ese ruidito tan molesto. Es Nemo quien me dice, como quitándome una venda de los ojos, que ya puedo bajarme y ayudarle a sacar el material.

Hemos aparcado en la esquina de una cala muy pequeña, con apenas arena, pero con sillones naturales de diseños imposibles en las rocas que dan al mar: peñascos adornados con residuos que ha ido dejando la gente, todo un biosistema compuesto de condones, tambores de Dixan, radiocasetes oxidados y bolsas de Doritos. Una especie de réplica al aire libre del Coche-Cueva de Valentín.

–Éste es mi refugio –me dice Nemo, como enseñándome el resultado de años de trabajo, como si esas rocas fueran la Sagrada Familia o las Torres de Watts.

Desenfunda dos cañas de pescar y un termo de café caliente. También saca de una neverita cubitos y un par de vasos. «Chin-chin», listos para una buena jornada de pesca. A escasos metros, corren enormes motos de agua, patinetes y algún bañista despistado; pero, claro, para Inocente esto es mar abierto, y este recoveco de agua salada esconde bancos de peces.

–A ver, no te engañaré, pescar no se pesca una mierda, pero podemos pasar un rato agradable, ¿no? –me dice, subrayando el «¿no?» con una de las primeras sonrisas que me dedica.

No es cuestión de dar la paliza, pero yo ya he pescado alguna vez en las marismas de San Cosme y en la Ría de Foz cuando era pequeño y pasaba los veranos en Galicia. Rosiña, una abuela del pueblo, de lo menos noventa años, me llevaba con ella cuando iba a apañar navajas y berberechos. Colocaba las albardas en un segundo y me dejaba ir encima de un burro que caminaba lento para que pudiéramos disfrutar del paisaje hasta que llegábamos a Os Fondás, el paraíso de las chirlas, los caracoles y demás. «Cazar» una navaja –porque yo siempre empleaba ese verbo– no era fácil. Se echaba mano de una ballesta de paraguas y se le ataba en la punta una bala que normalmente traía de la mili uno de los nietos de Rosiña, Marcelino. Entonces había que acertar cuando abrían una especie de ojo por entre la concha para buscar el sol: la bala impedía que volviera a caer al suelo. Cuando volvíamos —musiquita de *Kung-fu* tocada con gaitas y horizonte malva al fondo—, Rosiña siempre me decía que algún día el que caminaría sería yo y ella iría en el burro. Pero ese día no llegó. Los abuelos son así de serviciales.

—En qué coño piensas, hombre. Tráeme para aquí el termo de café otra vez.

No creo que Nemo hubiera hecho buenas migas con Rosiña, una mujer que siempre puso al mal tiempo buena cara y así permaneció joven hasta los ciento quince años. Me temo que no los hubiera presentado jamás.

Nemo me explica que éste es su escape de la rutina del bar de *Villa verano* y que ni siquiera Lucas tenía permiso para entrar en su escondite. Pescamos bambas, sujetadores de encaje, gorras de Caja Rural y braguitas de *Los Soprano*, pero ni rastro de cosa alguna que «echarse al coleto». Sin embargo, uno de los objetos capturados le pone melancólico. Nemo funciona así: tira millas con el salvapantallas mental puesto, hasta que una palabra o una imagen le da un collejón emocional. En este caso, se lo da el plástico de unas lonchas de salmón ahumado.

Para romper el silencio, introduzco una sugerencia inoportuna: le digo que puedo decirle a Alma que le presente a Gus, que a lo mejor pueden quedar los dos —Nemo y Gus— para tocar la guitarra y pasar un rato, aunque después no hagan conciertos.

—Mira, muchacho, mi vida ha sido la de un salmón. Los salmones se parecen mucho más a mí que los humanos. Tú te pareces un poco a mí porque tienes un poco cara de lenguado y porque te gustan las historias de aventuras como a un subnormal una pandereta, pero los demás no se parecen a mí en nada.

—Gracias, Capitán —respondo, por si las moscas.
—¿Has visto alguna vez un salmón?
—Claro.
—Sí, claro, en el plato, o en una de esas bolsas... Nada, como si lo hubieras visto volar. Te lo decía porque los salmones jóvenes son los animales más guapos del mundo. Son bicolores, como los cadillacs más bonitos. Tienen los flancos plateados y el dorso azul eléctrico. Brillan debajo del agua y saltan un montón de metros. ¡Joder!, durante una época de su vida podrían ser los reyes del mar, los donjuanes de las hijas de Neptuno, y nadie les tosería. Van juntos y son como una banda de barrio, como Los Famosos cuando íbamos por Barcelona en las vespinos. Pero en algún momento empiezan a remontar el río hacia zonas transparentes con una sola cosa en la cabeza: el amor, tío, el amor o lo que hay dentro de todo ese paquete con lazo hortera que es el amor, o sea, follar. Durante esos años viven de rentas, de su esplendor y de la grasa acumulada de lo que se han zampado en el mar, porque lo que es en agua dulce están a dos velas. Se pasan la vida remontando un río, saltando árboles, ro-

cas, luchando contra remolinos, nadando hasta siete kilómetros al día a contracorriente, sufriendo todo eso sólo para echar el primer polvo de su vida allí arriba, en aguas transparentes. El paraíso prometido y esas cosas. Pero a medida que se acercan a su meta, a lo que han soñado durante todos esos años, se empiezan a poner feos: les crece la mandíbula muchísimo, como en forma de gancho, se vuelven de un color cobrizo enfermo, así, de vino picado, y se mueven con mucha dificultad. Eran preciosos, pero ahora los condenados son realmente feos.

—Como Marlon Brando.

—Sí, sólo que ése se había follado a medio planeta cuando empezó a ponerse feo, y te recuerdo que el salmón aún es más virgen que Marcelino, el del pan y el vino. En fin, cuando llegan a su destino echan los huevos o se corren ahí en el agua clara en unos montoncillos de grava, y ahí se acaba todo para ellos. Están reventados. Pero no de tener que fumarse un pitillo o salir al balcón un momento, reventados de quererse morir. Lo único que pueden hacer es dejarse caer otra vez río abajo, pero ya son cadáveres que nadie mira ni quiere ver: son como peces-zombi, feos como los peces abismales, o abisales, o como se digan esos peces que viven en profundidades donde nadie los ve y tienen que generar su propia luz porque nunca se acercan a la superficie del sol. Los salmones, Tristón, se han pasado años buscando y encontrando el sitio del que venían cuando eran pequeños para echar un polvo, y vuelven al mar medio muertos o mueren por el camino. Claro, alguno sobrevive, pero a ver cuál de ellos tiene huevos para subir otra vez y reproducirse de nuevo, ¡ni de coña!

»Yo, chaval, soy un salmón: mira lo que le ha hecho el vino a mi cara, parece que me la hayan cambiado. Tengo las mejillas rosadas y la piel amarilla. ¿Y ves esta papada? Durante muchos años ni comía buscando las mejores canciones y los mejores polvos en un país hecho totalmente de mierda gris. No te negaré que en mi época de Los Famosos me cepillé a más de una: sería algo así como el Espartaco Santoni de los salmones. Tampoco te diré que no estuve en lo más alto del río, en la cresta de la ola del río; pero la caída fue penosa, y ahora estoy viejo y feo. Estoy sin energías y sé que ya no voy a volver a subir a un escenario otra vez, o a componer una canción. Y para mí eso es lo mismo que si hubiera muerto en la caída que me ha llevado hasta aquí.

Y así nos quedamos, con la caña tirada y flácida, esperando a que pique una zapatilla Victoria, o un anillo de pedida de rubí, o un cedé pirata del *Bolero Mix XIX*. Algo que tense el sedal, que por un sistema de poleas emocional tense también una sonrisa y nos levante del sitio.

—Pues parece que hoy no es el día —constata al fin Nemo, con una mueca de morder limón, después de dar un sorbo al café que acaba de bautizar con un poco de Anís del Mono.

ME PAGAN POR PENSAR

Ahora me pagan por pensar. Siempre me han pagado por pensar. Pero no por formar parte de un comité de sabios que deciden cuál es el mejor camino para descubrir la antimateria. Mis trabajos son siempre tan basura que me pagan por pensar en lo que a mí me dé la gana mientras no hago nada.

¿Un ejemplo? Estoy pensando ahora mismo, mientras recibo a niños en una especie de sillón con forma de caracola de acabados dorados y me hago fotografías con ellos. Estoy en la parte sureste de *Villa verano*, y una fila de personajes recibimos a las familias, nos hacemos fotografías con sus hijos y después cobramos a diez euros la imagen con cualquiera de los salvadores del mundo. El hecho de estar enfundado en la piel de un héroe secundario como Míster Agua me permite todavía más distracción.

–¿Y tú quién eres?– me preguntan, a bocajarro.

No me enfado. La verdad es que yo tampoco tengo ni idea. Así que pienso, por ejemplo, en que las fotos que nos hacen viajarán por todo el mundo. Estoy acostumbrado: en Barcelona vivo en la calle Notariat y aparezco con cara de tristón en el fuego cruzado de *flashes* detrás de las estatuas humanas. Aquí es lo mismo: salgo en fotos de desconocidos. Gracias a las sesiones que me están haciendo estos días, fuera de España no seré nunca Tristán, ni siquiera Míster Agua:

seré el idiota de las mallas rojas al lado de Kevin, el pedófilo «mira cómo le sonríe» a Serge.

Así que intento animarme, buscar más indicios de mi don.

Tengo los detalles grabados: unas bambas J'hayver gigantes, algunos dientes de leche ausentes, el jersey de un tipo naranja haciendo surf y unos tejanos con la marca del dobladillo que me anunciaban que aún podía crecer. Estaba encerrado en una habitación. Encerrado con llave. «Ahora no puedes salir en un rato. Y sobre todo, sobre todo, no te mires al espejo.» Bien, claro, no te mires al espejo, no metas los dedos en el enchufe, no respires, no bajes al sótano. Segundos después, un espejo escarchado me devuelve la imagen de un monstruo del tamaño de un niño de unos ocho años. Y los nervios. Y mi tic nervioso: coger mi oreja derecha con el dedo índice y el medio y moverla hasta que parece que aletea.

Por lo visto, yo era alérgico. Alérgico —entre otras cosas que ocuparían unas cuantas páginas— a los caballos. Claro, yo era igual de tonto ahora que entonces, pero entonces aún sabía menos cosas. Ésa en concreto, por poner un ejemplo, no la sabía en aquella acampada del colegio en que me pasé tres horas limpiando establos, acariciando crines de caballo, susurrando palabras tranquilizadoras en sus orejas, para sentenciar que aquellos preciosos animales serían para siempre, para siempre de verdad y hasta el fin de los días, mis amigos. Poco después, la cara se me hinchó, cicatrices de granos alineados como hormigas atravesaron mi rostro, mis ojos se convirtieron en huevos de color rojo como los de mi primer día en *Villa verano*. Y todo el cuerpo me ardía.

Al rato, entró en la habitación un niño de la clase con el que nunca me había atrevido a hablar. Mientras yo leía tebeos o jugaba a cartas, él solía ser el que resolvía los partidos. Por alguna razón, ese campeón estaba ahora encerrado en la misma habitación que yo, que me debatía entre tirarme por la ventana o mirarme una vez más al espejo. Me explicó que jugaba en el Barça, que la Ruth estaba por él, que hacía poco lo habían operado de un ojo y casi había perdido la visión. Que de momento no podía volver a jugar.

Yo sabía que me quedaba aproximadamente una hora antes de que me bajara la hinchazón, para volver a ser un niño y no un asustaniños con cuerpo de niño. No sabía su nombre. Sólo que le llamaban Gol. Durante ese rato nos hicimos amigos. Suena raro, pero juro que fue así. Me preguntó por qué no jugaba normalmente, qué libro leía, y también me pasó una maquinita de marcianos que se le había estropeado para que se la arreglara. Después, me hizo una sesión de entrenador en toda regla: «Todos podemos», «Once contra once» (mentira, éramos veinte contra veinte), «El equipo eres tú, y tienes que portarte bien contigo mismo»; «Quiero que te enganches a ese delantero como si fuera un chicle, y quiero saber su sabor al final del partido», «A por ellos», y esas cosas que ni idea.

Me miré en el espejo por última vez: miedo. Joder, aún daba miedo. Pero yo no me tenía miedo a mí mismo, me conocía demasiado. O eso creía. Media hora después, me estaba dejando la piel en el campo. Casi dejo cojo de por vida al otro chaval que metía goles y que normalmente competía con mi nuevo amigo. Sin demasiada magia en las botas, con una falta alarmante de técnica, con la sutileza en el corte de un carnicero sádico, recuperé ocho balones para mi equipo, paré un gol con los testículos y metí un gol con la nariz que me dio otro perfil ante el resto de la clase y ante mí mismo. Gol sonreía con gafas de sol desde la banda.

En el autocar, en ese mismo autocar en el que había tenido que ir solo en la primera fila, al lado de Alfredo Gafotas y Eduardo Mofeta, me vitoreaban ahora: «¡Monstruo-monstruo-monstruo!». Y yo, con mis ojos de huevo rojo y mi cara de boxeador con granos, no sabía si tomármelo bien o mal. «¡Monstruo-monstruo-monstruo!» Y toda mi cabeza convertida en un enorme tomate transgénico. Y yo sin saber si se reían de mí o conmigo, que era como mi madre me consolaba cuando se reían de mí. Hasta que Gol tosió, lanzó el resto de palote que tenía en la comisura derecha de los labios, se colocó las gafas de diadema, y susurró: «Monstruogol». Y por primera vez sentí el respeto escalando como un témpano mi columna.

El conductor del autocar aprovechó el silencio para poner una película. En la pantalla, un pardillo se miraba las manos, que se le ponían como fuets, y de los dedazos le crecían enormes garras. Y se miraba en un espejo y le empezaban a salir pelos por todos los lados, hasta en la lengua. Y entonces asomaban los colmillos y se convertía en el amo del asunto. Le rasgaba la espalda a la chica, ¡buf!, hacía surf encima de una camioneta, era la estrella del baile y además se convertía en el amo de la cancha de baloncesto. Y el público, y la gente del baile, y todo el mundo le gritaba: «¡Lobo, lobo, lobo!». El autocar enmudeció y me miró. Yo conservaba la sonrisa de antes: toda la verdad y toda la ortodoncia en ella. Y durante aquel rato, hasta la llegada al cole, me trataron como a un dios. Como al dios Monstruogol.

El espejismo acabaría pronto: a la mañana siguiente, en el primer partido de aquel día. Gol no había venido a clase porque había tenido que ir al hospital. Yo me esforcé, pero chutaba al aire, y llegaba siempre tarde, y aterrizaba sobre mi culo con un *clac* sordo. Por un momento, sin embargo, me había convertido en Gol, bueno, en Monstruogol.

Y ahora, en *Villa verano*:

—¿Y tú quién eres? —Un niño del tamaño de un elefante de circo se ha sentado en mi regazo, estirando mi gran oreja y mirándome con curiosidad.

—Yo soy... —digo, sacándome la careta—: tu padre.

Clic. Foto. La broma me ha costado un día sin sueldo, pero eso empieza a darme igual.

EL GOLPE DE CALOR

El verano del cohete. El sol ha decidido estos días tomarse la justicia por su mano y el calor ha subido todavía más. Si los animales de *Villa verano* fueran realmente animales, y no personas disfrazadas de animales, todo esto sería una fábula con moraleja, pero es que, además, la mayoría estarían estirados por las esquinas buscando cualquier resquicio de sombra, panza arriba.

Pero resulta que no lo son. Resulta que cobran por ser animales famosos. Así que se los ve más fatigados que de costumbre, de mal humor, aguantando a duras penas las bromas de los turistas que golpean con los nudillos en sus cabezas, de los niños que les estiran de la cola y les hacen bailar de sol a sol. Sin decir lo que piensan. Ciñéndose al guion. Con la sonrisa de la careta. Sonriendo por fuera, sólo por fuera.

La mayoría de las habitaciones del Castillo Encantado no tienen aire acondicionado, así que a una larga jornada con un disfraz de peluche sin apenas ventilación siguen largas noches sin pegar ojo por culpa del calor. Recuerdo la imagen del gran pato quitándose la camiseta de marinerito y quedándose en pelota picada, y también la de una chica pálida de pelo negro y lazo rojo desmayándose sobre su propia falda de vuelo ante la mirada triste de hasta siete niños bajitos. Todo el zoo de trabajadores intenta escurrir el bulto y cada vez resulta más difícil completar cada hora mal pagada.

Todos mis compañeros silban, entre beligerantes y rendidos, una melodía cuyo significado me ocultan.

Al cuarto día de esta ola de calor, el sudor me escuece por debajo de las mallas, así que decido escaquearme y darme un paseo por el supermercado, uno de los pocos sitios abiertos a los trabajadores donde el calor no es asfixiante. Pensaba que se trataba de una idea original, pero pronto veo un montón de animales con cara humana portando cabezas de perro, de gato, de ardilla debajo del brazo, como si fueran cascos de moto o escafandras de buzo. Los supervisores aparecen de repente y hacen que la reunión en el súper escampe y que cada animal regrese a su puesto de trabajo. A un par de ellos los castigan con un día o una semana sin sueldo.

Y, otra vez, todos a silbar.

Incluso Nemo, en su *Submarino*, ha visto su humor alterado. Ya no cuenta historias con el mismo brío, y su mirada ha recuperado la expresión neutra de las canicas oculares de los peluches. «Cállate, Tristón, que si hablas me da calor», me ha dicho hace unas horas.

Esta tarde me toca ser «acomodador de lavabos». Ser «técnico auxiliar de hostelería» es un cajón de sorpresas, y yo ya me imaginaba acomodando a señores de cien kilos en sus tronos y preguntándoles si necesitan una revistita o un pitillo, o más papel, o si les cuento un cuento. Hace un rato, mientras saludaba a la gente que entraba y salía de los baños vestido con mi disfraz, un tipo de unos cuarenta años, con zapatillas de las de correr maratones, bermudas de camuflaje, camiseta imperio, pelo con picos de montañas de gomina y una riñonera verde pistacho, me ha dicho:

—Creo que... no sé cómo decirlo, *nen*... alguien ha *marcado* ese lavabo...

—¿Cómo?

—Nada, que ha dejado unas gotitas de recuerdo. Da puto asco, ¿vale?

—No sé, quizá pueda usted usar el de al lado...

—Pero es que me gusta ése, *nen*. Es el de la esquina. Tengo ese tipo de manías... Es como en el cine, que siempre me pongo en la pared. Aquí igual.

—Quiere usted que...

—Pues no estaría mal. Te lo currarías mazo.

Y aquí estoy, de rodillas; aunque no rezando para no tener que hacerlo: de rodillas frente a esa taza de váter, a punto de cumplirle el capricho al tío. ¿Unas gotitas? Esto parece la única letrina de un ejército que hubiera sobrevivido la Guerra de los Mil Días a base de latas de fabada. La conexión del olor a salchichas de la mañana, el calor, el tipo gritándome que en el dosificador del jabón no queda nada y este trono de las necesidades mayores me ha nublado la vista y me ha impelido a contribuir a la debacle con un vómito memorable.

—¡Pero qué coño...! Anda, sal de ahí, *nen*, ¡hostia! Vamos a tomar el aire.

Cinco minutos después, el tipo de la cordillera de gomina en el pelo me ha conseguido algo de agua y me ha ayudado a vomitar una vez más.

—No debería hablar con usted... es usted un cliente. No tendría que haber visto esto, lo siento.

—¿Cómo te llamas, chaval?

—Tristán.

—Y yo Fran.

—Frrrran... —Y otra vez la arcada—. Mejor no seguimos hablando, que me va a pillar algún supervisor. Usted es un cliente y...

—¡Hostia puta, *nen*! Pero cómo puedes ser tan desgraciado...

—Lo siento.

—Lo siento yo, hostia. ¿No ves lo que soy? Yo también curro aquí, ¿vale?: soy un Cliente Fantasma.

—Ah, pero, ustedes...

—De tú, *nen*, de tú.

—Pero vosotros... ¿existís? —le digo como si estuviera hablando con el Rey Baltasar en persona, con corona y camello y todo.

—Claro, joder, ¿no te lo habían avisado? Hostia, pero si lo saben casi todos. Lo mío es provocar a los trabajadores para que la caguen, ¿vale?, y entonces paso el informe y que les metan el puro: que los suspendan sin sueldo unos días por alguna parida («falta leve», le llaman), y cosas así. Normalmente intento que no los echen, que si no duermo mal.

—Pero...

—Pero nada, tío. Es que llevo tres veranos haciendo esto y no había visto a nadie tan gañán y servicial como tú. No puedes arrastrarte así, joder.

Fran Nen me explica que al principio le obligaron a hacer este trabajo y que no tenía otra opción porque necesitaba el dinero para sus hijos: dos retoños gemelos que tuvo a los diecinueve con una mujer enganchada a la Teletienda y a la cocaína; pero que está harto de ser «asín de cabrón». Además, se siente solo: no tiene amigos entre los clientes ni, claro, entre los trabajadores. Vive como un fantasma entre las atracciones («como el de la ópera, pero de las atracciones, *nen*»), que ya no le hacen gracia.

—Lo peor es que los que hacemos esto sólo hablamos con los que mandan, y son unos hijos de puta de cuidado, *nen*. ¿Quieres uno? —Y saca un caramelo mentolado de su riñonera de canguro.

—No.

—Te digo yo que sí, hostia. Que te huele la boca a choto.

—¿Y no puedes dejar este trabajo?

—Sí, este año, supongo. Mi mujer ha heredado la ferretería de su padre, así que ya no tendré que hacer esta mierda de poli secreta nunca más. Tú eras de mis últimas víctimas, pero, joder, no se puede dar tanta pena, *nen*.

Le digo a Fran que no se preocupe por mí, que tengo muchísima práctica en ser un pringado, que no me ofendo, y que de vez en cuando podemos charlar un rato si me lo cruzo. No le voy a contar el secreto a nadie, pero él debe intentar no provocar a nadie más hasta el final del verano.

Queda cada vez menos tiempo. Yo me debato entre vivir cosas nuevas, conocer a Inocente y a Alma, la plancha de salchichas, las jornadas de diez horas y el calor, este calor. Cuando ya me preparaba mentalmente para mi extraña cita con Alma, vuelvo a cruzarme con Los Animales. El Burro suda como un cerdo y Gustavo no para de decirme que el disfraz nunca le ha pesado tanto. «Estoy hasta los huevos de ir de gallo», me dice (huevoshuevoshuevos). También me explica que mucha gente ha caído enferma, que Mario y Luigi, los que trajeron las pizzas el día de la fiesta, han cogido la gripe, debido a los cambios de temperatura entre la cocina y el restaurante. Han faltado tres o cuatro días y, como no tenían contratos indefinidos, los han echado a pocos días de completar el contrato. Han ido a reclamar ventiladores para los trabajadores y turnos de menos horas, pero la respuesta ha sido una amenaza. «Hay que empezar a enviarlo todo a tomar por culo», me dice Gustavo, en una frase que me suena demasiado.

Y se va silbando.

—Ya has oído lo de la epidemia, ¿no?

Aquí está, como siempre, Alejandrito, apenas unos metros más allá. Esta vez le creo. Lo de los pizzeros polis no sé, pero si tenía razón en lo de los clientes fantasma, yo ya me puedo esperar cualquier cosa. Según él, la varicela se está expandiendo a través de los trajes que los trabajadores intercambian, y nadie ha hecho nada.

—¿No has visto al batería de Los Juguetes Rotos?

—Sí, Alejandrito, lo he visto, pero ese tipo tiene la cara como una pizza porque aún no se ha librado del acné.

—Ya, pero yo he visto a unos cuantos que se desmayaban por ahí y cómo los supervisores los retiraban, y luego no los he vuelto a ver. Y un montón de gente empieza a tener ronchas y alergias. Mira, mira mi brazo. Empiezo a sospechar que igual sí puede morir gente dentro de *Villa verano*.

—No seas exagerado, Alejandrito.

Y después:

—¿Pero qué haces, loco?

El Comanechi se ha estirado en medio del camino por el que circulan los cochecitos de golf. Ahora, levantado, se intenta tirar encima de uno de éstos.

—Joder, aquí no se puede ni morir uno tranquilo, primo. Vaya mierda.

El Atleta me explica lo que intenta.

—En Cerda me salía bien: te tiras encima de los coches. Es un momento mágico: las sirenas... te meten en una camita limpia... vas en un coche, más chulo que un ocho, porque va con sirena y lo dejan pasar. Te arreglan el brazo, o los rasguños, o la pierna un poco rota, y el seguro te da una pasta que te cagas: magia potagia.

—Yoni, aquí sólo vas a conseguir que te echen de una patada en el culo si sigues haciendo esto. Levántate, anda.

Paso por delante de tres ardillas que arrastran sus pies y de una sirena que reclama agua. De los osos y los perros ya no hablemos. El del amigo invisible está cabreado con su colega Billy:

—Vete de aquí, Billy. El único que curra soy yo. ¡No quiero ni verte!

Y claro, todos silban, pero no dicen qué, ni por qué.

Joder, todo se está poniendo raro, hasta que de repente muchos de ellos estallan en risas. Pero sin la careta: risas de verdad. Risas de estupefacción. Risas de esas de llorar de la risa.

Por los altavoces de *Villa verano* sale una voz aflautada que suelta cosas como: «...Ahí fuera pueden ser lo que quieran. Aquí dentro son animales, o payasos, o lo que les toque. ¡Joder!, este sitio se llama *Villa verano*. ¿Qué coño esperaban? ¿Que hiciera frío?», o: «Si te explicara lo que tuve yo que trabajar... empecé conduciendo el camión por la noche y vendiendo la mercancía por la mañana. Pasaba semanas enteras sin dormir, incluso meses, pero me labré un futuro, y ahora ¿me ves?, ¿ves quién soy?». Algunos turistas incluso detienen sus ventiladores de mano para escuchar mejor cosas como: «Y lo de las habitaciones... que no me hagan hablar. Tienen camas blandas y casi todas tienen ventanas. Si les ponemos aire acondicionado, entonces no querrían salir de ahí a currar. ¡Que son unos vagos! Yo tampoco podía dormir en mis épocas, pero porque estaba trabajando más horas de las que tiene el reloj», o: «De momento, estamos siendo comprensivos. Esto es un sitio para pasarlo bien, así que de momento estamos siendo muy, pero que muy comprensivos. A ver si me entiendes, que si fuera por mí ya habría echado a la mitad de los que se escaquean. Que ya he visto cómo se meten en el supermercado y se quitan las caretas. ¿Qué van a pensar los pobres niños? Dime, de verdad, ¿qué van a pensar los pobres niños viendo a perros con cara de hombres?», o: «Lo que no entienden es la magia de todo esto. Porque, amigo (porque tú eres amigo mío y nos conocemos desde hace tiempo), esto es magia y no otra cosa: magia para los niños y magia para nuestra comarca. Un milagro, diría yo. Aquí no había nada y hemos levantado todo esto. Eso es un milagro, ¡joder!, ¡esto es un puto milagro! Tendrían que ponerme un puñetero aro alrededor de la coronilla: le he dado trabajo a casi mil vagos y así me lo pagan. En la obra los metía yo», o: «Lo que pasa es que no tienen visión, eso es lo que les pasa: no entienden la magia y no tienen visión. Animales, eso es lo que son. Sólo piensan en dormir y en comer... y en follar todos con todos, como si esto fuera un puto campamento de verano. Pero es que no tienen visión. No saben que si los niños dejan de creerse todo esto, si los padres empiezan a ver cosas raras, los que van a pringar van a ser ellos. Porque... porque yo no les pido que me den las gracias (que tampoco estaría mal: yo le daba las gracias a todo el que me diera un poco de dinero), ni siquiera les pido eso. No. ¿Les pido lealtad?, ¿les pido visión de futuro? No: les pido sentido común. Que a mí me da igual, que yo he levantado esto con mis manos y con mis hermanos. Menos mal que podemos llevar esto nosotros a nuestra bola, que si no seguiríamos todos con taparrabos. Que a mí la presidenta me chupa la punta de los zapatos, por no decir la de la polla, que yo, de aquí, a presidente. Que lo digo por ellos, joder, por ellos». Y pitido. Y acople de sonido. Y: «Pero qué coño pasa aquí». Y silencio de unos segundos, y ruidos de cosas moviéndose, y entonces ya, de nuevo, el hilo musical. Y todos los altavoces emitiendo de nuevo una preciosa versión sin letra de una canción que le encantaba a mi padre: *Me va*.

CITA A CIEGAS

A medida que cae la noche, los gritos se hacen más intensos. Después de no entender nada de lo oído por la tarde, me queda otro enigma por resolver: la nota que me entregó en mano Alma, al final de la fiesta.

Y mis dedos índice y medio, en posición de claqueta; y mi oreja aleteando como cuando me ponía realmente nervioso hace años: cla-cla-cla-cla, el sonido de no verlo nada claro.

Alma me ha citado en el sector noreste de *Villa verano*, un espacio que todavía no he pisado en todos estos días. Mi corazón y mis pasos no están sincronizados: el bum-bum va mucho más rápido que el tap-tap de mis pies, como varios pasos por delante. Yo sólo sigo el ritmo, no tengo ni idea de si me dirijo a otra fiesta o a una encerrona. Puedo llegar y encontrarme una carrera de sacos, o llegar y que esté ella sola ahí, esperándome. El abanico de posibles fracasos se abre cada vez más a medida que mis pasos se acercan a los gritos. ¿Dónde narices me ha citado? ¿En medio de una carnicería? ¿En un rito satánico donde están haciendo collares con dedos y cociendo a turistas en ollas gigantes? ¿Está por ahí el tipo de la voz de esta tarde, matando a todos esos a quienes ha insultado?

El volumen de los gritos va subiendo como cuando al pulsar el mando de la tele van llenándose los cuadraditos en la pantalla. Pienso en lo ridículo que me voy a sentir si llego y no está ella sola. O si lo está y yo no sé qué decir, como siempre.

Y mi tic: la claqueta en mi oreja: clac-clac-clac.

Bordeo el Túnel del Tiempo a la altura de los años ochenta y me siento como el niño que era durante los ochenta, pero más empequeñecido aún por los nervios y los años. Pienso –oyendo mis pasos mientras los turistas duermen a oscuras, seguramente preguntándose qué ha sucedido– en los equívocos a que estoy expuesto. Pienso en esas notitas de las novelas del siglo XIX que rompen amores y desencadenan desgracias: «Oh, qué pena: cuando la intentaste meter en mi habitación por debajo de la puerta, la notita se quedó debajo de la alfombra, ¡y yo no la vi! Lo siento, la boda es hoy: me voy a casar con aquel general británico que posee cuatro mansiones y que me regala un pony, y tú debes morir, claro, porque él ha leído la nota y quiere batirse en duelo contigo, y tiene muy muy buena puntería, la mejor del condado de York, sin duda. Y yo, que habría anulado la ceremonia si hubiera leído tu notita de amor...».

En esto estoy pensando cuando la veo –los gritos ya ensordecedores– sentada sobre una bicicleta Orbea color rosa en una especie de parterre lleno de bicis estáticas de diferentes colores que forman, juntas, la atracción de las Bicis Voladoras.

Bien, últimamente –desde que me vuelven a pasar cosas– ya no encuentro algunas palabras cuando veo cosas nuevas, de modo que la palabra que designa lo que siento en este momento sería: _____.

Alma, de espaldas a mí, con un vestido negro con

topos blancos, vaporoso y ceñido a su cuerpo por un cinturón ancho, pedalea distraída. Me siento en una bicicleta amarillo canario, mis pasos silenciados por los gritos al fondo, y le doy al timbre de mi manillar como quien llama por el interfono. Ella vuelve la cabeza –con el pelo brillante siguiendo el movimiento y haciendo estela– como para ver quién le sigue en su carrera. Sonríe y sigue pedaleando. El pelo le cae ahora por delante y su cuello queda al descubierto: una peca en la vértebra más visible; y el pedaleo, el sillín, arriba y abajo, y el vestido vaporoso. «En Berlín iba en bici incluso en enero, ¿sabes?», y yo detrás, preguntándome si me ha citado para hacer deporte nocturno en compañía, o si esas bicis de repente se animarán como el caballo de madera de *El ladrón de Bagdad* y nos llevarán a otro sitio. Yo qué sé.

Cambio la bicicleta amarilla por otra roja, a su lado, y ahora pedaleamos a la misma altura y sin movernos del sitio. Yo tengo mucha práctica en esto de los vehículos estáticos. «Podría pasarme años aquí, a su lado», pienso, y le digo «hola» con el tono excesivamente cordial de los señores que pasean a sus caniches a horas raras; como si yo también hubiera salido a dar una vuelta por *Villa verano* con una bicicleta estática y nos hubiéramos encontrado por casualidad.

Me explica que los gritos provienen de la montaña rusa que está más al norte, King Khan, la única atracción nocturna de *Villa verano*. Se trata de una pequeña atracción, situada al lado de un par o tres de bares, que dejan abierta para los borrachos que se sienten con ganas de un poco de emoción. Siempre acaba como el rosario de la aurora: vómitos y gritos acrecentados por la fenomenal curda.

Así, pedaleando, entre gritos lejanos, seguimos conversando. Me pregunta qué me parecieron Los Juguetes Rotos. En realidad, me dice:

—Te gustaron Los Juguetes Rotos, ¿verdad? —con su cara de óvalo y los ojos iguales a los de cualquier princesita de Disney.

Claro, me gustaron. Mucho, incluso. Sobre todo *Hasta el infinito*, le digo, una canción muy apropiada para ese mismo momento, yo sentado en esta bicicleta inmóvil. Me gustó sobre todo el cantante, pienso añadir, poniendo toda la fuerza de mi pedaleo inútil al servicio del sarcasmo. Sobre todo cuando Gustavo te canta mirándote a la cara: «Muñeca de porcelana, buscaba un alma dentro de ti». Sobre todo eso. Pero lo que le digo es:

—Mucho, la verdad. De los grupos que he descubierto desde que estoy en *Villa verano*... —carraspeo de tos falsa, de orador en el púlpito político— Los Juguetes Rotos es sin duda... —de nuevo cof-cof, golpeteos en el micrófono imaginario— el segundo que más me interesa.

Le explico quiénes son Los Famosos como quien tira una bomba de humo para fugarse de una conversación a otra. Le hablo del Capitán Nemo, de Inocente, y me dice que lo ha visto varias veces, siempre en el mismo sitio. Que nunca le ha prestado demasiada atención. Le cuento que me ha llevado a pescar y que me ha explicado muchas de sus historias.

—Está siempre medio triste, aunque haga bromas. Siempre que me habla de Los Famosos no parece muy atormentado, pero la verdad es que después nunca está contento. Hay algo que lo amarga mucho y aún no he descubierto qué es. Por lo que he entendido, vive de los *royalties* de un par de canciones que aparecen en muchos recopilatorios de grupos españoles de los sesenta, aunque no me acaba de cuadrar, porque no creo que eso dé demasiado dinero...

Le digo que quizá sí se ha ganado la vida como músico, pero que no creo que haya sido con Los Famosos.

—Quizá con alguna orquesta o algo así... —observa Alma con ojos atentos de ardilla que espera que le tiren una nuez.

—Como en *Agente sí, pero de seguros*. Es una novelita pulp muy divertida donde hay un tío que se ve metido en un lío enorme y...

—¿Pero a qué viene eso? ¿No hablábamos de tu amigo borrachín?

También le explico algunas anécdotas de las que me ha contado Nemo. Por ejemplo, la de cuando compró la guitarra y vinieron Los Impala a ayudarlo con sus maravillosas llaves de karate. Alma sonríe dejando de pedalear un momento porque las carcajadas no la dejan mantener el ritmo. Entonces yo aprovecho para ofrecerle un cigarro y encendemos los dos pitillos con la misma cerilla.

—¿Tú sabes lo que es la nostalgia del futuro?

—¡Qué paridas dices, Tristán! No puedes tener nostalgia de algo que no ha pasado. Tienes la cabeza llena de gusanos que te comen la cabeza.

—Pues él dice que tiene nostalgia del futuro.
—¿Y qué quiere decir un borrachuzo cuando dice eso?
—Ni idea.

«Unidos por los cigarros, como en la escena del espagueti de la dama y el vagabundo», pienso yo, siempre situándome en lo más alto del escalafón de personajes de ficción, y sin embargo reservando para ella uno aún mejor. Y entonces:

—Podríamos intentar que viniera a algún concierto. Incluso que quedara para tocar algún día con Gustavo —me dice Alma.

La propuesta parece un eco de lo que se me ocurrió a mí unos días antes. Es el plan perfecto esperando a ser ejecutado con precisión: Nemo devuelto a la vida y a la música, Gus ocupado en esa obra filantrópica, y yo, mientras, retozando en un valle muy verde y lleno de amapolas con Alma, y diciéndonos, cómplices eternos: «Nos encanta que los planes salgan bien».

Y entonces, la pregunta clave:

—¿Me cuentas algo más? Cualquier cosa... —me pide Alma.

¿Qué querrá que le diga? Es una pregunta parecida a cuando te dicen: «¿Y tú qué sabes hacer de especial?». Sé que hay quien toca la flauta con la nariz y quien se chupa el codo; yo, en cambio, no sé hacer nada especial, y casi nunca sé qué decir.

Le cuento un par de aventuras vividas con Valentín en la Universidad. Sé que no valen mucho, pero son las únicas que se me ocurren en este momento. Alma me escucha sin irse, y eso que no es gallega. Yo nunca he podido hablarle así a una chica. Le cuento todo eso y también cómo dejé todo aquello:

—Se acabó el Coche-Cueva y empecé a pasearme por allí sin hacer nada. Un día de examen se me pasó la hora en el césped de fuera. Pensé en llegar tarde al examen y hacerlo igualmente. Era uno fácil: podría haberlo aprobado sólo de oídas, pero preferí no aparecer y desde entonces creé mi súper álter ego. Estaba yo, Tristán, que en teoría hacía segundo de Filología hispánica, y estaba yo, editor de la importantísima revista, vital para combatir el cáncer universitario, *Tema Libre*. Una revista que sólo existió en mi cabeza.

—Eres muy raro, ¿sabes? Pero supongo que todos lo somos.

—Cada día —le explico— me dejaba ver por el edificio de ladrillos y tomaba algo con algún compañero, paseaba por la zona donde normalmente había estado aparcado el Coche-Cueva poco antes. Así durante dos años: falseando notas en casa, gastando el dinero de la matrícula en fotocopias, y en pelis, y en billetes de tren para ir a un campus universitario en el que no hacía nada, recogiendo folletos de cursillos que veía por el bar o por conserjería o en las taquillas, y dejándolos después en el comedor o en el estudio de mi casa para que pareciera que seguía yendo a estudiar. Y después, trabajando para pagarme la matrícula, porque era demasiado cobarde para reconocer que hacía tiempo que no iba a la Universidad, pero no era tan ladrón como para que mis padres pagaran por mi duplicidad de personalidades. A veces cogía el tren de ida y de vuelta sin bajar en el campus. Cada día me hundía más en el ridículo, todo se volvía cada vez más absurdo. Y yo me justificaba del mismo modo que cuando estaba encerrado en el Coche-Cueva. Más tarde ya ni me pasaba por el campus, porque tenía que ir a mi trabajo de turno, al almacén o al puesto de alquiler de bicis, donde fuera, allí donde tenía aparcada en una calle sin salida una vida que no había elegido, a la que había accedido por rechazar la otra sin una alternativa clara.

Todo esto se lo cuento a Alma encima de una bici Orbea roja, una bici amarrada al suelo e inmóvil, quizá porque hace buena noche, o porque lo he llevado oculto durante tanto tiempo, o por el vestido y los topos y el sillín. Y hago cálculos mentales: «Si alargo el brazo, le toco el hombro; sin embargo, creo que si no me bajo de la bici no podré darle un beso».

Hasta que le cuento lo más vergonzoso: el día en que decidí confesarlo todo porque, volviendo en tren del campus donde no hacía nada, empecé a hablar solo, o con mi otro yo, a explicarme a mí mismo en voz alta que no estaba bien lo que hacía, que estaba engañando a todos, que me había convertido en el Coyote delante de una encrucijada de caminos con dos letreros que marcan el mismo destino: el acantilado. Sin salida. Sólo me di cuenta cuando todo el vagón se volvió para mirar a ese tío con los cascos puestos que estaba echándose bronca a sí mismo. Entre la gente había caras conocidas, pero estaba claro que, si no hubiese confesado, me hubiera vuelto loco. Sea como fuere, si hubiera vuelto a la Universidad me habría muerto de asco. Poco después, el puesto de vigilante nocturno.

—No quieras saber cómo intenté disimular al ver

los ojos de todo el tren clavados en mi cara el día de mi espontáneo monólogo: improvisando un rap como si estuviera traduciendo al español la letra de un hip-hop más o menos amable; ora marcando más las sílabas: «...una vida que no te gus-gus-ta-ta-ta, otra que no vi-vi-vi-ves: lo ves, lo ves, lo ves», ora haciendo *scratch* con el dedo, dibujando círculos sobre mi carpeta de la Universidad Autónoma de Barcelona. Si tenían que pensar que estaba loco, por lo menos que no descubrieran el secreto: «Do-do-do-do-do-ble-ble-ble, vi-da-da-da... Da-dá»... Me bajé en la parada de Sant Cugat y me senté a llorar en el banco de la estación mientras esperaba el siguiente tren, un vagón donde volviera a ser un estudiante más. Fue entonces cuando decidí que se había acabado el juego: que lo confesaría todo y dejaría definitivamente la Universidad.

Cuando llego a este punto del relato me doy cuenta de por qué me gusta Alma. En lugar de descabalgar de la bicicleta estática y echar a correr, se acerca y me dice que yo al menos gané algunos concursos por teléfono, mientras ella se dedicaba a pedir pasta a cobro revertido y a hacer como que «vivía la vida». Y me explica que lleva años sin hacer nada, preocupada sólo de si le hace más caso este chico o el otro, o el otro, o el otro, o...

—¿Estás nervioso?

—No.

—¿De verdad? —otra vez los ojos de ardilla, titilantes.

—No, yo tengo mucha experiencia con el sexo opuesto.

—Sí, ya se nota en cómo llamas a las chicas, Señor Sexo Opuesto.

—De verdad, desde mis veranos en Galicia...

Después de haberle soltado que mi vida hasta el momento no ha servido de gran cosa, no tengo ningún problema en explicarle por qué yo era Animal Man, el curioso caso de Monstruogol, la gesta inigualable del Nieto del Viento perseguido por la tribu de las melenas, y tampoco para narrarle mis escarceos de donjuán en el noroeste, en tierras celtas, y mi pérdida absoluta del don al pasar por la meseta. O cómo robé una *Interviú* con un amigo mío, porque en ese número tenían que salir por fin las tetas de Claudia Schiffer; cómo pudimos paladear la miel del triunfo un momento de nada, cuando abrimos la revista robada y vimos esa imagen borrosa en la que adivinábamos sin problema los prodigios gravitatorios de aquella diosa; cómo, sin embargo, nuestra cara de degenerados mutó en cara de tontos cuando nos preguntaron: «¿Tenéis hora?» y a la sensación de bandera a media asta que se había izado en nuestra entrepierna sucedió una súbita reducción del diámetro de nuestra otra parte íntima cuando un tal Bombeta («Acompañadme»), con cazadora de aviador y tejanos por encima de los tobillos, pilló a aquel par de pringados: nosotros. Sólo nos quedó rezar. Nos llevó a un ático y allí nos quitó hasta los llaveros, y luego nos dijo: «¿Lleváis pasta?», pero no llevábamos más que un duro. Literalmente: un duro de cinco pesetas. «Pa' un chicle, que a la Montse le gustan de fresa ácida». Y cómo después nos obligaron a dar vueltas a la manzana durante cuatro horas («Que mi gente os vigila»). Y cómo nosotros lo hicimos satisfechos, sin problema, con dignidad: una, dos, tres, cuatro horas caminando en camiseta imperio y calzoncillos.

—¿Y sabes por qué, Alma?

—Eso quiero saber, Tristán, ¿por qué? —en tono de burla cariñosa.

—Pues porque antes habíamos sido muy valientes: mi amigo, en un gesto rápido, salvó su revista, cuando el Bombeta y su compinche caminaban delante de nosotros, tirándola con un certero giro de muñeca y encestándola en una papelera de la Gran Vía. Y yo, Animal Man en potencia, había hecho lo mismo. Así que al cabo de cuatro horas y diez minutos logramos recuperar una de las dos revistas. Y nos repartimos las fotos. Y aquella noche, dormimos acompañados por Claudia... —Evidentemente, me ahorré decir que diez años después aún la tenía colgada en el espejo de la habitación.

—Veo que eres un tipo que lucha de verdad por la chica que le gusta.

—Soy así.

Risas.

—Tú sabes que todo esto se acaba, ¿no?

—¿El verano?

—No, que nos van a echar a casi todos. Por la crisis y eso. Y porque la gente se está empezando a rebotar...

—Ya...

—Dile a Nemo que venga a la próxima reunión que hagamos. Es el próximo jueves, después de trabajar, que se venga si quiere.

—¿Habrá otra fiesta?

—No, una reunión, ¿sabes? ¿No te has enterado de que han echado a un montón de gente que se ha puesto enferma por el calor sin pagarles durante días? ¿No has escuchado algo raro hoy por los altavoces?

—Sí.

—¿Alguna vez has visto a un tío con una corbata enorme y el pelo engominado hablando por el móvil en manos libres de aquí para allá? Veníos a la reunión y mañana estáte atento.

—Sí.

Sí a todo. Mover a Nemo de la barra de *El Submarino* va a ser más difícil que mover a una ballena azul de una piscina hecha a medida: necesitaré una grúa, pero lo intentaré, ¡vaya si lo intentaré!

—Y ahora te echo una carrera.

Y Alma, por primera vez, pone todas sus energías en el pedaleo. Sus tobillos dibujan una pequeña turbina. Parece que la bicicleta va a echar a volar, o a lanzar chispas, o a desaparecer para viajar al 2012, o al Viejo Oeste, o al momento mismo del ataque a Pearl Harbour; el vuelo de su vestido a topos deja a la vista trozos nunca vistos de sus piernas, un vuelo subrayado por risitas que son como dagas doradas que se clavan en mi corazón, como rayos que se tiran de cabeza en el mar; la coleta a un lado y a otro; y el escote, cuando se apoya contra el manillar para que la bicicleta tome la velocidad de la luz, boqueando como el viento. Yo sigo su ritmo, casi alzando el vuelo con mis orejas, sin saber muy bien qué napias estamos haciendo, redoblando esfuerzos, mirando de reojo cada oleada de vestido a topos, arriba y abajo: los dos echando el cuerpo hacia delante como esperando el clic del *foto finish*, hasta que, ¡clac!, las cuatro bombillas de las cuatro farolas que delimitan el parterre se encienden. Por lo visto estas bicis son dinamos que pueden encender las farolas. Hemos encendido, entre dos, unas luces que necesitan la energía de al menos diez ciclistas más. Somos grandes, somos un equipo. El mejor dúo. Hasta hay un gesto de sorpresa en la cara de Alma, bañada por la luz de nuestro esfuerzo. Si logramos hacer esto aquí, imagínate.

–¿Tienes fuego? –me dice, el flequillo despeinado y el vuelo del vestido volviendo a su posición natural como un paracaídas, para encenderse (mis pulmones abiertos de par en par, mi corazón bombeando como el altavoz de un concierto en un estadio olímpico) otro cigarrillo.

El King Khan ha trazado el último bucle, los gritos han cesado y sólo se escuchan algunos suspiros o alguna risita a lo lejos, y aquí, nuestros jadeos paralelos...

(Esto no es una metáfora para sugerir que la estoy haciendo mía. No, es lo que está sucediendo, sin más. Así de lanzado soy. No llego a tocarla, aunque la he notado muy cerca. Esperad a que llegue a mi habitación: hoy, cuando esté solo en mi habitación y con los ojos cerrados, no se me escapa. Pero, antes, como dicen en las películas: necesito una copa.)

EN PRIMERA LÍNEA DE BAR V:
LOS MESES DEL MAR

Llego con ganas de explicarle mi vida, pero el menú es otro. El Capitán no quiere saber nada de lo mío, así que he tenido que calmarme y convertirme en una oreja grande como un gramófono: «Todo oídos, Capitán».

—Todo se había pensado con ese momento en la cabeza. Yo sonreía satisfecho delante del gran cartel, aunque, si por mí fuese, le habría dado un baño bien majo de neón a todas las letras:

EL ROCANROL DORADO DE
LOS FAMOSOS FAMOSOS

Les Golfes, domingo, 20.00 horas,
Vilanova i la Geltrú

Inocente me cuenta que formó su banda para atraer chicas «como abejitas a la miel», pero también para algo tan tonto como ver su nombre repetido en el mismo cartel que un chiste la mar de salado: «Los famosos Famosos». Lo siguiente debía ser «Los famosísimos Famosos», o «Los más Famosos».

Cosas como ésas hicieron que fueran dulces los veranos en la costa, sus primeros agostos cerca del mar. Nemo nació en Madrid y consiguió sus instrumentos, con buenas y malas artes, en la zona de la base estadounidense de Torrejón de Ardoz, pero pronto se pasó al circuito de Barcelona. Una vez, Los Famosos fueron a tocar a una de esas matinales que se organizaban en la *Sala Price*, en la Ronda, muy cerca del Barrio Chino. Allí tocaban consecutivamente grupos de las dos ciudades, y despuntaban y hacían tanto ruido Los Relámpagos y Los Huracanes como Los Cheyenes o Los Salvajes. Desde fuera, aquello parecía la procesión de Calanda, o una batalla de cazuelas voladoras; desde dentro, era el primer contacto real con el rocanrol: los corazones abriéndose, bum-bum, como los amplificadores de válvulas, por primera vez en todo un país. Eran exploradores locos y excitados.

Inocente tuvo un gracioso aterrizaje en la Ciudad Condal. Llegó casi sin dormir, después de una noche bastante dura en el bus, donde una pareja de vascos insistía en darle de beber de la bota sin aceptar un no por respuesta. Caminaba por el paseo Colón arrastrando los pies y la guitarra. Le habían dicho que allí podía hacerse una en el taller Estruch, pero él, de momento, como no se conoce otra mujer cuando eres joven, no conocía otra guitarra, ni tenía ojos para otra tampoco.

En ésas estaba cuando vio a su lado a un señor que paseaba su perro al amanecer, un caniche malcarado y de voz aflautada que parecía haber inhalado helio antes de mostrarse desafiante: grrrrs y guaus de pitufo. «¿Dónde está Colón?», inquirió Inocente. «*Si ara mateix li cau el dit, tu et mates.*» Bien: estaba justo debajo. Efectivamente, había llegado a Barcelona por la puerta grande, y a partir de ese momento decidió estar atento a todo lo que la ciudad podía ofrecerle.

—En pocos días, muchacho —me dice—, ya dominaba mi geografía barcelonesa: los puntos calientes donde podía hacer el indio. No había paseo por las Ramblas sin comprarme revistas como *Discóbolo* o *Fonorama* y leerlas llevándome al coleto un Pernod o un vermú en *El Quiosco*, ni sin visitar tiendas de guitarras. Me plantaba ahí y miraba lleno de deseo las primeras Fender Stratocaster que llegaron a los escaparates del país. Tristón, créeme, esas guitarras eran aviones. No podía parar de mirarlas. Fuera a donde fuera siempre acababa ahí, mirándolas como zombi durante un rato.

–Ya entiendo: las mirabas como un gato intenta acariciar la tele donde pasan un documental de leones africanos. ¡Las querías para rugir con Los Famosos!

–Más o menos. Las miraba siempre con ganas de darle al cristal con un martillo y llevármelas todas a casa.

–No tenías ni un duro...

–Tenía menos pasta que un gato de la calle. Sólo algunos ahorros que me había traído cosidos a los calzoncillos desde Madrid. Con esas cuatro perras me buscaba los pocos placeres que mantenían la chispa, esperando el gran momento, el gran incendio, cuando Los Famosos serían famosos y la vida sería fácil. Caminaba con el estómago haciendo música rara, a veces por el hambre, a veces porque tenía el escroto con un peso que me hubiera hundido en el fondo del mar si me hubiera atrevido a dar unas brazadas en la Barceloneta.

–¿Y las chicas?

–Las chicas aún eran esculturas en manos de otros, o acumulando polvo. Porque aquello no era como ahora: algunas acumulaban polvo hasta que veían un cura y un anillo, sólo entonces dejaban de acumular polvo y con un poco de suerte les podías echar uno. Y la verdad es que yo no causaba demasiada sensación con mis pantalones cortados por mí mismo por encima de los tobillos y esos jerséis a rayas horizontales calcetados por mi abuela. Por eso, la forma más rápida para aliviarme era ir a cines como el *Diana*, en Sant Pau, o el *Diorama*, en Bonsuccés, y entablar relaciones comerciales con las pajilleras.

—¿Las Pajilleras? ¿Eran un grupo?

—No, Tristón, que no te enteras, las pajilleras te hacían el favor de echarte una mano por unas diez pesetas de nada. Se entregaban con esmero y profesionalidad a tranquilizarte, como psicoanalistas de la zona de los cataplines, esa área de mi cuerpo con la que yo pensaba y de donde venían mis problemas por el momento.

—Yo hasta ahora sólo he conocido a pajilleros. Todos mis amigos del cole. Pero cada uno a lo suyo, eso siempre.

—Pues ya ves, por diez pelas, conocías a chicas y ni te cansabas. Por las noches, ya duchados y aliviados en el cuchitril del Chino, descansábamos en la casa de la calle Robadors que nos había prestado la tía abuela del bajista. Y después, por la noche, Los (aún no tan) Famosos salíamos a buscar nuestra suerte en la ciudad. Yo siempre llevaba conmigo uno de los libros que había conseguido en los quioscos: novelitas como mi mano de grandes. Me cabían dentro de los calzoncillos y así me hacían parecer más dotado, y a la vez me aseguraban la lectura si la noche se torcía y yo empezaba a aburrirme. Las comprabas muy baratas en el quiosco y después las podías volver a vender en el mismo sitio algo más baratas, con la condición de que leyeras más.

–¿Tú también leías eso? ¿Conoces *Llanto por un espía*? ¿*Flores para los cerdos*? ¿*La banda de los cuatro ases*? ¿*Escucha el llanto de mi corazón*?

–¡Pero qué dices, hombre! No miraba ni el título: eran más malas que la sarna. Esas novelas no había quien se las creyera, mis aventuras eran mucho mejores. Pero a veces servían para pasar el rato y alguna vez incluso usaba algunas frases, que subrayaba, para hacer canciones...

Pienso, de repente, en la cantidad de libros que compré muchos años después en el mercado de Sant Antoni para devorarlos en mis horas de vigilante nocturno, en si aquel prepucio escupidor o aquella ancla tatuada sobre aquel dibujo de Marilyn Monroe –reconocible por las dos exageradas tetas y la palabra Marilyn repetida cuatro veces debajo del garabato de palos secos– fueron obra de Nemo. Él sabe de sobra –se lo he contado– que yo también he leído esos libros, sabe que es posible que hayamos leído el mismo libro con más de tres décadas de diferencia, como se escriben dos vidas paralelas en dos épocas diferentes: cuando una se estanca, la segunda puede alcanzar a la primera y volver a arrancar juntas el resto del viaje. Como en una paradoja de Zenon: la tortuga alcanzando a Aquiles, o al revés. No le digo nada, sin embargo: estoy aprendiendo a no decir cosas como ésta en voz alta. Me caería una colleja, fijo.

—Solíamos ir a la Plaza Real, porque nos quedaba muy cerca del piso. Comprábamos vino malo, de cartón, y lo metíamos en tres petacas plateadas que nos habíamos hecho grabar con el nombre de Los Famosos. Era desenroscarlas y nuestras musas acudían como pajilleras gratuitas: parecía que bebiéramos una pócima secreta que liberaba las ideas y nos volvía invencibles. El vino valía una pela, pero lo que importaba era que parecía que valiera más, dada la arrogancia con la que lo bebíamos. Arturo, el batería, el más joven de todos, un loco que tocaba los tambores como los indios montan los caballos en las películas, se atrevía a beberlo levantando el meñique como si fuera un aristócrata inglés con la taza de té en la mano. Nos paseábamos por la Plaza Real silbando a alguna turista despistada y despistando a la policía, que veía en nuestros conatos de vestuario moderno una amenaza. Nos corrían a palos un montón de veces porque además de las pintas siempre andábamos cantando. Entrábamos, cuando nos dejaban, en el *Llamborí* o en el *Blunout*, y para llamar a los camareros levantábamos nuestras petacas, que brillaban con las cuatro luces del local, y entonces pedíamos, por favor, un vasito de agua. Eugenio, el bajista, que reclamaba que le llamáramos Genio a secas, pedía siempre un cubito de hielo en el vaso, rizando el rizo.

—¿Y no os echaban a patadas?

—A veces nos echaban, otras a lo mejor nos tomaban por una banda conocida del país vecino. Quién lo sabe, Tristón, ni puta idea; el caso es que cuchicheaban, y a veces se reían, y nosotros interpretábamos eso como un gesto de agradecimiento a nuestro numerito de las petacas. Allí conocíamos a mastuerzos de otro planeta, del otro lado del océano, a marineros de ultramar que, en vez de semen de ballena, traían discos mucho más valiosos que nuestras cabezas.

—Claro, los discos más nuevos.

—¡Qué va! Eran canciones de años antes, pero eran nuevas, porque nosotros nunca las habíamos escuchado. En muy pocos días nos pulimos todos los ahorros de la capital, comprándoles a aquellos marinos, por señas, con tropezones de «please», discos de Eddie Cochran, Eddie Mitchell, Gene Vincent y muchos otros. De hecho, Eugenio, que siempre estaba cagado porque nuestra suerte se agotara, iba a un colmado de la calle Campo Sagrado y pedía papel de envolver jamón york como quien pide perejil gratis en el mercado, entonces se ponía a calcar con un lápiz las caras y los gestos de aquellas portadas, los tupés, las americanas, los pies de puntillas sobre esos zapatos celestiales de gamuza o ante. Después, escuchaba una y otra vez los discos. «Si un día nos roban todo —decía—, no me importará: tengo esas caras y me sé cada letra de esas canciones». Y yo me pitorreaba de él, pero al fin y al cabo yo también me las sabía de memoria, y de vez en cuando le echaba el guante a alguno de sus muchos dibujos para conservar alguno, por si las moscas.

—Entonces ya erais de Barcelona...

—*Més catalans* que la cebolla. Nos queríamos quedar allí porque nos parecía más manejable que Madrid: igual se nos vería un poco antes si sabíamos hacer ruido. Pero sobre todo lo decidimos un día al ver atracado en el puerto un submarino nuclear yanqui, la promesa de que un día saldríamos a la superficie y tendríamos tanto poder que todos nos tendrían miedo. Entonces éramos periscopios andantes, ¿has visto a las mujeres estas que se ponen pollas en la cabeza en las despedidas de soltera?, pues lo mismo pero con periscopios. Lo teníamos claro, Tristón: pronto miraríamos desde lo alto del mástil, al lado de la bandera.

–¿Pero cuándo os disteis cuenta de que triunfaríais?

–Pues todo llegó a la vez: al lado del submarino del Museo del Mar un grupo de Barcelona se hacía fotografías para uno de sus primeros lanzamientos discográficos. Tenían verdaderamente mejor pinta que nosotros: estirados, desafiantes, sobre el submarino en plan: «Un submarino no es nada al lado de lo que somos nosotros». No fuimos a hablar con ellos, pero decidimos que esta ciudad era un buen lugar para un grupo como el nuestro.

–¿Pero de qué vivíais? Yo hasta tengo que trabajar aquí...

–No me preguntes más, que pierdo el hilo; que soy joven, pero he vivido mucho. Pídete algo, que va para largo. Yo te cuento todo. En fin, Los Famosos estábamos de acuerdo en que lo mejor era ganar alguno de los concursos para poder salir por la radio. Nos apuntamos al más cutre, uno que organizaba Cola-Cao; sorpresa la nuestra al ver que el único premio eran veinte duros y un bote amarillo de tapa roja. Lo alargamos mezclándolo con mantequilla y untándolo en el pan del día anterior que nos regalaban en una panadería de Arc del Teatre. Después probamos en otro organizado por leche RAM, y en otro patrocinado por Jumar, una marca de fajas de señoras. Pero pronto supimos que si queríamos mantenernos en Barcelona, incluso si el piso nos salía gratis, tendríamos que trabajar, y no sólo ser miembros de Los (casi estamos a punto pero aún no) Famosos. Yo, por alguna razón, tuve la gran idea de sisar una moto en la calle dels Til·lers, allí por Sarrià. Consideraba que el hurto se había hecho casi en el extranjero, que los polis del Chino no me molestarían porque no era su jurisdicción. Con esa motocicleta, no me fue difícil encontrar curro.

–Claro.

Yo sólo decía palabras sueltas, para que Nemo tuviera tiempo de dar un trago antes de seguir.

–Pues claro que «claro». Me aceptaron rapidísimo en la empresa de las pastillas del Doctor Andreu, y lo único que tenía que hacer era transportar pastillas de regaliz, refrescantes capsulitas breves como las canciones de Los Famosos, de un lado a otro. Pronto mis amigos siguieron mis pasos y mis ruedas, se agenciaron sendas motos y repartían comandas de colmados. Los Famosos volvíamos a arrasar las calles, como las manadas de motos de los Ángeles del Infierno, como llaneros en el Lejano Oeste, brum-brrrum, calle arriba y calle abajo, la ciudad ya era nuestro tablero de juego: era nuestra. Cantábamos a gritos canciones como *Not Fade Away*, «Mi amor es más grande que un cadillac», y decíamos «Not hey Hawaii» de una moto a otra, y levantábamos las manos del manillar, porque las motos se sabían el camino de memoria. Gritábamos más que las chicas que se desmayaban cuando Los Beatles vinieron a la plaza de las Ventas con Torrebruno como telonero.

–¿Torrebruno?

Otro sorbo.

–Sí, Torrebruno. Así era España. Algunos días le dábamos mucho gas a las motos y después subíamos a Montjuïc, donde la ciudad no era más grande que nuestros brazos estirados en plan Jesucristo, donde tramábamos sueños y conectábamos luces mientras engullíamos aquel chorizo de estraperlo y comíamos pastillas del Doctor Andreu sin parar. Nunca he vuelto a tener una voz como la de aquellos tiempos; sin dinero para tabaco y con esas pastillas a montones, mi voz era la de un gorrión, siempre fresca, siempre a punto para arrancarse: la voz patrocinada por el Doctor Andreu. Quizá esa voz patrocinada fue la que impresionó a un tipo que fumaba un puro gigante y llevaba gafas de mafioso italiano, y que fue a ver uno de los recitales que Los Famosos ofrecimos junto a Los Cheyennes, los más perseguidos, porque llevaban el pelo mucho más largo. Nos dijo que era de Vilanova i la Geltrú, lo cual a nosotros nos sonó como si nos dijera que era el jefe del *Star* en Alemania, o de una cadena de salas en Plutón. ¿Vilanova? Vilanova, en la costa, después de las curvas del Garraf. Allí tenía un local llamado *Les Golfes*. Era uno más de los muchos bares donde los grupos se fogueaban y se ganaban cuatro perras tocando para los guiris en verano. Había muchos más: el *Doyen* de Vilassar, el *Bellamar* de Premià, *La Bolera* de Salou... Pero, claramente, el nuestro era mejor: *Les Golfes*, «las golfas», el harén de harenes. *Les Golfes*, el *ticket* al reino sexual: miles de mujeres que no necesitaban dos duros para funcionar, que se morían de ganas por conocer a *la* voz, que sabían que Famosos era igual a estrellas. *Les Golfes*, qué bien sonaba; esperadnos, que allá vamos.

–¿Y allí?

–Vete a dormir. Otro día serás más mayor y te lo podré contar. Si me apetece, que no lo creo.

–Como lo de la nostalgia del futuro.

–A ver, jugamos al duro o colleja. ¿Qué quiere decir para ti?

LA NOSTALGIA DEL FUTURO

—A ver, por la estupenda cantidad de un miserable duro o una sonora colleja. ¿Qué coño significa para ti la nostalgia del futuro?

Y yo, pensando en que ojalá estuviera conmigo Valentín, el que me ayudaba a acertar siempre las respuestas que no sabía.

—Ni idea

—A ver, joder, parece que tengas fideos chinos y no cerebro ahí en la azotea. Dale un poco, hostia, no seas tan comodón.

—No sé. Lo he estado pensando y...

—Y qué, lumbreras.

—Pues supongo que eso es cuando eras más pequeño y tenías ganas de que pasaran cosas que luego no han pasado.

—¿Como qué?, a ver, que ya tengo un duro en una mano y la otra bien abierta y al lado de tu cogote.

—Pues no sé: los coches que vuelan, por ejemplo. O las máquinas con brazos que baten huevos. O los ascensores transparentes que te llevan de una ciudad a otra.

—Pero para qué coño querrás tú un coche que vuela, joder. Si no sabes ni llevar bien los que tienen ruedas.

—No sé. Los veía en las películas y pensaba que cuando...

—Que cuando tuvieras pelos en los cojones tendrías uno de ésos, ¿no?
—Exacto —digo, creyendo que he acertado.
La colleja.
—¡Ah! ¡Jo!
—Y ésta por decir «jo», joder. La nostalgia del futuro no es eso, chaval. Eso es como cuando los progres dicen: «Yo no corrí delante de los grises para esta mierda de país que tenemos». Eso es una mierda de nostalgia, eso no es nostalgia ni es nada. Me quedo el duro.
—¿Y qué es, entonces?
—La nostalgia del futuro es la nostalgia por las cosas que sabes que nunca harás. Pero cosas de verdad, no cosas que te inventas. No volar con una bombona de butano de mochila, ni comer pulpo en pastillicas. No. Es todo aquello que podrías hacer si fueras de otra forma: la nostalgia del futuro arranca en el pasado y está en tu carácter. Y tu carácter es lo que te ha pasado y lo que has elegido, no lo heredas en tus genes: tu carácter es culpa tuya.
—Ah.
Ni idea.
—Por ejemplo, mientras estoy en una barra tengo nostalgia del futuro, de las cosas que podría hacer pero que no haré. Las cosas a las que renuncié cuando era más joven y que ya nunca tendré por cómo soy ahora.
—¿Nietos?
—¿Tú eres imbécil o qué? Anda, ten el duro este. Cada vez que no te atrevas a hacer algo, cada vez que tengas miedo, mira este duro, y así te darás cuenta de

que, si no lo haces, a la larga tendrás nostalgia del futuro, que te digo yo que es la más jodida de las nostalgias, porque no es de cosas que has hecho y que echas en falta, sino de cosas que nunca harás. Es jodidísimo ese tipo de nostalgia.

–Gracias.

Miro el duro: con un Franco totalmente calvo, chupado, y sin embargo con papada.

–Y ahora, ojo por ojo. Ya que te he dado un duro que es una reliquia y que tiene mucho poder, me invitas a algo y me dejas tranquilo.

Perfecto. He pagado siete euros a cambio de un duro con el que nunca podré comprar nada. Así es Inocente. Lo dejo atrás con el vaso en la mano, mientras yo jugueteo con la moneda entre mis dedos, con mucho cuidado de que no se me caiga al suelo.

LOS COBRADORES DEL FRAC

Como un pingüino demasiado alto, paseando su despiste por una playa de Castelldefels.

Como un judío ortodoxo rondando por el carnaval del Mardi Gras.

Fuera de contexto.

Al principio he pensado que se trataba de un camarero muy bien vestido que se dirigía a algún banquete del *Club Capri*. Después he concluido que quizá sea un novio que va hacia una boda exprés de las que se celebran en *Villa verano* como en Las Vegas.

Ha llegado la hora de las maravillas. La hora de las cosas raras. Y yo llevo tres días sin entender nada: la fiesta, la bronca en los altavoces, y Alma un poco más cerca; sin llegar a tocarla, pero un poco más cerca.

Y ahora esto.

Cuando aún estoy frotándome los ojos en mi templo de la salchicha, veo a otro. «Coincidencia», pienso. «¿Un matrimonio homosexual?» Pero enseguida ha pasado a mi lado un tercer hombre vestido de frac, tocándose el ala de la chistera a modo de saludo.

Goldfinger dijo: «Míster Bond, hay un dicho en Chicago: "Una vez es casualidad, dos veces es coincidencia, a la tercera, es tu enemigo en acción"».

Y ahora veo al cuarto, idéntico a los tres anteriores: con su maletín, su pajarita, su americana asimétrica...

¿Tu enemigo? ¿O el enemigo de quién?

Y, claro, el quinto.

Ésta empieza a parecer una región antártica con el sol un poco desorientado enfocando con todas sus fuerzas.

El sexto.

Y allí, más lejos, el séptimo.

Y, oh, el octavo. ¡Alejandrito!

Parecen salir de debajo de las piedras: toda una colonia de pingüinos en *Villa verano*, en pleno agosto.

Y el noveno, el Comanechi, dando saltos.

Todos caminando como mimos figurantes por el recinto, acercándose a los turistas. Muchos de éstos, claro, los miran con caras expectantes: igual se trata de un buen espectáculo. En cualquier momento pueden echarse a andar, a bailar claqué, o pueden sacar conejos de sus chisteras.

Esto empieza a ponerse realmente divertido. Gustavo, también vestido de boda de alto copete, con su maletín de cierres automáticos, empieza a seguir a un hombre que primero sonríe, pero que poco a poco aprieta el paso. Estos no son pingüinos dirigiéndose al mar a darse un chapuzón y a bucear con sus alas, no: son un escuadrón de Cobradores del Frac.

Me arrellano como puedo en la silla plegable, dispuesto a disfrutar de esto, que no sé a cuento de qué viene, pero que empieza a tomar carrerilla.

«Estate atento mañana»: me fastidia de verdad que no me hayan explicado de qué se trataba. Al fin y al cabo yo ya me considero uno más en el zoo y en *Atlantis*.

Batallón de zombis pingüinos.

Es un aviso a unos cuantos turistas de *Villa verano*. El resto no se han enterado de nada porque no va con ellos: no se han delatado al reaccionar con nerviosismo. Los cobradores no han tardado el tiempo suficiente como para que los vean los jefes de *Villa verano*, y las víctimas del bochorno no se van a atrever a decir ni mu: no quieren desvelar su condición de morosos.

Los cobradores han llegado como pingüinos, como camareros bien vestidos, y se han marchado como justicieros poéticos. Ahora deben de estar chocando vasos de plástico en los pasillos de *Atlantis*.

Yo ya me siento como uno de ellos: los Cobradores del Frac han venido de una luna de Saturno donde todo es justo, se han metido dentro de los cuerpos de mis futuros amigos, han hecho un trabajo limpio y se han vuelto a ir a su planeta sin que nadie más lo perciba. No ha habido víctimas esta vez. El Corbata ha llegado demasiado tarde, se ha detenido en medio del Túnel del Tiempo, ha intentado entender y el sol ha convertido su cabeza en un interrogante. Después ha seguido gritando solo. Todo ha sido como un sueño.

LOS CANAPÉS DEL CLUB CAPRI

Alma me ha venido a buscar otra vez. O me ha encontrado, no sé. El caso es que ahí está, y yo más que su cara de ahora veo su cara de la noche de las bicicletas.

No quiere explicarme qué ha sido la invasión de Cobradores del Frac, ni por qué han elegido este día. Alma escucha muy bien, pero no sé si confía realmente en mí.

—Hoy quiero invitarte a una recepción.
—¿De qué?
—De nada.
—Gracias.

Y echa a andar. Y yo, claro, la sigo. Porque a Alma hay que seguirla siempre. Porque siempre lleva a sitios donde pasan cosas. Y porque me encanta mirarle el culo cuando anda un par de pasos por delante.

Y así es como esta tarde, por primera y (sospecho) última vez, entro en el famoso *Club Capri*. Una habitación lujosa con brillos dorados por aquí y por allá, con una barra que recorre las cuatro paredes y tras la que asoman botellas de todos los colores y medidas. En el centro, la pista, rodeada de sofás blancos con forma de alvéolos y de divanes romanos. Y, espatarrada en ellos, como si hubiera llovido del cielo hasta hacer plof en los cojines, la mayor colección de corbatas gigantes que he visto en mi vida. Las frases y las carcajadas cargadas de tos rebotan en las botellas, revolotean entre las calvas lustradas y vuelven a mis orejas. Los vasos, como medias circunferencias, son de la misma familia que las corbatas: vasos enormes con líquidos cobrizos dentro. Siento el impulso de meter las corbatas en los vasos y ver qué pasa, pero justo en mitad de este pensamiento entra un batallón de chicos con pajarita negra y americana blanca llevando bandejas de plata en las manos.

—Son los canapés. Hoy, por una vez, comeremos bien, Tristán.

De las bocas de estos camareros de mi edad salen frases en otro idioma, en un idioma imposible. «Canapé de salmón noruego ahumado, con *crème fraiche*, eneldo y caviar.» Ah, bien, muy rico. «Ceviche de bogavante, pulpo y bacalao en zumo de lima y mandarinas». ¡Qué asco! «Mini curry Thai de pato con leche de coco y *lemon grass*.» ¿En serio? «Brocheta de pollo marinado con *dressing* de cacahuetes estilo Indonesia, brocheta de magret de pato y manzana grillada, Martini de crema de cangrejo con un toque de Oporto y Monederos de oro de banana con sésamo y coco rallado». Espera, espera, un momento: ¿monederos de oro de banana?

Alma se ríe con mis caras. Se ríe *conmigo*, que diría mi madre. La han invitado a la fiesta porque el tal Rodolfo confía en ella, y supongo que quiere ganársela. Ahora pasa por su lado, le peina el pelo con la mano, y cuando llega al final de la melena le dice: «Amiga».

—Parece un niño subnormal de otro planeta, con tanta mierda de «amigo», «amiga», cada vez que ve a alguien.

—«Mi casa.»
—«Teléfono.»
—«Amigo.»
—Exacto, un rollo así, ¿sabes? Mira, ya está aquí.

Y lo que está aquí, aparte de un chico y una chica que innegablemente congenian de maravilla, es un tío bronceadísimo, color chocolate —pero chocolate sin leche—, con una sonrisa bioluminiscente que podría haber alumbrado toda la comarca, dentro de una especie de mono de lino. «El *look* Saimaza de los pijos», según Alma. Todas las corbatas revolotean a su alrededor, y anillos gigantes que estrangulan dedos como chorizos buscan su mano con insistencia. No puede ser él. O sí. Se detiene ante el Loco de la Corbata, y juro por lo que más quiero que el amigo se pone de hinojos para besarle la mano. Lo digo en serio. Lo veo con mis propios ojos. Después hace como que es broma y le da un par de palmaditas en la cabeza mientras sonríe mirando a los ojos de la gente.

A partir de ese momento, todo gira en torno a él. Que no puede ser él. O sí, porque de su boca salen cosas como: «Los perros son mejores que los hombres. Yo tengo tres perros: Meva, Hey y Bambú, y nunca me han fallado. Los llamo: "Hey, Bambú". Y después: "No, tú no, Hey; Bambú, hey". Y siempre vienen». O: «¿Yo, cáncer de piel? El sol es mi amigo. Amigo íntimo, lo digo en serio». O: «La vida no es justa. Yo lo tengo claro: todo español debería tener un jet». O, la más intrigante: «Yo tuve un momento muy duro en mi vida... —Silencio dramático de veinticinco segundos—. Fue cuando me enteré... —Todas las corbatas adoptando el signo de interrogación– ... de que no podía detener el tiempo».

Qué profundo, joder. Tiene que ser él.

—Alma, este señor... esto... es...

Y ahora el señor coge por los hombros al Loco de la Corbata y parece que va a hacer algo realmente turbio, pero después resulta que sólo quiere jugar un poco a hacer la conga, el trenecito.

—No, Tristán, no es él.

Pero entonces me sonríe y me guiña un ojo, justo cuando el Amigo del Sol empieza a cantar una canción llevándose la mano al estómago y arrastrando las sílabas con una voz del más allá. De Miami, por lo menos. Sólo en este momento, la música del hilo musical, respetuosa, se calla un ratito.

Y es en este momento en el que me doy cuenta de que, efectivamente, todo español debería tener un jet. O por lo menos alguno de esos canapés. Alma se ha pasado todo el rato bromeando con ellos, cambiándoles los ingredientes: «Esto es caviar de Coca-Cola con crema de espina de sardina reconstruida», «Esto es Cola-Cao posmoderno con tropezones de minga de calamar», etcétera. Y después incluso atreviéndose, cuando el Corbata estaba despistado, a coger la bandeja y ofrecerla al resto de corbatas diciendo cosas como: «Esto es tortilla sin huevos, pero con aroma de caramelo de limón lamido por una vaca». Y los señores la miraban raro, pero después miraban sus piernas y decidían sonreír, e intentaban hablarle al tiempo que ella repartía canapés a los corbatas de al lado. Y todos se comían el canapé de un solo mordisco.

Yo decido, pues, que todo español debería probar algo de esa cosa. Así que la llamo y le explico que tenemos que llevarnos todo. Así, mientras el resto escucha al Amigo del Sol cantar y están despistados, nos dedicamos a sacar entre los dos la mayor cantidad de canapés que podemos. En unos pocos segundos, Alma ha convencido a un par de camareros, a los que les hace gracia la cosa (o ella, supongo). Metemos una montaña en un par de manteles, justo cuando el tipo que tenía que ser él, pero que no podía ser él, canta el estribillo de su tercera canción y el resto mira.

La mejor pareja de cacos de la historia ha salido del *Club Capri* a las 20.45 horas con dos sacos al hombro. Rumbo a *Atlantis*.

–¿Sabes?, pensaba que no hacías cosas de éstas, tú.

«Tú», me dice con su dedo índice tocando mi nariz.

«Nosotros», pienso en decir, para proceder a rodearla con mis fornidos brazos. Pero no lo hago, claro.

Y dejamos todo en la nevera iluminada de *Atlantis*, que se apaga cuando la cerramos para irnos.

Sí, cada uno a su habitación: soy el Nieto del Viento para atacar a una chica, el más rápido. Rápido como un caracol sin baba.

EN PRIMERA LÍNEA DE BAR VI:
EL SUEÑO EN LES GOLFES

Al día siguiente, donde siempre, quiero contarle a Nemo lo de los pingüinos, y mucho más lo de Alma, y lo del atraco perfecto de los canapés del *Club Capri*, y lo del tío que tenía que ser él, pero que no, no podía ser. Llego al *Submarino* resoplando por los cuarenta grados bajo mi disfraz seco de Míster Agua. Sólo tengo un rato para comer, pero hoy quiere hablar él. Es su forma de mantenerse en la cresta y de no dejarse arrastrar por la resaca de la ola de calor. Y quiere retomarlo donde lo dejó.

—Hoy hablo yo, Tristón. Y no me hagas gritar, que hace calor.

EL ROCANROL DORADO DE
LOS FAMOSOS FAMOSOS

Les Golfes, domingo, 20.00 horas,
Vilanova i la Geltrú

Allí estábamos, con unos chalecos dorados y de tela dura como la mojama que nos había hecho una vieja casi ciega en una sastrería de la calle Joaquim Costa. Allí estábamos, con nuestras ilusiones brillando en el chaleco, ¡zaca!, cuerpazos serranos de luciérnaga. Entramos por la puerta grande de nuestro triunfo inminente. Sólo que *Les Golfes*, en catalán, significa el desván, como ya sabrás, que tú eres de ellos, *ja m'entens*, y el sitio era un garito inmundo. Después nos enteramos de que todas las bandas se habían ido a Premià, o a Salou, o a cualquier otro sitio, porque *Les Golfes* tenía fama de ser el peor local de todos. Pero a nosotros nos parecía la leche. ¿Nos iban a mantener por tocar? Entonces ya podíamos tocar encima de las calderas del mismísimo infierno. De ahí no nos movía ni Cristo. No nos sacarían ni con aguarrás.

—¿Pero qué tocabais?

—Zagalas no muchas, eso seguro. Al principio tocábamos canciones italianas, éxitos de tres años antes de Elvis, y alguna canción propia. Habíamos ensayado pasitos perfectos que dábamos con unos botines de flamenco que habíamos visto en una tienda de segunda mano y que a nosotros nos parecían clavaditos (qué digo clavaditos, muchísimo más audaces) que los botines cubanos de los Beatles. Tocábamos encima de nuestros tacones cubanos y encima de nuestras ilusiones. Pero el techo de *Les Golfes* era bajo. Al principio, sólo nos escuchaba el camarero del lugar y el tío mafioso que nos había contratado. Comíamos mal y dormíamos en *les golfes* de *Les Golfes*, en el desván de un sitio que se llamaba desván, con un techo a un metro y poco, tan bajo que había que reptar hasta el colchón cuando llegábamos y desplazarnos en plan gusanos hasta la puerta cuando tocaban diana y había que ayudar a limpiar el garito. No era difícil sentirse la última rata del planeta.

—Pues vaya mierda.

—¡Y tú qué sabrás! Pronto tendríamos más suerte. Cada vez venía más gente atraída por nuestro brillo y por el de nuestros chalecos. En serio, Tristón, tienes que creerme, chillábamos tanto, nos rebozábamos tanto en el suelo, éramos tan burros que la comarca se rindió a la evidencia de Los famosos Famosos, que por fin hacían honor a su nombre, al menos en diez kilómetros a la redonda.

»Alguna que otra turista de trajes de todos los colores se intentó meter en nuestra cama, sí. Y digo bien, chaval, lo intentó, porque cuando veían que tenían que mudar de mariposas a gusanos para acceder a un catre donde se estremecerían de placer gracias al vigor juvenil de Inocente Famoso, pero delante de los otros dos del grupo, no llegaban nunca a meter en la habitación más allá del cuello. Algún mordisquito en la nuca y algún beso (quizá con lengua) era nuestro botín hasta entonces. «Entra, eres la chica más guapa del mundo», les decía yo siempre. Y entonces alguno de mis compañeros gritaba: «Desde luego, la más guapa de la habitación». Se reían y la carcajada alejaba a la chica del famoso zulo.

—¿Y eso era todo? ¿No llegasteis a intimar con el sexo opuesto?

—¿Intimar? ¿Quién te ha enseñado a hablar así? ¿Tú le vas diciendo a las chicas por ahí si quieren «intimar» contigo?

—No.

—Pues yo tampoco. Y menos el día que llegó la mujer de otro planeta. Cercana e inalcanzable, como los Beatles, con ese brillo y ese cuerpo así como sin querer que da la buena cuna, sin aspavientos. Era tan increíble que daba rabia. Me hubiera cabreado de verdad mirarla si no fuera porque había enfocado sus ojazos hacia mí, y eso aplastaba todo. Sus pestañas, largas como un día sin concierto, eran látigos, y sus ojos daban luz como los faros de la Platja del Far de Vilanova. Casi me quedaba ciego cuando la miraba. El taconeo cuando caminaba (porque a veces la chica, de unos dieciocho años, llevaba tacones) era como el ruido de las maniobras en la mili: tac-tac-tac-bum-bum. Mi corazón era un colador, y de mi otro órgano vital mejor ni hablamos.

–Después me llamas a mí nenaza...
–Agua.

Cuando el Capitán Nemo decía «agua», yo ya sabía lo que me tocaba. Lo decía entre la broma y la amenaza, como un moribundo que ha hablado demasiado y tiene la boca seca. Inocente se podía poner tierno cuando quería, pero como se diera cuenta de que el otro lo había percibido, éste, fuera quien fuera, se ganaba una colleja. Así que cuando decía «agua» yo sabía lo que tenía que hacer: callarme de una vez, porque había tocado un punto que no le gustaba, y conseguirle otro trago. Y más me valía que no fuera de agua precisamente.

–Gracias. Un día la llevé hasta la playa, y allí, mirando lo único que se podía mirar, me dijo su nombre: Marimar. Y lo leí así y cambié el orden del mar, cogí el mar y lo puse al otro lado de la montaña y del faro, y sonaba igual de bien. Y entonces jugueteé y alboroté las vocales como hacía cuando intentaba componer una canción. Y volvía a funcionar: Miramar. Y al final, lo volví a colocar tal y como vino.

—Marimar —repetí, ahí, arriesgando.

Según Nemo, ahí había empezado todo. Marimar, la mujer que miraba al mar y la mujer que miraba a Inocente Famoso, era hija de italiano y catalana. Su padre había sido el jefazo espagueti que había enviado la empresa para relanzar la fábrica de Pirelli en la localidad catalana, la principal delegación en España de la marca. Ya en los primeros días, su labia de macarroni con pasta había atraído hacia él numerosas *pubillas* que estaban muy buenas, las de mejor familia. Se paseaba con su Ferrari rojo por un pueblo que sólo había visto pasar Seiscientos, aceleraba en la plaza mayor y lo aparcaba, siempre a la vista, en un lugar donde no se podía aparcar, para tomarse un martini en *La Carpeta Moderna*. Allí conoció a Georgina, que era justo la mujer que había venido a buscar. Y de su unión llegaría la mujer más bella de la costa: Marimar.

—Marimar.

Yo, el eco humano, otra vez.

—Sí, Marimar —me dice Nemo—: Marimar, repetía embobado cada vez que me aburría. Y venía una ola, Miramar. Y se iba otra ola, Marimar. Y Awanbabalubabalambamboo, Miramar-Marimar. Marimar, la cresta de la ola y el beso. Miramar, la ola viene y se va, y viene y se va, y dulce y ahora picado, y deja resaca y sabor salado. Y los botines llenos de arena.

—Eso es bonito. Parece una canción.

—Sí, pero no se lo digas a nadie o te corto los huevos. De aquello salió la famosa canción *Miraelmar, Marimar*, la cara B del single *Zapatero a mis zapatos*.

—¿Y triunfó?

—Agua. A partir de entonces, no dormía tanto en *Les Golfes*. Cuando acababa los conciertos, me iba con Marimar a su casa. Su padre estaba siempre en Italia y su madre tenía un pisito en Barcelona, concretamente en la Bonanova, al que se iba en cuanto llegaba el verano. Huía de la playa y prefería aprovechar que las tiendas estaban más vacías. Perfecto. Allí perfeccioné técnicas amatorias con posturas que hasta el momento sólo había visto en la pelea de Los Impala. Allí comí *xatonada* por primera vez. Allí descubrí todos los discos que la madre de Marimar, Georgina, una cuarentona que también estaba para mojar pan, le traía a su hijita desde Londres, discos de nuevos flequilludos que hacían música que rugía, música de zumbido de moscas, música de verdad. Marimar me traducía las notas interiores de un grupo que se llamaban Pretty Things y eran más feos que Picio, los pobres. También de los Who y de los Stones, que yo había conocido hacía muy poco, y que cantaba luego en un idioma por inventar, entre el vasco y el mandarín, pero que yo imaginaba que se hablaba en los pasillos de Oxford: «Wandermaizoom, Guet-au of may clown». Y una de un grupo que me gustaba mucho, los Yárbirs, que decía algo muy clarito y que me tocaba mucho, aunque Marimar lo negara insistentemente mientras nos bebíamos el vino italiano de *les golfes*, pero de las de sus padres. Mientras apurábamos copas de Lambrusco en el suelo, al lado del tocadiscos, como si no hubiera más casa que ese rincón, ni más mundo que esa casa, ni más mar que Marimar e Inocente, yo insistía en que esos tíos decían en el estribillo «Pollo al as».

—¿Pollo *at last*? ¿En inglés?

—Te juro que yo oía «pollo al as», y aquello me traía a la memoria los pollos que compraba al lado del mercado de Sant Antoni, al lado del cine Urgell, cuando salíamos de alguno de nuestros conciertos matinales. Oh, sí: ¡esa canción me traía tan buenos recuerdos! Había sido escrita para mí: el hambre y la emoción tras los conciertos. «¡Pollo al as, pollo al as, pollo al as!», repetía brincando por la habitación como un pollo sin cabeza, mientras Marimar reía y me decía: «Inocent, *tros d'ase* es *For Your Love*». Cacho burro, que no te enteras: es *Por tu amor*. Y me lanzaba un beso y se volvía a quitar la ropa.

—¡Buf!

—Resopla, resopla, chaval, pero a la mañana siguiente era aún mejor: nos despertábamos con una resaca de tamaño absurdamente raquítico, aplastada como una colilla por nuestra juventud y por Nuestro Amor, y salíamos a la calle.

—A comprar el pan.

—Nosotros no hacíamos esas cosas. Muchas veces visitábamos al señor Roig. Nos recibía en la puerta de su museo marino, un museo de verdad, construido por él y no por comisarios forrados de pasta. Allí nos enseñaba sus mapas antiguos, su mascarón de proa de un navío del siglo XIX, las anclas de más de dos siglos de antigüedad, falconetes del siglo XVI, y después de pedírselo mucho también tañía una campana que tenía casi un siglo de vieja y que sonaba muchísimo más fuerte que las de cualquier iglesia. Al menos para nosotros, el universo se estremecía por esa campana del señor Roig.

Desde que trabajaba de joven en la playa, construyendo laúdes y palangres y barcos en general, el hombre se había dedicado a la sabia labor de contar granos de arena. Ni corto ni perezoso, sacaba una botella llena de arena con una etiqueta que rezaba:

2.534.047

Y eso, claro, eran los granos de arena que había contado. Tenía contados los granitos de muchas playas y no pensaba detenerse. «Es curioso, ¿no?», decía.

—¿Por eso te mola tanto el mar?

—Por eso y por más cosas. Pero no me despistes, que eso era sólo el principio, sólo tonterías al lado de la gran estrella del museo del señor Roig. La venían a ver reporteros yanquis que la filmaban y después la enseñaban a millones de estadounidenses. Imagínate, chaval, yanquis con peinado de cepillo como los que había visto en la plaza Real se frotaban los ojos, atónitos, en sus casas de Oklahoma; los jipis hasta arriba de ácido flipaban como nunca viendo aquella cosa. El señor Roig incluso había tenido que instalar unas gradas provisionales, porque, amigo, lo que quería ver medio mundo era una pequeña carpa, pero no una carpa cualquiera: era la única carpa de la historia que bebía en porrón. Sí señor, el señor Roig, un hombre delgado que siempre vestía jersey de pico y pajarita roja, un tipo prematuramente calvo y canoso que hablaba con la amabilidad de alguien que no quiere vender sino regalar algo, sabía que estaba en posesión de un tesoro verdaderamente valioso, y por eso no dudaba en enseñárselo al mundo a cambio de nada. «Es curioso, ¿no?», decía todo el rato. Y no cobraba, y enseñaba día tras día la carpa Juanita a quien quisiera maravillarse. Colocaba un porrón diminuto lleno de un líquido: «És com l'aigua, ¿eh?, no fa mal, és inodora, incolora, insípida», repetía siempre, como un mantra, al lado de la balsa que tenía construida en el jardín. La carpa se hacía la remolona, daba un par de vueltas, pero al final siempre acudía a la llamada del morapio, asomaba la cabeza y se daba un par de lingotazos de ese líquido más misterioso que la Coca-Cola.

–Una carpa que bebía en porrón... –digo, rascándome el mentón e intentando que no se note que pienso que igual todo esto es un cuento chino.

–Maravilloso, ¿no? En el camino de vuelta siempre discutíamos si durante todos los años que había durado el espectáculo había sido una misma carpa o si era una estirpe de carpas que bebían a porrón. También nos preguntábamos por qué Roig no cobraba verdaderas millonadas por ver esa maravilla, y si la carpa dormía en el fondo de la balsa o vigilaba el sueño de su dueño. Yo, personalmente, pretendía algún día ser como la carpa Juanita, beber ese líquido extraño, y ser inmortal y cantar mis canciones toda la vida. Le dediqué a la carpa Juanita, por cierto, la última canción que estrené en *Les Golfes*: «Dando círculos vendrás, de mi mano beberás, el líquido mágico, que aleja lo trágico, el ritmo espídico, del trago para el espíritu.

Car-pa-pa-pa, siempre es fiesta en la carpa Juanita».
—¡Vaya temazo!
—Sí, pero no me interrumpas más, que ya termino. El verano se acababa, y los días pasaban y se acumulaban como botellas de Lambrusco vacías. La madre de Marimar estaba a punto de volver y se acercaba el último concierto de Los famosos Famosos en *Les Golfes*. El grupo de los chalecos dorados, con un estilo cada vez más duro e imprevisible gracias a los discos que había escuchado por cortesía de Georgina y Espagueti. Aquel día nos vestimos aún más elegantes, con unas camisolas de mosquetero y las *flamenco boots* más lustradas que nunca. Hasta que llegó aquel turista borracho. Se comportaba como si *Les Golfes* fuera un escenario para su decadencia: repartía billetes como quien da la mano, gritaba, bailaba en círculos y chapurreaba nuestras canciones, especialmente *Zapatero...* (que él pronunciaba «sapaterro», con el acento de los brigadistas internacionales cuando cantaban *Los cuatro generales,* un acento que a mí me sonaba muy mal, como a insulto, y que no me tenía contento).

»Nosotros nos habíamos vestido como veíamos en las portadas de los discos, intentando imitar cada puñetero detalle con el mimo con el que el señor Roig contaba granos de arena. Nos sentíamos los primos españoles de todos esos grupos, con un toque cañí, pero sin abandonar nunca la vanguardia: ibéricos pero internacionales, casi galácticos. Cuando acabamos *Zapatero...* el tipo aquel empezó a gritarnos: «torrerros, torrerros, torrerros». Miramos nuestros chalecos por encima de la cintura, nuestros pantalones ajustadísimos, y nos sentimos mal, muy mal, muy retrasados y muy fuera de onda. Otros veinte turistas le siguieron el rollo: «torrerrros, torrerrros, torrerrros», y nosotros en el fondo del mar, sin respiración. Los Famosos: el plancton más insignificante del océano. Mierda.

»Pero al acabar el concierto, al tocar el último acorde de la última canción, garabateó algo en una servilleta y nos la tendió: nos proponía una gira por Alemania. Nos dijo que tendríamos que vestir como estrellas, pero que él nos ayudaría, que volveríamos «por la puerta grande» (sí, usó esta expresión taurina, el cabrón), que no tuviéramos miedo.

»Humillados por el numerito de hacía unos minutos, dijimos que nos lo pensaríamos. Aquella noche volví a la playa con Miramar y miramos lo único que se podía mirar, porque era demasiado grande para no verlo, por mucho que no quisieras mirar: nuestra tristeza. Bueno, el mar y la resaca de las olas y nuestra tristeza. Ella estudiaría primero de carrera en Roma, porque a su padre lo habían destinado allí. Yo le decía que iría a Alemania y la visitaría desde allí con el Lamborghini que iba a comprarme. Pero en realidad lo tenía que pensar. Y todavía ahora lo estoy pensando. Y lo pensaré hasta la última ola. Todos estos años solo, no he parado de pensarlo. Igual podría pensar en otras oportunidades que tiré al retrete, pero sólo pienso en la primera: la cagué a lo grande.

—No pienses en eso a estas alturas, Capitán. Eres un romántico...
—Agua.
—Vale.

–Gracias. Y, ahora, después del sermón... porque ya lo has conseguido, con tu puta manía de preguntar todo el rato como un mocoso de tres años... me haces el favor de beber este chisme conmigo y brindar por Marimar. Y después nos callamos la boca un buen rato.

EN PRIMERA LÍNEA DE BAR VII: LA CALMA TENSA

TRISTÁN: _____.
NEMO: _____.
           (Trago, trago, trago.)
NEMO: _____.
TRISTÁN: _____.
           (Carraspeo.)
TRISTÁN: _____.
NEMO: _____.

Sé que estáis acostumbrados a rellenar los huecos, esas líneas, con la palabras que no sé encontrar. Pero en este caso, cortas. Un respeto: estamos presenciando una escena de silencio: más de un minuto de silencio. Aunque he de reconocer que yo ya empiezo a cansarme. Silencio de funeral de Estado, silencio de barcos hundiéndose en las pelis, de momento clave en el cine, de salmón ahumado envasado al vacío. ¡Shhh!

TRISTÁN: _____.
NEMO: _____.

Y entonces, en ese momento mágico, *Louie Louie*. El silencio se rompe por causa del hilo musical. Por un disparate de canción. Nemo pone cara de fastidio, pero no muestra demasiada ira. Tampoco me vuelve a explicar lo que ya me contó el otro día: la prohibieron varios gobernadores de Estados Unidos en el año 64, no por lo que decía, sino porque no se entendía lo que decía: si no se entiende, es malo. Yo ahora mismo no entiendo mucho la situación, pero tampoco me importa demasiado: aprovecho este silencio porque tampoco sé muy bien qué decir. Decidimos, solos contra el mundo, juntos contra el dichoso hilo musical, continuar con el duelo de silencios.

NEMO: _____.
TRISTÁN: _____.

Y, de pronto:

ALMA: ¿Quién se ha muerto?

Siempre tan delicada, viene a rellenar una vez más el espacio que me falta. El elefante en la cacharrería, sólo que en este caso es el animal más bello en la habitación de los espejos y los ecos: nuestra soledad, velando el cadáver del recuerdo de Marimar.

Menos mal que nada de esto ha salido por mi boca. Pescozón de Nemo asegurado.

Alma viene como el órgano oficial de las noticias ultramarinas, a contar lo que sucede en el mundo subterráneo. Y viene justo en este momento, con toda la intención, para conocer mejor a Inocente y empezar la operación Salvar a Nemo con la que yo le he retado. La acción de los Cobradores del Frac ha ido de maravilla. Algunas de las víctimas se han marchado de *Villa verano* dejando una nubecita, como los dibujos animados. Seguro que ni siguiera han dicho «Me voy», sólo «Me fui».

La mayoría de los habitantes de los subterráneos están hartos de *Villa verano*. Queda sólo una semana de agosto. Han recibido unas pagas raquíticas por andar todo el día enfundados, a pleno sol, en trajes de peluche que han reblandecido sus órganos vitales, cerebro incluido. La dirección ha echado a unos cuantos por coger la gripe y ha dejado sin sueldo varios días a los que han rechistado. Y después está lo de David. David, el de la sala de máquinas. El pobre no ha faltado ni una hora al trabajo, ha sido dócil como un perro todos estos años, hasta que ayer decidió apretar aquel botón... Un segundo de locura: su acción ha sido como el tapón de la botella de champán, que acumula gas durante años y cuando explota rebota en el techo, rompe toda la vajilla y deja tuerto al jefe.

Alma, que lo sabe todo, que está al tanto de todo lo que sucede (algo que no puedo decir yo, que no me entero de nada), nos lo ha contado. David entró a trabajar en *Villa verano* el año en que lo abrieron. Es un buen tipo que nunca ha querido meterse en problemas. Ni siquiera ha bajado nunca a las fiestas de *Atlantis*, lo cual es normal, pues ya encara los cincuenta y no le gusta ese barullo de música. A base de trabajar y trabajar se ganó la confianza de los jefes. Simplemente callando y haciendo. Sin necesidad de hacer la pelota. Alma lo sabe muy bien.

—Pesa ciento treinta kilos por lo menos. Cuando entró tenía que currar disfrazado como el resto, pero era imposible, ¿sabes? Yo intenté por todos los medios arreglarle alguno de los trajes de algún personaje más grande, pero no había forma. Lo intentó, pero los niños eran más crueles de lo corriente con aquella bola enorme de peluche. Así que, al final, Rodolfo, el hombre de la corbata grande, el que se pasea todo el rato por el Túnel del Tiempo, le dio la opción de ser el que controlara la sala de máquinas y ordenadores de donde salían los anuncios de ofertas, pérdidas de objetos y el hilo musical. A partir de entonces, David empezó a hablar menos con nosotros y no se dejaba ver demasiado. Este año es el último que quería pasar aquí, porque sus chavales ya son mayores y no tiene que darles tanto dinero. Supongo que tenía mucho calor en aquella sala, o le jodió mucho lo de que echaran a gente, o que nadie de los de arriba le hiciera caso, porque si no, no me explico por qué hizo lo que hizo.

Alma explica que Rodolfo ha torturado a David durante muchos años de la peor manera, haciéndose pasar por su amigo. Aunque David no podía soportarlo, Rodolfo le explicaba una y otra vez las cuentas de *Villa verano*, las visitas de los presidentes y los obispos, su carrera fulgurante. Y el otro, callado. Semana tras semana.

—También dicen que, aunque podría ser su padre, David estaba loco por una de las chicas que enfermó, y a la que echaron. El caso es que ayer se le inflaron hasta tal punto las pelotas, que decidió activar el micro de la sala para que se oyera por todos los altavoces lo que estaba soltando el otro.

Fuera el calor o simplemente la rabia, bravo por

el gran David. Bravo por esa bola de grasa con nervio que yo nunca he conocido.

—Muchacha, esta situación tiene una expresión que le va como anillo al dedo: «Para lo que me queda en el convento, me cago en dios» —interviene Nemo.

Alma ríe, me cago dentro si ríe. Y le da la razón. La expresión de Nemo ha cambiado: está ante una mujer y no ante un pardillo listo sólo a veces. Es una mujer, no un frontón de sus frustraciones ni un muro de lamentaciones. Aunque no pretenda nada, la sola presencia de una chica lo reprograma, y coloca de nuevo en sus ojos la mirada de Inocente, el famoso Famoso. Lo devuelve al mercado y a la vida.

Alma pide una caña y acto seguido me pregunta si sabía que en *Villa verano* está prohibidísimo beber. *El Submarino* es uno de los pocos lugares de la villa donde puedes más o menos esconderte, porque está muy al norte y porque, con perdón, está tan lleno de borrachines que casi nadie sube hasta aquí. En todo caso, los trabajadores no pueden tener ni rastro de alcohol en la sangre. Por eso se montan las que se montan ahí abajo, durante las fiestas. Por eso y por otras cosas.

Está guapísima enfadada, Alma. Con un rastro de espuma en el labio superior, esa boca, las palas delanteras levemente separadas para darle la gracia de lo humano al conjunto, continúa explicando que lo de los Cobradores del Frac es sólo el inicio. El aviso. Que llevan meses trabajando y aguantando a turistas por cuatro euros la hora, sin poder abandonar sus personajes hasta que vuelven a su habitación, a solas. Incluso tienen prohibido beber en bares como El Submarino. Yo he tenido suerte, porque aún no me conocen mucho. Han tenido que inventarse todo aquel mundo de *Atlantis* sólo para no morirse de aburrimiento. Eso me suena, claro.

La siguiente reunión es mañana. La orden del día es el ensayo de futuros vestuarios y acciones.

—Y usted también se viene, Inocente.

—Soy lobo muy viejo para tanto cordero, pero no para que me hables de usted.

Evidentemente, el cuño está puesto. En unos minutos ya lo ha convencido y le arranca más sonrisas de las que toda una vida con Lucas o conmigo le habrían hecho recuperar. Yo sonrío con el corazón dividido entre la ternura de una Alma entregada a la labor de rescate del marinero hundido y el deseo alado de todas y cada una de sus curvas, que desde el día de las bicicletas recuerdo en movimiento: una masa confusa de oscilación, lunares y carcajadas. El deseo: Alma en letras de tubo de neón en la pared de mi habitación, solemne e íntimo, parpadeante.

Por primera vez tiene sentido estar en un sitio en un momento determinado. Incluso tiene sentido haber aparcado el coche de mi vida en ese arcén lleno de fango el día que decidí no volver a la facultad para empezar a andar hacia el precipicio. He estado hasta este momento a la espera de algo importante. Me da igual llevar muy poco en *Villa verano* y tirar un trabajo por la borda: al fin y al cabo, nunca lo he querido. Me he quedado sólo para intentar sobrevivir al verano. O para tener un amor de verano, como cuando iba al pueblo de mis padres y podía tocar a las chicas más guapas sólo porque era el último producto nuevo en la estantería, chicas que se irían con guardias civiles al año siguiente, como frutas que caen del árbol o bollería del súper que caduca. Amores de verano.

—¿Sabéis cómo llamó Mike Love, el de los Beach Boys, a una de sus hijas? —lanzo, para romper tanta complicidad.

—¿A qué viene eso ahora? —interviene Alma, sin piedad.

—Da igual, el caso es que es un nombre que no deja en muy buen lugar a la madre...

—¿Hija de Puta? —éste es Nemo, olvidando la presencia de Alma y recuperando el tono muscular castizo. Saboteando esa anécdota que me ha contado él mismo hace un par de días. Alma, para mi derrota, delante de un ex campeón de los pesos pesados, pero ya viejo, suelta carcajadas como metralla. Hasta un jubilado me gana.

—No, Hija de Puta no, algo más bonito pero no muy amable para la madre...

—Va, pimpín, ¿cómo la llamó? —pregunta Inocente, otra vez, menos inocente que nunca, anclado en el insulto disfrazado de carantoña.

—La bautizó Summer Love: el fruto de un amor de verano; ésa era la importancia que le daba...

—A mí me encantaría llamarme así.

Casi me caigo del taburete, o empiezo a dar vueltas sobre el mismo hasta perforar el suelo: Amor de Verano, así hubiera querido llamarse Alma.

Y entonces Nemo, ganando otra vez:

—¿Y sabéis cómo llama un vaquero a su hija?

—No, ¿cómo? –pregunta Alma, los ojos como platos.

—¡Yiiiiiha!

Y Alma despidiéndose, despedida por su propia carcajada, hasta que otra vez mi verdugo, el Capitán:

—Lo tienes difícil, chaval. Me cae muy bien, pero esta chica tiene pinta de haberse pasado por la piedra a unos cuantos en lo que va de verano. Te lo digo yo. Es guapa, mucho, pero no tiene la mirada limpia que tenía mi Marimar. Además, ¿no crees que me miraba mucho? Inocente no pierde el toque, malandrín: aún conserva el toque.

Lo ayudo a flotar y va y se infla como una vela. Cría cuervos... y tendrás un montón de cuervos.

LA INVASIÓN DE LOS OTROS

Amanecer en el Castillo Encantado.
 Como cada mañana antes de salir de la habitación, remoloneo en la cama y me dejo envolver por lo paranormal: en la habitación de al lado, el Comanechi se trae a una chica diferente cada noche, y sus gritos y el sonido intermitente del cabezal de la cama contra la pared parecen el paso de una procesión que fuera más rápido porque arrecia la lluvia. En las otras habitaciones, muchos ríen y otros hablan solos antes de ducharse. Y por los pasillos pasean animales de todo tipo con la cremallera a medio bajar, o chutando la cabeza de su disfraz.
 El Castillo Encantado: ruidos raros e imágenes sobrenaturales.
 El Castillo Encantado: tabiques de papel de fumar y gente volviendo a la cama derrotada y muerta de calor.
 Por los pasillos del Palacio he perseguido a Alma más de una vez hasta que se ha girado y me ha descubierto dándole toquecitos al aplique de una pared. También he salido más de una vez sospechando que igual los jadeos de esa habitación o de la otra eran de ella.
 Aquí y ahora, alguien quiere echar mi puerta abajo.
 —¡Chaval! ¿Tienes un cigarrito o qué?
 —Comanechi, qué susto...
 —¡Soy el Fantasma Atleta!
 —¿Vuelves ahora de *Atlantis*?

—*Nen*, no he dormido, pero me la suda. Si no te lo digo yo, no te enteras. Sígueme pa'bajo, ¡se abre el telón!

Y dos piruetas por el pasillo y la tacha de cigarros ya gastados en las orejas: hay costumbres que no se pierden. Comanechi me lleva de nuevo a la gran explanada de *Villa verano* justo cuando los gallos de verdad cantan y los disfrazados se pegan una ducha. Y allí, como una visión, cientos de zombis andando lentamente y con una sonrisa de oreja a oreja.

—Ésta es mi obra. Bonita, ¿eh?

Algunos se quedan parados a la sombra de una pared, como con miedo a que les sorprenda el sol, y otros se sientan un momentito en el banco para liarse un cigarrillo y se duermen antes de haber conseguido sacar el papel. La mayoría pasean con una lata de Voll Damm en la mano y otra en la riñonera, y muchos con un papelito en la mano, arrastrando sus chándales de táctel o sus tejanos demasiado grandes. Otros, más alegres, se paran de tres en tres y se llevan tarjetas de crédito a la nariz. No tienen pinta de querer irse otra vez.

—Comanechi, ¿qué es esto?

—Esto es un gran trabajo de reclutamiento, amigo.

Y entonces a uno de los zombis se le cae un papel de la mano. Lo recojo y leo: «Sótano de *Villa verano*. Cerveza gratis para todos».

—Sí, chaval, llevo toda la noche con el rumbero y Alma y un par más reclutando a peña del pueblo en plan coche escoba. En todos los bares. ¡Joder!, la gente se mueve por unas últimas birras. Estamos aquí toda la famili... ¿Ves aquéllos?

—¿Esos que se tiran por el suelo?
—Están bailando, chaval, no te enteras...
—Claro, claro...
—Son la Panda Kappa. Unos de la época *powell*, cuando me iba a veces a hacer turismo a Castefa. Iban todos en chándal de marca muy bien imitao y se ganaban los duros bailando *breakdance* y haciendo el gusano. Almas gemelas mías. Son de aquí.

Y el puño al corazón y la mirada en una Panda Kappa algo venida a menos que ya no se sabía si bailaba o se retorcía de dolor por el suelo.

Los primeros inquilinos de *Villa verano* se empiezan a despertar y desayunan imágenes de los restos del incendio. Los guardias de seguridad se llevan a muchos zombis a rastras mientras otros más imprudentes vomitan subidos en las montañas rusas o en la atracción de la canoa o en el pequeño *karting*. Esto se está poniendo realmente feo. Otros se desmayan y los guardias los arrastran hasta las puertas de *Villa verano*: ya había dicho Alejandrito que aquí no se moría nadie. Otros empiezan a pedir algo de dinero a los turistas o a cogerlo de sus bolsos y riñoneras. El primer sol brilla en alguna que otra navaja, mientras algunos ya no se tienen en pie y otros insisten en llevarse todos los peluches de la atracción de tiro.

—Bueno, *nen*, yo me doy el piro, que me huelo la tostada. Fijo que saben que he sido yo.

Y el Comanechi da otra voltereta y se aleja mientras lo persiguen dos guardias. No volveré a verlo.

—Se le ha ido un poco la olla, ¿sabes? —Alma, con una sonrisa medio triste, a mi lado—. Saben que la idea ha sido suya. Lo van a echar fijo, y al resto nos caerá algo, pero está de puta madre. Igualmente nos iban a echar a casi todos.

—¿Pero cómo han podido entrar?

—Sígueme, a ver si te empiezas a enterar ya de algo.

Alma me lleva, por los talleres y pasillos, hasta *Atlantis*. Y allí, por el camino de baldosas de latas de birra, me lleva a otra puerta. Y de ahí a otra, y a otra: está cada vez más oscuro y Alma pasea a mi lado vestida como el día de la gimnasia sueca, hasta que abre un pequeño ventanuco por donde entra un gran chorro de luz.

—Tristán, la escotilla. La escotilla, Tristán.

Mi cabeza asoma de repente como una seta y lo que veo es una pequeña playa aún sin bañistas.

—Por aquí entramos y salimos cuando queremos. Esta noche nos fuimos de bares unos cuantos y repartimos esos papeles que dices que has visto. Y luego estuvimos un rato bebiendo más ahí abajo hasta que les dijimos de subir... Al final daba un poco de pena todo, pero, joder, la idea no era mala...

—Sí, yo...

Nunca sé qué decir.

—No era mala, pero esto ya no mola nada, ¿sabes? Algunos llevamos ya años aquí, y cada verano es peor. Somos mayores y todo sigue igual. Hay gente de treinta y de más de treinta. Algunos son unos malditos vagos, pero la mayoría no tienen otra, y ahora resulta que cerrarán incluso esto.

—Algo he escuchado, sí.

—A ti te da igual, más o menos. Y a mí también, que soy una pija, pero aquí hay personas con críos en su casa. Y otras que están medio chaladas, y a ver dónde acaban. Estos cabrones nos ponen cada vez más horas y más multas. ¿Sabes lo último?

—Ni idea.

—Pues unos cuantos grabaron la fiesta de los disfraces. Luego fueron a un ciber a la ciudad y lo subieron a YouTube.

—¿Los animales follando y todo eso?

—Todo eso y más, Tristán. Que tú siempre te enteras de la mitad.

—Es verdad.

—Pues han pillado a dos y no sólo los han echado. Se ve que unos tipos los trincaron en la ciudad, los invitaron a copas toda una noche y, cuando no se enteraban ni de a quién tenían delante, les metieron una paliza.

—¿Cómo?

—Sí, Tristán, tío, que no todo el monte es orégano. A uno lo han dejado sin visión en el ojo izquierdo, y el otro va cojo y tiene las costillas rotas. Pero a ver quién es el guapo que demuestra que ha sido esta gente, ¿sabes?

—Cabrones.

—¿No has visto que ya nadie silba?

—Te lo he querido preguntar mil veces.

—Eso que silbábamos era una chorrada entre nosotros: cuando echaban a alguien o caía una bronca, silbábamos el *Himno de la Z*. ¿Conoces la canción de *Los hermanos Pinzones*?

—¿...eran unos marineros?

—Ésa. Pues nosotros adaptamos la letra hace ya algunos años, pero la rimábamos con los nombres del

Hernández, y cuando decía Pinzones, cabrones, y cuando era fruta, pues hijos de puta.

—Si os servía de algo...

—Antes sí, pero ya no nos hace ninguna gracia. Y menos después de las últimas. ¿Sabes cuando algo que te divertía te parece triste de repente?

—Sí, como cuando ibas a un restaurante y había marisco pero tú pedías espaguetis con tomate, pero ahora quieres marisco y no lo puedes pagar porque es caro.

—No sé, algo así, supongo. O cuando ya te hartas de meterle la lengua a desconocidos en bocas llenas de microbios por las noches y lo que quieres es ir a una casa a hacer otras cosas mejores. No sé, pero esto ya no hace ninguna gracia. La gente ha cobrado este mes tres días antes de acabar, así que ya da igual. Han rebajado con multas falsas los sueldos hasta el sesenta por ciento. Piensan que somos gilipollas.

—Hijos de puta.

Ahí, Tristán, las cosas por su nombre.

—Sí, y por eso vamos a darles por saco: vamos a conseguir que no vuelva ni dios a este sitio. Aunque nos quedemos sin curro. Total, da lo mismo... Me voy a dar un bañito, ¿te vienes? No entro hasta dentro de una hora... Ah, no, tú entrabas antes hoy, ¿no?

Y la sonrisa esa otra vez, y la camiseta fuera, y el sujetador de cerezas sólo visto por detrás, y yo viendo eso como por la tele: la chica de la película de la playa, con la cabeza asomando hasta que la escotilla hizo clac y yo volví sobre mis pasos por el camino de las baldosas de lata. Sin saber qué pasaría a partir de entonces.

EL CENIZO DE LUCAS

Se han llevado al Comanechi y a la Panda Kappa y al resto de zombis, y han limpiado la situación para que todo vuelva a ser normal.

La reunión estaba programada para la noche, pero a media mañana ya se sabe que han echado a unos cuantos trabajadores de *Villa verano*. Hace aún más calor y todo se precipita. Uno de los zombis sufrió una angina de pecho y Rodríguez, el Loco de la Corbata, ha dado una charla a algunos jefes de grupo y ha aprovechado para llamarlos asesinos y cosas así.

Alma sigue sin aparecer, pero me ha dejado la ropa preparada en los túneles, con la nota: «Disfruta de tu despiste. Esta nota se autodestruirá en cinco segundos». Me cambio en las catacumbas y asciendo al mundo plomizamente soleado vestido de ese detective con gabardina gris, el que a pesar de poder alargar los brazos muchos metros y gozar de otros mil *gadgets*, sólo resolvía todos sus casos gracias a una niña rubia con coletas, su sobrina de menos de diez años de edad. Así crecimos nosotros, con la convicción de que el Inspector, ese viejo narizotas con sombrero, era un inútil, y que todo estaba montado fatal, y que nosotros, los niños, éramos los únicos capaces de «desfacer el entuerto». Éramos larvas de un nuevo mundo mejor montado, donde manaría Trinaranjus de las fuentes, los autos de choque tendrían carriles propios en las autopistas y cada comensal tendría su videoconsola, que podría usar en la mesa manejando el cuchillo y el tenedor.

Pronto descubrí que ese personaje sólo existía para los niños que crecieron en los ochenta y en los noventa: para los niños del siglo XXI yo no dejo de ser un adulto vestido con gabardina, sombrero y guantes blancos con los cuarenta grados de agosto. Perfecto. Con los niños y con los padres jóvenes no tengo demasiado problema, en realidad; el problema son los abuelos, esa gente que las ha visto de todos los colores y que no conoce el código de los dibujos animados de mi infancia y de la infancia de Alma; ellos son los que me miran realmente asustados. Escandalizados, apartan a los retoños de sus retoños de mi vista; alguno de ellos inclusive me dedica algún insulto. Yo me vuelvo a sentir en el primer escalón de las escaleras a la dignidad humana, mirando hacia arriba y bizqueando ante la inmensidad de la escalinata.

Algunos niños sollozan por la tensión que supuran sus abuelos, que temen de verdad que en cualquier momento ese extraño hombre del sombrero abra su gabardina y deje al descubierto sus vergüenzas. Sin ropa debajo, sólo la gabardina. Disfrazado, pero en realidad desnudo por dentro, con un calor sádico. O quizá temen que abra la gabardina y les intente endosar algún reloj suizo de imitación, o un par de esas gafas de sol que te destrozan la vista.

La forzada sonrisa que intento poner para tranquilizarlos no hace sino ponerlos todavía más nerviosos y aumentar el volumen de sus gritos: «¡Exhibicionista!», o bien «¡Desgraciado!» (este insulto me duele muy especialmente), o «¡Perdedor!» (este otro pica mi orgullo).

—Tú tranquilo, *nen* —me dice Fran, que simula comerse un helado. Bueno, en realidad no lo está simulando, se lo come—. ¿Quieres? Claro, coge un poco. No te rebotes. Cualquiera de esos puede ser un cabrón como yo y pasar el informe. Que ésos imbéciles no te quiten ni un día de sueldo —me aconseja.

El Cliente Fantasma ya está relajado. Con la conciencia tranquila. Pero quiere hablarme de algo más: en unos días, todos los jefes, algunos políticos y plumillas de estrellato regional y muchos de los supervisores de más rango estarán entretenidos al menos dos horas por un concierto que el tipo del *Club Capri* dará en el auditorio.

—He visto lo de los Cobradores del Frac. Y lo de esta mañana. Cómo se les ha ido la pinza, *nen*. Joder, curro en esto: sé ver esas cosas, ¿vale? Si queréis volver a liarla, ya sabéis qué día os conviene —me chiva, vocalizando muy poco.

—Tienes miedo de que alguien te lea los labios, ¿no? —le digo, consciente de lo difícil que debía de ser trabajar de agente doble.

—No, *nen*, qué flipao eres, es que tengo la boca llena por los caramelos.

Sigo caminando con esa información de oro en mi mollera. Vestido así, soy un instrumento al servicio de las travesuras de Alma. La odio y al mismo tiempo la admiro por su audacia. Podría habérmelo dicho, y nos hubiéramos reído juntos. Más vale que me vaya haciendo caso. Ahora tengo información de valor. En todo caso, la notita se destruyó al cabo de unos minutos, cuando la he roto en mil pedazos antes de arrojarla al Lago Deseo.

—¿Qué pasa, hombre? ¿De qué coño vas hoy?

Es Lucas, un hombre sin necesidad de disfrazarse, con su vida solucionada, esperando la muerte en el Lago Deseo con los brazos cruzados y la bilis haciendo un rally por todo su aparato digestivo hasta el lugar donde hierve la sopa de letras en la que se escogen las palabras.

Miro a mi alrededor para constatar la ausencia de revisores y me siento a su lado, harto de las miradas reprobatorias y de los insultos (o «adjetivos descriptivos», como me ha dicho uno) que me están lloviendo desde primera hora. A lo lejos, veo otra vez a Los Animales tocando, una y otra vez, y una más, la misma canción, repitiendo el número de una forma mecánica.

—¿Los ves? Joder, qué pena dan.

—Para ti es fácil. Tienes la vida solucionada. De algo tendrán que vivir, y ésa no parece la peor manera, la verdad.

—Sí, claro. Cuando lleven más tiempo tocando así estarán más amargados que Inocente.

«Y tú quién eres para decir eso. Estuviste en la rotativa de un diario de mierda que decía mentiras de mierda y ahora vives gracias a un golpe de suerte. A saber dónde estarías. Vale que insultes a Gustavo: tiene talento y además es un peligro para mí, pero no vuelvas a hablar de Nemo». Esto es lo que pienso aunque no digo nada.

En todo caso, hoy Lucas quiere decirme algo, y ni un tsunami lo va a detener: es un agorero, una de esas personas que crecen dando malas noticias, a los que les gusta saborearlas, hablar de las desgracias ajenas con la excusa de que así estás preparado para las tuyas, para la vida y la muerte. Lucas, ajeno a mis pensamientos, sigue por el camino que él mismo ha señalado al verme.

—Inocente, qué artista, ¿verdad?

—Hombre, pues con Los Famosos no le fue mal. Seguro que tuvo bastantes más emociones que tú y yo juntos. Es músico. Incluso ahora vive de los *royalties* de algunas canciones. Imagina si debió de tener éxito en su momento.

—¿Éxito? ¿Nunca te has preguntado por qué está tan amargado? —me dice, y da un sorbo a su petaca, que lleva escondida.

—Supongo que porque es mayor, porque sus años de liarla se acabaron. Yo qué sé. Porque es muy nostálgico o algo así.

Lucas me sonríe con el rictus del soldado que va a dar el tiro de gracia al enemigo después de ofrecerle un pitillo.

—¿*Royalties*? ¿Sabes? La música que suena en *El Submarino*, y por los pasillos y en las habitaciones de los hoteles y por todos los rincones de *Villa verano*, esa música que es como mala hierba que se va metiendo por cada uno de los rincones, que entra en tu cabeza sin pedir permiso y después se queda ahí incordiando, esa música que no has elegido...

—¿El hilo musical?

—Sí. A mí personalmente me gusta. Me anima. A veces incluso silbo esas melodías: me sirven para pasar el rato. Pero, ¿has visto las muecas de Nemo cada vez que arranca alguno de los temas?

—No —contesto, por llevar la contraria, aunque lo he percibido perfectamente mil veces.

—Esa música es la autotraición de Nemo. Esa música es Nemo ahora: cada nota es un puñal.

—¡Bah!

—Creo que se lo ofreció un alemán en un barco: ser músico de sesión en un estudio de grabación de hilo musical, hacer versiones ligeritas de las canciones de siempre, cosas que se han explicado mil veces: eso fue lo que hundió a Nemo. Bueno, eso y lo de la chica, y otras cosas que no sabremos nunca. Se pasó años enteros en su sofá con una botella de Dyc a un lado y una bolsa de nieve delante de las narices y un cenicero lleno al otro, esperando a que lo llamaran para tocar a la mañana siguiente, y pasando horas y horas en el estudio. Creo que incluso tiene una pistola, o algo así: estuvo a punto de ir a la cárcel.

—Sí, claro...

—Que sí, hostia. Si no sé quién me dijo que incluso le rajaron el estómago un día, unos maricas, en una callejuela de Barcelona, porque debía unos cuantos billetes, y desde entonces no se le levanta.

—¿No se le levanta qué?

—El ánimo.

—Ah, eso ya lo veía.

—¡Qué va!: la minga. No se le levanta la minga. La polla. El cimbrel. No puede izar bandera. No se pone palote. Tú piensa lo que te dé la gana, pero desde entonces está siempre amorrado al pilón. Ganó lo suficiente como para tirar muchos años, pero no ha vuelto a tocar ni la funda de una guitarra desde entonces: está paralizado. Nunca lo hará otra vez. Yo siempre bromeo con él y le digo cuánto me gusta el solo de *El concierto de Aranjuez* o el arpegio de «Defulo degil», de los Beatles. Eso lo hunde aún más.

–Pues, a mí me parece un trabajo muy digno: debería estar orgulloso –miento.

A lo lejos, Los Animales sudan bajo sus disfraces de gallo, burro y tortuga, pero ahora yo lo sé: están actuando. Tienen un plan. No van a tocar esa canción durante mucho tiempo.

LA CUMBRE DE LOS JUEGOS

Las miradas de decenas de cabezas de peluche, atónitas o artificialmente felices, te persiguen por los pasillos de *Atlantis*. Decenas de ratones, de pájaros, de tigres, de leones, miran desde sus estanterías esperando a ser colocadas sobre los hombros de alguno de los pringados de *Villa verano* para cobrar vida. Allí se reúne y se cambian todos los animales, y no es extraño ver a un ratón jugando al póquer con un gato. Escenas que a mí me recuerdan la hora en la que se retiran las estatuas de las Ramblas, cuando el ciclista calavera y la obesa mórbida se van al *Núria* o al *Castells* a tomar una caña, y ahí se reúnen con la cantante de ópera, o con el falso Ronaldinho, o con el falso Michael Jackson. La imagen de Jacko enfrascado en una discusión sobre el Barça junto al hombre tapizado de frutas resulta, cuando menos, perturbadora.

Paseando por estos pasillos entiendes mejor por qué toda esta gente quiere por fin pasar página y volver a ser seres humanos. Por qué quieren irse cuanto antes de *Villa verano* y dejar constancia, al menos, de que por allí han pasado personas y no sólo animalitos.

Cuando llegamos Nemo y yo, la cosa ya ha empezado. De nuevo son Gustavo y Alma, otra vez juntos por la faena, los que llevan la voz cantante. Es increíble cómo Alma sostiene el peso de todo sin despeinarse. Los demás no se limitan a escuchar como en misa o en clase: aportan ideas y apuntan datos continuamente. Alejandrito, El Leyendas, nos recibe con una sonrisa, si bien nos advierte de que si el día de los actos llueve, no debemos correr para mojarnos menos. Nos dice que si caminamos, dignos, nos mojaremos menos que corriendo, porque la velocidad atrae a la tormenta. Le damos la mano y tomamos asiento en el suelo.

—Un cigarro, Alejandrito.

—¿Un cigarro? ¿No sabes que Marlboro lo financia el Ku Klux Klan?

Pero a Nemo eso le da igual, como que su esperma pierda calidad, que fumar sea altamente adictivo, o incluso sufrir una muerte «lenta y dolorosa».

—¿No ves las tres *k* de la cajetilla?

—Sí, Alejandrito, sí.

Esto es como una asamblea. En primero de Universidad, movido por la mala conciencia, me atreví a ir a una de esas asambleas de estudiantes de izquierda. *Atlantis* es diferente. La gente ríe y tiene sentido del humor.

Gus toma como referente la invasión de los *yippies* a Disneylandia, a finales de los sesenta. Yo oigo campanas y no sé dónde. Cazo destellos al azar como «cuando liberaron la isla de Tom Sawyer por lo de Vietnam» o «aquel encuentro subversivo en el bote del Capitán Garfio». Poco más.

Gus también dice que después de lo de esta mañana no hay nada que perder. Que sabe que van a echar aún a más gente, y que llevan todo el verano puteándonos, que algunos tienen tantas multas que no van a cobrar casi nada después de haber trabajado toda la temporada. Algunos, los que no tienen muy claro si el año siguiente quieren renovar el contrato, sobre todo los que mantienen familias con sus sueldos, se han marchado de la reunión. Otros, como el loco de Élmer Gruñón, ya dicen que esto «es una mariconada», y que hay que proceder a quemar algunas cosas. El resto apunta que no quieren acabar en la cárcel después de unos meses currando en esta otra cárcel, así que sólo les interesa un toque de atención gracioso y una salida digna hacia otro destino. Todos están hartos de silbar el *Himno de la Z*.

–No seáis burros. Aquí sólo somos unos cuantos. Pensad que todos los que hagan cosas irán disfrazados, así que si salimos de escena después no sabrán a quién culpar. Y ya no queda verano: nos pagan los días trabajados y listo, a otra cosa.

Eso, a otra cosa.

Surgen muchas ideas, pero la que me hace más gracia es la del «bombardeo fétido». No se trata de hidroaviones peinando la zona y lanzando napalm, no, sino, simplemente, de sabotear actos y situaciones con el lanzamiento masivo de bombas fétidas. La bomba fétida no está estipulada como arma, y sin embargo desprestigiaría mucho más *Villa verano* de lo que pudiera hacerlo una pequeña explosión real, que sería siempre atribuible a cuatro locos. ¿Y cómo se puede procesar a alguien por una bomba fétida? La primera reacción sería echar la culpa a los desagües de *Villa verano*. Olería a depuradora, se pensaría que el recinto se construyó demasiado rápido, o en mal lugar, o se culparía a la cocina (allí, por cierto, se traman infinidad de gamberradas de campamento, en la línea de poner sal en los azucareros y pasta de dientes en el Ketchup). El bombardeo fétido es una arma barata y que no implica a nadie: si alguien detecta el olor a huevo podrido y lo relaciona con esa arma, no culpará a los trabajadores: el ochenta por ciento de la población de *Villa verano* son niños. Se trata de un gana-gana, una jugada triunfadora, como aquel cuento en el que el arma asesina es una pata de cordero congelada y cuando se está intentando descubrir al asesino y/o encontrar el arma, el ama de casa sirve esa pata de cordero cocinada en una reparadora sopa.

Nemo hace rato que mira de reojo las guitarras de Los Juguetes Rotos, como el alcohólico que acaricia el vaso de cerveza y no se atreve a dar el primer trago, o el mendigo mutante que ronda a la princesa en un cuento. Masculla algo sobre el hilo musical. Rápidamente, Alma lo invita a que hable un poco más alto. Dice que sería un buen plan: acceder a la amplificación y quitar el hilo musical del recinto durante unas horas. Sería un poco un homenaje a David. Se podría subir el volumen muchísimo y poner las canciones que quisiéramos. La idea es recibida con aplausos. Muchos no se habían dado cuenta de lo mucho que les jode el hilo musical hasta que alguien ha propuesto cortarlo: es como el ruido de una mosca, que parece insignificante hasta que la aplastas y respiras hondo.

Si a alguno de los presentes podía entusiasmarle la moción, ése es Gus. No lo duda un momento: se acerca a Nemo y ambos se olisquean como dos perros tanteándose antes de ponerse a jugar. A los veinte minutos, ya están en un rincón hablando. Una pequeña elipsis más y ahí los tienes, cada uno con una guitarra. Nemo la retoma con el hambre del que llega de una larga caminata, y el instrumento se engarza con su cuerpo como esas piezas que hay que tener para colocarlas en el ojo de una pared y que la pirámide se abra. Oricalco. Su cuerpo ha sido diseñado ergonómicamente para que acoja una guitarra, como el hueco para el refresco de las butacas de los cines.

—Bueno...

Es la voz de Alma, da igual lo que diga.

—...sólo falta fijar el día.

—Yo sé cuál es el mejor día... —digo con voz trastabillante, pero haciéndome el valiente.

—¿Tú?

—Tengo algo de información... de un Cliente Fantasma...

TOCAR DE OÍDO

Nemo puede ser el cantante destrozado en el camerino, pero en cuanto pisa las tablas vuelve a ser el mejor. Sólo necesita a alguien que le escuche. Y si es del «sexo opuesto», mucho mejor.

—A veces hay que tocar de oído.
—¿Cómo?
—Y si no, que se lo digan a Beethoven.

En el hilo musical suena esa canción de música clásica que viene en los teclados de Casio, esa canción irritante que te persigue desde la cuna hasta el final de tus días.

—No os sabéis ésta, ¿verdad?
—¿Cuál?
—Estaba el sorderas-genio en una fiesta. Y una chica de muy buen ver estaba tocando el pianito ese para toda la peña esa con pelucas blancas en la cabeza y pantalones de mariquita y faldas de las que parecen tartas de boda. Entonces, el Beethoven, que el tío estaría sordo pero no tanto, que, a ver, estaría sordo pero tenía ojos en la cara, se acerca a la cachonda y le suelta: «¿Tú sabes quién soy yo? ¿Por qué no tocas alguno de mis *jits*?».

—Igual le gustaban más otros grupos —dice Alma.
—Eso mismo quiere saber el sordo. Pero la tía le contesta: «Porque las tuyas son muy difíciles». El tío era la hostia de famoso, pero sus canciones no gusta-

ban a las tías. No como las de Los Famosos, que serían una mierda, pero las muchachas movían el culo con ellas que daba gusto. Entonces, con peluca y tal, llega a su casa, se sienta a escribir al piano en pijama y escribe la canción más fácil y bonita que se le ocurre.

—¿Cómo se llamaba la chica? —interviene Alma.

—Elisa. Bueno, o Elisa u otra cosa. Que el tío estaba como una tapia, igual entendió mal. La canción se llama *Para Elisa*, pero igual podría haber sido *Para Felisa* o *Para Ramona*. El caso es que yo creo que ahí es donde nace por primera vez el rocanrol, aunque con la versión que suena ahora no lo parezca. Pero yo sé el secreto, claro.

Ahora estamos en el camerino donde Alma confecciona y ajusta todos los trajes de *Villa verano*. Hay tablones blancos con caballetes de conglomerado y muchos tornillos a la vista en las articulaciones de cada mueble, también cajas de cartón llenas de ropa de todos los colores, retales de disfraces que paseaban por el parque: parches, garfios, corsés, narices, botines; también hay dos ventiladores escandalosos, una bombilla terminal y algunos pósters que marcan las coordenadas de su personalidad.

Alma desmonta los trajes de los Cobradores del Frac para poder volver a trabajar sobre esa ropa. Por la mañana, muchos hemos sido elegidos al azar para recibir un castigo, algunos doblando sus turnos en las cocinas y en las planchas de perritos calientes, otros fregando lavabos; otros más, entre los que me cuento yo, en el Túnel del Terror. Esto último es lo más temible: la atracción es tan creíble que los turistas reaccionan al miedo, y el trabajador, que no puede responder, se lleva la peor parte. Yo tenía que estar disfrazado de payaso loco detrás de una columna y asustar a los que pasaban: la sorpresa era tal que algunos turistas me soltaban un guantazo en toda la cara. Pero, aunque dolorido, espero a que Inocente nos deleite con una de sus historias. En un espejo normal se le ve esquelético, viejo y de color púrpura, disminuido y caduco, pero el espejo retrovisor le devuelve siempre la imagen que él quiere.

—«Ui lef aur passat jom.» Ésa era la llave que abría todas las puertas. «Nos hemos dejado el pasaporte en casa», quería decir. Un negro muy salado me había apuntado en la mano la transcripción fonética, como si yo fuera el papa de Roma. Y tras cada copa lo decía aún mejor. Con toda la papa: *Uilefaurpasatjom*. No sabían distinguir si era un blanco de Alaska borracho o un panchito imitando el acento. Yo tenía ya los cuarenta y pico tacos, así que una vez dentro veía cómo la gente, en lugar de mirarme mal, como en el resto de discotecas de Madrid, me colmaba de miradas de respeto. «Rispé», les contestaba, con una sonrisa. Entraba chuleando (que eso se me da muy bien, chulear), así, andando como con saltos, pero sin exagerar. Siempre suave: pasos de terciopelo. «Isi»: había aprendido bastante el inglés en aquella época. «Cul»: todo el que no había aprendido con las canciones de los Stones me venía ahora en esa discoteca, *The Stone's*.

»Tenía narices: veinte años antes le había robado la guitarra a los padres de alguno de estos tíos gracias a Los Impala. Estábamos en la base de Torrejón de

Ardoz, y cada vez que veía a un maromo muy alto, de esos negros con el pelo de Carl Lewis, y muy elegantes, como bañados en oro, me entraba el canguele de que de repente sacara una foto de sus padres de la cartera, me enseñara su dentadura dorada y me apaleara como a un perro. Por suerte, algunos marines latinos me identificaban en edad de ser jefe y algún pelota me invitaba a un destornillador, la bebida que causaba sensación y que yo no me podía permitir, aunque mi edad y gran porte pudieran decir lo contrario. Incluso agradecía la invitación con algún consejo inventado sobre los valores de la jerarquía o el respeto a la cadena de mando, algo que no había respetado en mi puta vida, que yo me cago hasta en la reina.

Después de tener que levantarse para alcanzarle un dedal a Alma, Nemo sigue narrando otra de sus batallas, sus aventuras en los albores del rap en España. Mientras habla, yo no puedo pensar en otra cosa que en aquel bochornoso *hit* compuesto a vuelapluma el día que me abandonó la cordura en el tren de vuelta a casa desde la Universidad.

—Allí mismo —continúa Nemo— yo me había comprado una guitarra, y todos mirábamos a un tío con cascos de aviador que ponía canciones sin melodía, cuando yo había estado toda la vida buscando la melodía, como con *Zapatero*... Las negras, y también algunas blancas, se restregaban con unas posaderas que parecían tambores de orquesta buena, arriba y abajo, limpiando y haciéndoles la raya a los pantalones de algunos marines. Y de vez en cuando gritaban algo, *yeah*, y miraban a un tal Lara. Entonces él ponía *El de-*

leite del rape o la de *El mensaje*. Yo no sabía qué cojones era el mensaje, pero sabía que aquello era algo importante, una gente que al menos se quejaba, gente que protestaba, aunque a mí, en realidad, me pillaba un poco viejo y aún más blanco. Eh, pero «Rispé».

—Claro, es que podían haber sido tus hijos...

—Agua.—Y después del trago de la petaca—: Pero yo nunca me he hecho viejo, Alma: sólo es viejo el que hace cosas de viejo.

—Claro, Inocente.

—Yo era maduro: un señor maduro que las había visto de todos los colores. Había empalmado el rock progresivo con el nacimiento del rap en España sin salpicarme con el jevi, como les había sucedido a algunos amigos míos. Hasta que alguien se inventó la canción esa de *Hey, pijo* no tenía ni idea de qué decían las letras: aunque luego de mi verano en *Les Golfes* y otros en la zona tenía nociones de sueco y alemán, no tenía mucha idea de inglés. «Hey pijo, ¿de qué vas?, de tanto mirarme te voy a machacar», o «Tanto U2 y tanta polla, y luego resulta que sois gilipollas». En aquella época yo me sentía negro como el Cola-Cao, qué digo, como el...

—Como el azabache.

—Eso, como el chocolate. Incluso hice un abortado intento de reconducir a Los Famosos hacia el *look* rapero. Otros amigos se ponían toallas en las chupas de cuero, tocaban la guitarra como si fueran epilépticos y cosas así muy raras. Pero Los Famosos iban a estar a la última.

—Ése es mi Capitán —jalea Alma.

–Evidentemente, y aunque lo intenté de verdad con el rap («No me llames blanco, asesino»), aquello no fue más que una última chispa de vida. Sólo recuerdo, entre borrachera y borrachera, una noche que vino un tío que salía en la tele: era el protagonista de la historia de un chaval que descubría el mundo de los pijos cuando se iba a vivir con sus tíos ricos. Algo parecido a lo que me había pasado a mí con Marimar. Mucha gente se saludaba en aquella época con el gesto que después saldría en una serie de negros: chocaba y después hacía algo con la boca, algo como el ruido cuando abres los botes de refresco. El «saludo chispa», lo llamaba yo. Fueron los últimos momentos en que me sentí parte de algo. Me sentía como un pimpín de soldado que se va a la guerra y no tiene ni idea de en qué país lo tirarán en paracaídas. Tras el fracaso de mi rap *No me llames blanco*, creo que ya no recuerdo más. Pero sí lo de aquellos traseros que eran como minibares moviéndose, eso aún me viene a mí a la vista.

Estoy a punto de pedirle que nos explique otra vez lo de la nostalgia del futuro, y también su salto a la deshonrosa industria del hilo musical, pero me digo que eso sólo lo hundiría más. Incluso intuyo que en el fondo él ya sabe que alguien, alguien con la vida solucionada, me lo ha contado. Estoy seguro de que él nota el cambio de signo en mis ojos cuando lo miro, del mismo modo que yo noto la mirada de Alma, que parece buscarme. No sé por qué hace eso, y sonrío como sonríen los vendedores de seguros cuando el cliente dice que no piensa contratar esa póliza. ¿Qué me querrá decir? Igual tengo espuma de capuchino en mi nariz de judío, o la bragueta abierta, o quiere preguntarme algo, o ya me lo ha dicho y yo no me he enterado. Y de repente: clac-clac-clac, claqueta; mi tic, otra vez.

–¿Me estáis escuchando? Porque no he acabado. Agua.

EN PRIMERA LÍNEA DE BAR VIII:
LA MÚSICA DEL MAR

Hace rato que Nemo no me mira cuando habla. Y con esto no quiero decir que tenga la mirada extraviada o fija en la ventana del taller en plan soñador. No, a medida que pide más «agua» y bebe más Magno, su mirada se detiene cada vez más en Alma, y no en los ojos de Alma, más bien en sus piernas.

Alma lleva hoy unos pantalones tejanos recortados con tijeras que gritan «detenedme». Yo lo sé porque mis ojos tampoco evitan caer ahí de vez en cuando. Ella, claro, juega a que no se da cuenta, ríe ante las cuitas del Capitán y pide más y más peripecias: más madera para el incendio.

No queda más «agua» en la petaca, así que Nemo ha decidido que ya hemos trabajado demasiado, que es nuestro día libre y que debemos volver los tres al *Submarino*. Hace un sol terrible y los animales de peluche de *Villa verano* se consuelan saludando a Alma con la sonrisa fija del disfraz. Todo parece muy tranquilo, salvo por el Señor de la Corbata, que habla a gritos.

—Ya verás, cabronazo —murmura Alma, mientras da un doble salto sobre el pie derecho para evitar a un niño que se la ha quedado mirando.

Ya en *El Submarino*, Nemo parece tener una misión: seguir contándole su vida a Alma para demostrar que él lo ha vivido todo, y al menos tres veces; que se ha comido la vida a cucharadas. También, sospecho, porque intuye que queremos saber qué le ha traído hasta aquí y muchas otras cosas, y sabe que quedan pocas horas. Ya sentados en su rincón del mundo favorito, Nemo continúa:

—¿Sabéis lo de los músicos del Titanic?

—¿Que palmaron todos? — Alma sabe cómo manejar a Inocente mejor que yo.

—No, la mierda de que cuando se hundía el barco continuaron tocando hasta el final...

—Sí —digo yo, siempre dispuesto a mostrar que me sé alguna respuesta, como los friquis de los concursos de la tele, que hunden el pulsador antes de que acabe la pregunta.

—Pues en aquella época yo tenía una cosa clara: si aquel barco se hundía, yo pillaba mi guitarra y empezaba a romper cabezas, para que no sufriera toda esa gente, claro. Me los hubiera cargado a todos. Me cago hasta en la reina, os digo algo: habría repartido tanta leña con mi guitarra que ni se habrían dado cuenta de que el barco se hundía.

Nemo nos explica en qué anduvo todos esos años que para mí son una gran incógnita. El mismo alemán de *Les Golfes*, que había intentado llevárselo de gira a Alemania, era el culpable de todo. Un día se lo volvió a encontrar y le volvió a ofrecer trabajo. Esta vez le proponía ser la primera estrella del rock del mar: «Sea Rock'n'roll Stars Management», rezaba una tarjetita que le había pasado en un bar ruidoso. «Pues lo seré», pensó Nemo.

—Si ya se me había pasado el arroz para triunfar en la tierra, igual podía triunfar en el mar. Le dije que sí y al poco tiempo me metieron en una especie de crucero para pijos italianos y españoles. Se llamaba *Matilde*. El barco, digo. Yo iba disfrazado de marinero, con gorrita ridícula y todo. Se suponía que el barco tenía varios recorridos, que podría visitar mil puertos y medio mundo. En teoría, uno de los trayectos lo tenía que llevar a los cuatro puntos del mundo: el barco zarpaba de Londres y pasaba por la Costa Brava para después colarse por Suez y llegar hasta Bombay. De allí a Calcuta y a Hong Kong; desde ahí, nada menos que a Yokohama, para luego viajar a San Francisco, Nueva York y vuelta a Londres. La vuelta al mundo en 81 días. Ésa era la idea inicial, claro. La primera estrella de rock de todos los océanos: el dios del rocanrol del mar.

»Pero al final la cosa fue muy diferente: nos subíamos al barco del amor en Barcelona, pasábamos por Formentera, Túnez, Sicilia... y después venía lo guapo: ¡nos cruzábamos todo el Mar Rojo! Yo ahí tenía miedo incluso de los piratas, y de muchas otras cosas, pero a mí me pagaban por comer, beber y tocar la guitarra. Hasta que llegábamos a las islas Seychelles, y de ahí, media vuelta y otra vez, raca-raca con la guitarra, hasta Barcelona. A veces pensaba que si paraba de tocar el barco se detendría.

—Joder, Inocente, pues no suena mal...

—Y lo peor eran las mujeres. Pobres mujeres. Yo ya no era el Inocente joven de *Les Golfes*: tenía más años de vuelo, y donde ponía el ojo ponía la bala. Pero es que a veces me obligaban a poner la bala donde no ponía el ojo.

—Pobrecillo...

—Era duro, lo sé, pero alguien tenía que hacerlo. Era increíble cómo las ricachonas recién casadas del barco se comían el anillo cuando me veían tocar *That's amore*. ¡Aquello parecía un chiste! Venían a buscarme al camarote, me pasaban notitas, me mandaban martinis. ¡Una tortura!

Nemo ya no es un hombre, es un tigre. Se le achinan los ojos y se le convierten en cuchillas de reluciente filo que adoptan los brillos del recuerdo. ¡Eh, estoy aquí!: ya no está ahí, todas las cuchillas apuntan a las piernas de Alma.

—Pero te puedes imaginar que los problemas no tardaron en llegar. Una vez una de ellas me acorraló en una de las piscinas más pequeñas. Me quité el bañador, que se quedó en el fondo de la piscina. La tía me quería comer y yo no podía hacer nada. De verdad, me cago en dios si hace falta, que yo no podía hacer nada.

—Pero hiciste algo.

—Claro, hice lo que pude. Y poco después me empezó a perseguir su marido, que era el dueño de una marca de ropa muy famosa con nombre de estos acabado en «ini», como Tortelini o algo así. Me quería matar. Y, detrás de él, el resto de novios y maridos. Yo no quería, de verdad. Casi me tuve que tirar por la borda y echar a nadar. Al final, el alemán me salvó. Cuando estaba metido en mi camarote en calzoncillos y tiritando del miedo, a punto de recalar en Túnez, me dijo: «Ponte de una vez el trraje de marrrinerrito y sal del camarrote. Trrranquilo, no te comerrán».

Según su propio relato, Nemo tuvo que soportar a partir de entonces los peores días de su vida durante el regreso a Barcelona. Todas las ballestas apuntaban hacia él; allá por donde pasaba rechinaban cuchillos. Hasta las mujeres que lo deseaban lo trataban como al criado al que se querían trincar. Le tiraban monedas como si fueran cacahuetes para el mono que da palmas o se toca el culo. Otros le daban palmaditas en la espalda, o le invitaban a una cerveza mientras ellos bebían güisquis. «Los hijos de puta de las putas ricas me llamaban Pato Donald», y le quitaban la gorra todo el rato y se la escondían en sitios donde resultaba muy difícil de encontrar. Y no dejaban que parara de tocar nunca, aunque llevara cuatro horas y el vaivén del barco lo tuviera permanentemente a punto de echar hasta el higadillo por la borda.

El alemán resultó ser un tipo más o menos legal. Le enseñó casi todo lo que sabía de música. Hablaba de lo que rodeaba a la música, más que de la música. No sabía ni cómo coger una guitarra, pero sí sabía todo acerca de aquella canción que fue prohibida tal año y por qué, y no sé cuántas cosas más. O de aquella otra que podría haber sido un rayo en las listas de éxitos y había fracasado por culpa de la censura; o de esa otra, tan bonita —según su infalible criterio «para detectar la mierda»—, que fue número uno... Y entonces: «Tócala, Inosssente», y Nemo a tocar y a tocar hasta que ya se mareaba y no sabía dónde estaba.

—Pero lo peor no fue eso. Agua.

Y un trago. Y la historia, con un golpe de timón, hacia algo peor todavía:

—Un día, en uno de los mil cruceros que hice, estaba tocando *Yesterdéi*, como hacía cada puto día veinte veces, y allí escondida vi una cara que me sonaba. La había visto varias veces por el barco, de lejos, pero no me había podido fijar porque siempre miraba a otro lado, o salía de donde yo entraba. Pero a mí me sonaba la cara.

—El negro de la guitarra —dije yo, intentando hacer notar que estaba ahí y que sabía sus secretos.

—No, Tristón, no era aquel gigante de tres metros al que le di aquella tunda... No, era una cara bastante más guapa que la de ese llorica.

Marimar. Era a Marimar a quien había visto entre el público del barco.

—Y a su lado un churumbel con pantalones cortos, de unos diez años, metiéndose el dedo en la nariz.

Después se encontró a Marimar en la barra, en un parón de cinco minutos. Con la crueldad que da la prisa, le contó que no era su sobrino, no, ni tampoco el hijo de una amiga: que era suyo, y se señaló la barriga.

Y Nemo volvió al escenario atragantado por los tres lingotazos de güisqui y también por alguna otra cosa. En las horas muertas, le solía enseñar a la banda de los músicos marineritos todas y cada una de las canciones que a él le apasionaban. Las tocaban para desintoxicarse de todas esas otras que el alemán les hacía repetir una y otra vez.

—Empecé con *Victoria*, la de los Quinquis, los ingleses. La siguiente parada eran las Seychelles y atracábamos en ese pueblo, así que hasta ahí todo bien. Además, en el estribillo decía «Victoria» todo el rato, así que la podía cantar sin tener que inventarme toda la letra, y además me daba ánimos: «Victooooria».

Más risas de Alma. Y yo, el convidado de piedra.

–Marimar sonreía. Pero después ataqué con toda la fuerza *Pollo al as*, y grité una y otra vez «Pollo al as» como si me fuera la puta vida, hasta que en el último estribillo me paré un momento y acabé toda la parte del final de la canción diciendo: «Por tu amor, por tu amor, por tu amor, por tu amor, por tu amor, por tu amor, por tu amor, por tu amor, por tu amooooor, amoooooooor». Y ya casi la tenía en el bolsillo, entonces canté con todas mis fuerzas: *Miraelmar, Marimar*. Estaba claro, cuando acabara la pillaría así de la cintura y nos pondríamos a mirar el sol en plan cuánto tiempo hemos perdido, pero a media canción cogió al marrano de su hijo y se fue a su camarote. Y me quedé ahí como un imbécil. Me daban ganas de atarme la guitarra al cuello y tirarme al puto mar y quedarme ahí en el fondo, muerto de la vergüenza.

Después, paseando por tierra, Marimar le había dicho que aquello que tenía de la mano hacía un rato lo había engendrado con un señor italiano que esos días no había podido venir porque estaba en una carrera de Fórmula 1 con la escudería que dirigía. «Se llama Lambrusco, ¿no?», preguntó Nemo. «No, se llama Fabrizzio.» «¿Y el niño? Por lo menos el chaval se llamará Inocente, ¿no?» «No, el niño se llama como su padre.»

Aquellas horas antes de volver a coger el barco estuvieron paseando por la playa. «Y cada puta ola que me tocaba los pies me recordaba al verano en *Les Golfes*.» Todo el rato, una ola, cada tres segundos. Allí Miramar le había contado un poco su vida. «Muy aburrida», pensó Nemo. Y él le explicó la suya. «Se lo está inventando todo», acertó ella. Y así pasaron un buen rato, hasta que cuando parecía que se acababa la tarde se sentaron en una especie de escondite rocoso en una parte de la playa a donde no había llegado casi nadie.

—Y esto os lo juro a los dos, ¿eh? —dice Nemo mirando sólo a Alma, a las piernas de Alma, enfatizando como si fuera a decir la primera verdad en todo este rato—: a menos de un metro empezaron a explotar huevos de tortuga.

—Huevoshuevoshuevos —suelto yo.

Y Alma se ríe. Música. Bingo.

—Exacto. Huevos por todos los lados. Y las tortugas enanas, pero enanas de verdad, arrancaron a correr como si tuvieran un cohete en el culo, o debajo de la concha, que no me acuerdo ni si tenían concha. Salieron a correr. Marimar sacó un pintalabios de su riñonera y le puso una cruz a una de las conchas. Sí, sí que tenían conchas. Y la tortuga marcada corría con las otras hacia el mar como un rayo. Había un montón de tortugas, pero un huevo de tortugas, y la de la cruz estaba ahí por en medio.

—¿Hicisteis una foto?

—Agua.

Por lo visto, un perro negro feísimo se había llevado en la boca la tortuga de la cruz. O eso dijo Marimar.

—No sé, yo ya desde ahí no distinguía una de otra. Y, en vez de ir tras el perro, le dije a Marimar que para qué narices quería una tortuga un perro. Y nos levantamos y volvimos al barco: en media hora tenía que seguir tocando sin parar.

Nemo bebe de un trago el último culo de la copa.

Después vuelve a posar la mirada en las piernas de Alma, ahora casi con más nostalgia que otra cosa, y se dirige por primera vez a mí en mucho rato:

—Igual ahora entendéis por qué hablo todo el rato de peces y sólo puedo estar cerca del mar y dándole al alpiste. Que sí, que de vez en cuando una copa me tomo, pero ahora tenemos una misión: vamos a por esas bombas fétidas, que mi coche es rápido pero se hace tarde.

Alma ha dicho antes que Gustavo tenía que ir y no ha podido porque le han cambiado el turno. «Yo iré», le he prometido. De modo que Nemo me ha echado un cable: Alma seguirá trabajando un rato y nosotros iremos a recoger el cochecito de golf de Nemo. Su Impala: el Nemóvil.

—¿Vamos a salir con esto a la carretera?
—No sé. ¿Tú qué crees?

Y clic. Y un ruido que no sé poner en letras. Alejandrito se gana unas propinas en sus horas libres: va con una Polaroid atada al cuello que dispara a los turistas a cambio de cinco euros. En la fotografía, yo salgo con cara de sorpresa, Alma sale con los ojos cerrados y Nemo aparece un poco corrido, ya de camino hacia su Impala.

—Ésta podría ser la última Polaroid de la Historia. Lo sabéis, ¿no? Es la última de mi carrete y ya sabéis que se conoce que no van a fabricar más. Os la regalo.

EL OVNI EN LA CUNETA

—Es el secreto, hombre, ¿no sabes que con este coche no te hacen soplar?

«No, claro: sólo te detienen por loco», pienso.

Los coches y camiones pasando a nuestro lado no dejan escuchar ni el runrún del motor de nuestro carro ni el de nuestra conversación. Nemo ha colocado una maleta enorme justo en la parte de detrás, donde van los palos, y ahora sonríe chistoso, e incluso saluda con la mano a los camioneros que se preguntan mirando por sus enormes retrovisores qué es ese ovni enano de la cuneta que casi han aplastado.

Miedo es poco. Cada silbido huracanado de gran cilindrada me encoge el esfínter y el corazón. Nemo, para aliviar la situación, insiste en mantener la charla durante los infernales quince kilómetros que nos separan de la ciudad.

—¿Sabessss? —dice, arrastrando demasiado las eses, a punto de patinar—, perdona si he mirado demasiado las piernas de Alma.

—Nada, Nemo, yo también las miraba.

—No, es que yo es que tengo mucha filosofía de las piernas: como reconocer a gente por las caras, pero con las piernas.

—¿Fisonomía de las piernas?

—Eso, *filosofía* de las piernas. Y las de Alma me recordaban a las de Marimar. Pero tranqui, que las mujeres pasan y los colegas permanecen.

—Sí, claro, Capitán... ¡cuidado!

Y una moto como una bala pasa a un centímetro de nuestras orejas.

—No, de verdad. Las mujeres pasan, los colegas permanecen, Tristón. Tú no lo sabes porque no has tenido ninguna de las dos cosas en tu vida.

—Eso lo dices tú.

—Y además es verdad. ¡Hola! —Hace una pequeña ese y saluda a un vespino que nos ha adelantado en un parpadeo—. Yo a Alma no le toco ni un pelo. Es sólo que me recordaba a Marimar. Además, a mí ya sólo me interesan las mujeres-gamba.

—¿Qué?

—Las mujeres-gamba. Vamos a comprar las bombas y luego te llevo a la isla de las mujeres-gamba. Y te presento allí a una, que son muy amigas mías.

Ya en la ciudad, concretamente delante del escaparate de la tienda, Nemo insiste como si él fuera el que va a atracar el banco, por ser el más valiente, y yo el gallina que se queda en el coche y arranca si va todo mal.

—Yo iré —dice, la voz titubeante por el alcohol, pero con mucha gravedad—: que yo voy, hostia, que yo controlo.

—Entonces, si controlas, vale.

Me quedo esperando fuera, al volante del pequeño Impala de Golf, haciendo lo que hacen las personas que esperan: rascarme la coronilla, repiquetear con los dedos en el volante, mirarme las suelas de los zapatos, toser, encenderme un pitillo. Poco después aparece Nemo con la mochila bien cargada

—Arranca.
—¿Qué llevas ahí?
—Arranca, rápido: he matado al de la tienda. Tenemos que ir a cortarlo en pedazos y luego lo tiramos allí en la playa. Es que así nos salía gratis.

LA ISLA DE LAS MUJERES-GAMBA

–¿Qué?
–Que no preguntes, hombre, que sólo he comprado unas cosas que nos hacían falta. Arranca ya, yo te digo dónde parar: vamos a la isla de las mujeres-gamba.

Durante el camino no me quiere decir qué hay en la bolsa. Y yo tampoco pregunto de nuevo. Hace un par de chistes más porque ha visto en mis ojos que en un primer momento casi le he creído, pero no me dice nada. A lo lejos, un cartel en el que se lee «*El Valle de las Muñecas*, 50 metros» sobre una flecha con forma de bota enorme. El dedo de Nemo me indica que debo seguirla. Yo digo que no, pero él asiente con la cabeza.

–Vas a conocer muchas mujeres-gamba aquí. De las que les quitas la cabeza y está todo bueno: feas, pero con cuerpazo.

Lo que pasa durante la hora siguiente es como para darse con un martillo en la cara y no acordarse de nada. Nemo empieza a abrazar a todas las muchachas del club bajo las luces rojas y azules. Se zumba lo menos tres güisquis más y me invita a mí a una copa de cerveza con los bordes escarchados que yo no veo muy claro si tomarme o no.

–No seas mariquita, hombre. Te presento a Azucena.

Las dos delanteras de Azucena diciéndome hola.
–Los pezones son los ojos del alma, Tristón.

—Hola, ¿cómo te llamas?

Y Nemo, interviniendo:

—Tristón.

—Hola, Tristón...

Y yo por primera vez sabiendo de verdad que no me voy a convertir en Animal Man, que por mucho que siempre reaccione como el de al lado, esta vez no voy a poder tocar ni un pelo de estas señoras.

Nemo entra dando tumbos en una de las habitaciones de arriba. Mientras, yo confieso a las amigas de Nemo que soy gay, pero que además de gay soy también un poco impotente. «Un poco», les digo, por si de repente me oye alguien más. Ellas contestan «¡Pobrecito!» y se acercan más: los escotes arrugados como Kleenex y los dientes marrones, pero las sonrisas francas.

Al cabo de tres cuartos de hora, las dos chicas que han subido con Nemo vienen a por mí.

—Anda, llévatelo, que siempre hace lo mismo.

Nemo se ha quedado dormido con el cinturón desabrochado y adoptando una figura de estrella de mar, aunque con la lengua fuera. Me dicen que ha estado lloriqueando hasta quedarse dormido.

—Nemo, anda, vámonos.

—¡Yo de aquí no me muevo!

—Vámonos, que ya es tarde.

Y es entonces cuando imita a un toro apuntándome con dos dedos índices puestos en la cabeza y me ataca a la altura de la barriga. Una y otra vez. Más borracho que nunca, más perdido que nunca. Y yo sin saber qué hacer.

—Vámonos, va.

—Nos lo jugamos al futbolín –dice, señalando una máquina destartalada con un montón de jugadores sin cabeza, sin la capa de pintura de los uniformes que los identificaban con un equipo u otro.

—¡Qué dices!

—El que pierda, decide. Si pierdo, nos quedamos. Si gano, nos vamos.

—¿Por qué?

—Pues porque yo lo digo.

Nemo pesa demasiado como para llevarlo sin su consentimiento, así que lo que sigue es lo más desagradable que he hecho en tiempo: durante más de media hora los dos intentamos meternos goles en propia puerta. Nemo pide más bebida, resbala con los mandos del futbolín, pero siempre vuelve a levantarse. Ha pasado muchísimas más horas en los futbolines que yo: él era de los salones recreativos, yo, de jugar a cartas de héroes medievales en casa de algún amigo, al menos cuando era un niño. Así que Nemo, metiéndose un gol y uno más, perdiendo una y otra vez. Y yo pagando como un imbécil la siguiente partida. Hasta que, por fin, con los ojos de Nemo incapaces de enfocar la pelota, consigo meterme el gol que me concede la derrota definitiva.

—Monstruogol –digo para mí–. Anda, ahora sí: vámonos de una vez.

Entonces, ya fuera, Nemo saca una navaja, el filo brillando con los neones del letrero y reflejándose en sus ojos de canica. Pasándose el cuchillo de una mano a otra, amenazante.

—Dame eso, anda –le digo, realmente nervioso y

dudando de quién coño es este tal Inocente en realidad, de si me va a pelar aquí mismo.
—Ten, te quería regalar esto desde hace días...
Nemo en la puerta de *El Valle de las Muñecas*, de la isla de las mujeres-gamba, poniendo el broche a ese emotivo instante con un enorme vómito, expulsando de su cuerpo el intestino como si fuera uno de esos magos que se saca una ristra de pañuelos de la boca, pero en plan rápido: el chorro marrón como una catarata con arena. Todo un charco donde, por mucho que se mire, no se va a ver.
—Venga, vamos. Creo que bebes demasiado —apunto, perspicaz.
Conduzco con Nemo dormido en el coche como si estuviera muerto. Más tranquilo, sin tráfico a esta hora, mirando de reojo la bolsa. Hasta que paro en un área de servicio, y cuando estoy a punto de abrir la cremallera de la maleta, siento una mano sometiendo con fuerza mi brazo.
—Eso no se toca, chaval. Agua.
Y al cabo de un segundo:
—Pero agua de verdad, coño. Que estoy fatal, ¡imbécil!

TRES

LAS CARTAS ENCIMA DE LA MESA

Todo tiene que ser como un eco, un rastro de carmín en un espejo después de una batalla en la cama. Algo que la gente tenga que explicarse por partes y reconstruir, y que esa reconstrucción, con suerte, deforme todo hasta que parezca más grande, hasta que la sombra del recuerdo sea mucho mayor que lo que ha sucedido en realidad. Por eso es importante que no se vean caras.

Se palpa el mejor sentimiento posible: el pálpito de la emoción, la intriga de las premoniciones. Todo el mundo está como loco. Algunos tantean a los encargados de los hoteles para poder entrar en las habitaciones durante el gran día. Por lo visto, Alejandrito el Leyendas, es el contacto.

Todo esto se debe leer rápido, en diagonal, porque en realidad el ritmo de estos días es el del típico montaje musical de las películas: cuando, por ejemplo, un don nadie hundido en el lodo recluta de debajo de las mesas de los bares, o de mansiones donde la gente tiene la vida solucionada, a su equipo para robar un banco; o cuando un tío acabado y con cuerpo de mofeta magullada debe ganar el campeonato de boxeo de pesos pesados; o cuando una fiesta ha destrozado la casa de tus padres y hay que ordenar todo en unos veinticinco minutos.

Todo avanza rápidamente. Los Famosos Juguetes, el *crossover* definitivo entre Los Famosos y Los Juguetes Rotos, ya tienen alguna canción propia, y Nemo le da un aire un poco hortera pero más roquero al punk deslavazado y con maquinitas de la banda. Alma organiza todo y es el punto de referencia del resto.

Las acciones van a ser muchas y variadas como una macedonia, pero el ingrediente esencial, el sabor fuerte que anulará al resto, será el bombardeo fétido. En la última reunión, Élmer dice que lo tiene muy claro: aún conserva los recuerdos de sus inicios como delincuente en potencia y tiene varias recetas escolares. Descartada la táctica del huevo duro agujereado por la parte superior y abandonado al sol justiciero durante meses, pasa a explicar la que para él es la primera y única opción. Ante las miradas atentas de todo el zoo, dice que lo más fácil es robar varias cajas de gomas de borrar del almacén de oficinas. Con la precisión retórica de un chef puntilloso, dándole al asunto una pátina de receta de alta cocina, incluso impostando un acento afrancesado, apunta que hay que envolverlas en papel de aluminio, dejando una pequeña cola que se puede zurcir con un clip de plástico. Irremisiblemente, todo acaba, como cualquier cosa que tiene que ver con él, en un incendio: «Lo prendes por abajo, que es donde está la goma, y listos». Sonrisa de oreja a oreja y escaneo de signos de aprobación en la sala.

Cuando Alma le dice en público que aquello es peligroso, que casi todo en *Villa verano* es de cartón-piedra y que no queremos acabar en la cárcel, refunfuña. Cuando añade que Inocente y yo ya hemos ido a comprar una montaña de tubitos de sulfuro de hidrógeno que vienen preparados, casi saca el mechero y quema la sala donde estamos. Gritos y gritos de Élmer el Gruñón, gruñendo más que nunca, disfrutando de cada bronca. Después de unos minutos con Alma a solas, vuelve, digno y tranquilo. Alma, como hace con todo el mundo, lo ha calmado. Sus ojos y su voz sedan a quien quiera ver y escuchar. Es ahora cuando propone, con toda su rabia al servicio del sarcasmo, una pequeña colecta para «los héroes que han ido a gastar dinero para las bombas».

Dado que todos iremos disfrazados como siempre, preservando el tono de normalidad feliz de todos los días, necesitamos una señal con la que saludarnos en silencio. Alma dice que ella puede prender de la solapa de los que están en el ajo algún tipo de pequeña escarapela; otros dicen que debemos silbar alguna melodía; otros piensan que lo mejor es susurrar al oído la palabra *huevos*, que preside nuestro trono de la marca Roca cada vez que meamos en *Atlantis*. «¡Huevos, huevos, huevos, huevos!», gritamos todos. Sin embargo, tiene que ser Gus el que dé, para mi deshonra, en el clavo. La señal que él propone es muy fácil de hacer: es la doble *V* de *Villa verano*, que resulta de abrir y estirar todos los dedos de la mano, salvo el pulgar, agazapado detrás de la palma. Mientras toda la sala sufre una regresión a la infancia al mirarse las palmas, Alma, otra vez al mando, decide que ésa será la señal.

Nemo, el abuelo del lugar, pide la palabra para hablar de cómo cortar por fin el hilo musical y tomar las ondas. Gus lo tiene todo calculado: desde que han echado al gran David, el encargado de encender y apagar la música, de subir a las máquinas a controlarlas cuatro veces al día, es él, de modo que no tiene problema para cambiar el hilo por todas las canciones que la gente, desde hace unos días, ha ido solicitando. Yo quiero poner alguna de La Cinta de las Rápidas y las Lentas, o una de las muchas que he descubierto en los largos ratos que he pasado en *Atlantis*, pero no me sé un solo título ni de unas ni de otras. «Podríamos poner la cuatro», tendría que haber dicho, pero Valentín no está aquí, así que nadie me habría entendido.

La música empezará a ponerse en pleno lío, en el clímax, en el momento álgido de todo el bochinche, y será sólo el anuncio del concierto de Los Famosos Juguetes, que tocarán al lado del Lago Deseo justo al caer la tarde. Después de unas cuantas canciones todo se desactivará y volverá a la normalidad, como si se hubiera roto el encanto. Los contratos se acaban esta semana, así que muchos han decidido irse con lo puesto horas después, coger los coches que tienen aparcados a unos metros de *Villa verano* y, vestidos como una milicia de tarados de todo el mundo y de toda la historia (tricornios de alas plegadas, *stetsons* de ala ancha, bombines y chisteras, melenas, capirotes de periódico, cabezas de canario megacéfalo), dirigirse a la vida que tengan o que busquen, a pisar las hojas de septiembre en las ciudades o a bañarse en las playas.

Pienso esto con la mirada en blanco, como de vigía escudriñando el final de todo desde el carajo; esto es, según las peroratas de Nemo: desde la canastilla del mástil mayor de un barco. Cuando regreso a la realidad, Alma vuelve a interrogarme con los ojos, y yo, ya seguro de que no tengo mostaza en las comisuras ni monos en la cara, no sé si realmente tengo posibilidades, si se está echando atrás en el último momento o si me está analizando por partes para ser ella la que decida qué hará con mi vida cuando la fiesta haya acabado. Tiene una mirada de decir algo como esto: _____.

No hay marcha atrás, opina Gus: queda una semana para el fin del verano y esto será una fiesta pagana para celebrar su muerte. Dice Gus que midamos los actos para que sólo puedan despedirnos o sentenciarnos a pequeñas multas.

Nemo, de regreso al *Submarino*, me confiesa que siente ya cómo empieza a temblar el suelo de *Villa verano*, cómo la isla se puede levantar en cualquier momento como una ballena y cómo su chorro de agua nos puede llevar a un futuro mejor.

—O matarnos del leñazo.

COSER, SILBAR Y CANTAR

Y aquí la tenemos de nuevo: la tienda de campaña. Alguien quiere hacer *camping* en mis zonas más preciadas. La pirámide de pijama. Dicen que amaneces con una erección cuando te despiertas de forma brusca. Puede ser, podría ser. O eso, o el biquini de Alma y el traqueteo del tren de los sueños, de mis sueños. Del sueño de Laputa, la isla voladora. El sueño que he soñado esta noche, el que sirve de prólogo al gran día.

En mi sueño, Inocente leía nada menos que un libro, un libro largo, no uno de esos cuentos escritos por Lafuente Estefanía y ambientados en el Lejano Oeste, y ese libro le había dado la idea de volar la isla de *Villa verano*. Convertido en un gran lector, me explicaba, con un lenguaje refinadísimo para él, cosas como ésta: «Joder, pues *lap*, en el idioma de la isla Laputa, uno de los mundos de *Los viajes de Gulliver*, significa 'alto', y *untuh*, 'gobernador'. De esas dos palabras se deriva *laputa*, a partir de *lapuntuh*. Gulliver no lo ve del todo claro y dice que Laputa es casi *lap outed*, y esto me lo sé de memoria: "Siendo *lap*, propiamente, 'el baileto de los rayos del sol en el mar' y *outed*, 'ala'". Así que Laputa es *lap outed* y *Villa verano*, que es Laputa, es... esto es dos más dos, muchacho: ¡una isla voladora!».

Yo le contestaba que los currantes de *Villa verano* decían «la puta» porque estaban puteados, no por tan elevada referencia. Pero él seguía con su paralelismo: «En la Laputa original se servían manjares trapezoidales y con formas de instrumentos: paletas de cordero como triángulos equiláteros, empanadas en cicloide, patos espetados que adoptaban forma de violines, salchichas y morcillas como flautas y oboes, y el pecho de una ternera en forma de arpa. Todo allí, desde la comida hasta las más altas intrigas de Estado, estaba relacionado con la música y las matemáticas. ¡Si alguien no sabía silbar, es que era una mala persona!, como aquí, Tristán, ¡como lo que queremos conseguir!».

Luego me chivaba que en el subsuelo de *Villa verano*, de la isla, existía un imán gigante. Me obligaba a ir a la playa a buscarlo con él. Una vez allí, se sentaba en una roca y, alegando lumbago, edad y galones, me daba una escoba y me decía que para descubrir el imán tendría que barrer toda la playa. Mientras yo intentaba, inútilmente, barrer toda la arena, Alma se aparecía mágicamente y arrimaba el hombro: con una fregona y el agua salada hasta los tobillos, intentaba escurrir el mar. Hasta que Alma y yo nos cansábamos, dejábamos a Inocente en la roca riendo sin parar y cogíamos un tren con recorrido en espiral por cuyas ventanas veíamos letreros donde se leía: «Barcelona 320», «Barcelona 237», «Barcelona 125», «Barcelona 92», «Barcelona 5», y después, inexplicablemente, «Barcelona 10», «Barcelona 58», «Barcelona 92», «Barcelona 125», «Barcelona 415». Mientras, por fin, nos quitábamos la ropa y hacíamos lo que se espera de dos protagonistas, chico y chica, a solas en un vagón de tren. Y ella me decía: «¿Has leído ya la nota?».

Pero esto sólo ha sido un sueño. Y de ahí, ahora se entiende, mi matutina tienda de campaña.

Media hora de elipsis después, los ánimos más calmados y la novedad en la frente, abro la puerta del *Submarino*. Vengo a recoger a Nemo. Realmente creía que se lo habría pensado mejor y que todo esto que hemos organizado le parecería una tontería. Por un momento, he tenido la certeza de que no iba a ver al Capitán.

Para mi descanso, Nemo está en la barra. Finge estar tomándose el primer café del día.

—Creo que nunca he bebido alcohol antes del desayuno. Durante el desayuno, muchas veces, pero antes del desayuno creo que no.

En el hilo musical, que no sabe aún lo que le espera, suena una versión de *Mambo italiano* interpretada por músicos castrados químicamente, otra canción prohibida por picantona en el momento en que, despojada de la letra y los arreglos de la original, «se ha convertido en un hilo-jit». O eso me explica otra vez Nemo.

Es el día D. El día del mambo. El día de las señales *VV*. El día de los huevos. Cuando pido un café con leche, el camarero me hace la señal con los cuatro dedos. También está en el ajo. Bien.

—Pero ponme un café con leche que me duermo en tu barra.

Yo le hago la misma señal a Nemo.

—Ah, ¡joder!

Él me ha respondido con un pescozón. Y ahora se ríe. Es el día D. El día del mambo y del baile. El día en que haremos la gamberrada antes de seguir con nuestras vidas. Le cuento mi sueño.

—¡Mierda!

Segundo pescozón: le ha cogido el gusto. Nemo está extrañamente relajado, con un empaque muy raro, casi sedado. De hecho, está mucho más tranquilo que yo. Él, en principio, no se juega el trabajo, pero su apuesta es mucho mayor: lleva años y años hundido en su miseria, aguantando esa música boba que él mismo ha hecho, renunciando a sus canciones, y hoy puede superar todo eso con un acto simbólico, con la fuerza del rito.

Intenta explicarme lo que ha soñado.

—¡Tengo un sueño! «¡Ay jafa drim!» —dice, con la épica del discurso definitivo y el inglés aprendido en Torrejón de Ardoz.

Pero si a mí mi aventura onírica sólo me ha puesto más nervioso, la suya parece haberlo tranquilizado.

—Hacía tiempo que no veía a Curro. Tú porque ni has nacido, Tristón, pero llega un momento en tu vida que sólo ves a tus amigos en sueños. La mitad están muertos y el resto están aún más lejos, sólo los ves en sueños, como esperando a que la palmes y vayas con ellos. Te sonríen en sueños, te señalan el camino hacia la luz. Curro había sido el primer español en tocar una guitarra eléctrica: su madre se la había pagado a plazos, vendiendo caramelos en Callao y tiritando todo el rato como unas castañuelas. Yo había coincidido con él en los concursos de Radio Madrid. Recuerdo cuando llegó el primer día: con pantalones cortos y pidiendo colillas de pitillo. El niñato no sabía ni tocar la guitarra, pero había visto la peli *Viva las Vegas* de Elvis quince veces, porque estaba enamorado de la chica que salía. Era un pichabrava prematuro, el pájaro. El tío entraba en los concursos, le daba a la guitarra como si fuera una raqueta y, cuando llegaba el momento del solo, como no sabía tocar, silbaba. Era el mejor pájaro de la creación, el rey del silbido. En el primer concurso ya ganó trescientas pelas y una bolsa de caramelos, y de allí a triunfar por todo lo alto.

–¿Y cómo lo conociste?

–Pues me acuerdo que cuando yo tocaba en *Les Golfes*, en Vilanova, un día su *manager* nos dijo que nos subiéramos a su Seiscientos, puso la tercera y nos llevó por toda la Costa Brava. De vez en cuando paraba, nos daba unos bocadillos y se dedicaba a pintar «Curro Savoy, escuchad su silbido» con pintura negra en todas las rocas de la carretera. Curro Savoy y el mar de fondo. Aún ahora deben verse esas pintadas: publicidad, sí. El mundo es de los que usan la cabeza, amigo.

–¿Y qué pasaba en el sueño?

–Pues Curro llegaba como siempre, con una gorra negra y todo de negro, con la guitarra como si llevara una metralleta dentro. Al principio yo no lo veía, sólo oía la melodía de *El bueno, el malo y el feo*, silbada, así: _____ ...

Y Nemo se pone a silbar como un cantante de blues o un flamenco: cerrando los ojos, poniéndose derecho.

–...Curro me esperaba en el umbral de la puerta. De repente, compartíamos cigarros en una celda que era una enorme bóveda, como una jaula dorada enorme en medio de la playa. Como dos prisioneros. Me decía que la vida lo había llevado allí y allá, pero que había sobrevivido, que seguía silbando. Imagina, Tristón, ganarte la vida silbando, ¿hay algo mejor?

—No creo.

—Pues claro que no. Me decía que no me preocupara por haber tocado el hilo musical, pero también me decía que tenía que seguir sintiendo lo que hacía, que le parecía muy gracioso lo que íbamos a hacer, como de una película, y que él estaría allí, conmigo, en toda esta historia, y que aún silbaba *Zapatero a mis zapatos* cuando se lo pedían en las cenas y en las bodas.

—¿Y cómo se iba?

—De repente la jaula se abría y el tipo comenzaba a silbar muy fuerte, con mucha, mucha potencia, como un dios cabreado. Y su silbido, con la música de un western, una muy famosa, de un feo y un guapo y un malo, lo propulsaba así... Parecía un tubo de escape enorme en la mochila de un astronauta: volaba propulsado por su silbido.

—Como un globo que inflas y luego sueltas y dibuja bucles.

—Veo que lo entiendes, Tristón. Veo que captas la imagen, sí señor. Y cuando ya se estaba elevando con la fuerza de la música que estaba silbando, me dijo: «No olvides lo que nos mueve, por qué no estamos todo el rato arrastrándonos como gusanos».

Y LOS FUEGOS NATURALES

Ya no me resulta extraño ver a dos gatos enormes bailando un agarrado, mientras el Yoni alivia los nervios del concierto meando en una esquina. En el Lago Deseo, tres hombres inauguran el estanque disfrazados de Clan Z, con unos trajes enormes de corbatas de chiste y con un parche con la *Z* grabada. Lo hacen años después de que lo haya hecho el presidente de la comunidad, el obispo y el Señor de la Corbata. Cuando llegamos, la gente se agolpa e intenta adivinar la dinámica de una situación tan solemne. El pistoletazo era éste: «Se hace saber que a partir de ahora este lago es para bañarse y las monedas que hay dentro son para todos nosotros».

Los turistas más entrados en carnes remangan sus pantalones de chándal y chapotean en el lago como si estuvieran celebrando la Copa de Europa. Los niños meten la cabeza dentro del agua y pescan monedas como pequeños osos atrapando peces dorados. El lío es importante, y en pocos minutos no cabe ni una aguja: el lago está lleno de gente apañando las monedas como yo recogía navajas y berberechos en mis veranos gallegos.

Entramos un momento en la sala de proyecciones de *Villa verano*, donde pasan habitualmente un documental sobre la construcción de esta ciudad a partir de la nada: la Brasilia de nuestra costa. Esto parece un odorama, pero no un odorama de los que reproducen el olor de un ambientador de fresa cuando sale una rosa roja en pantalla, no: el odorama de un concurso de huevos podridos. La gente se abanica y se mira entre sí. Algunos comentan que *Villa verano* seguramente está construido encima de una depuradora, otros miran acusatoriamente a los espectadores más gruesos, otros pican espuelas y abandonan el local a la carrera, sin esperar a que enciendan las luces. «*Villa verano*, la villa del descanso, salida de la nada, donde cada persona puede descansar hasta quedarse dormida...» El olor resulta insoportable: mil mofetas despidiendo hedor de mofeta a lo grande. Presenciamos esta pequeña victoria como dos fantasmas invisibles.

El olor empieza a invadir absolutamente todo el recinto. Las clases de yoga con vistas a la playa se tienen que suspender. Esas mujeres de mediana edad que se ejercitan con lentitud y buscan otros referentes espirituales caen como una fruta del árbol desde su ensimismamiento y reciben bofetadas terrenales: «¿Eres tú la guarra que se ha tirado un pedo en este ejercicio?» «¿No habrás sido tú, verdad, Roberta?» El disco de estalactitas musicales suena etéreo, ajeno a esos aprietos fisiológicos. Nadie conoce a nadie. Las suspicacias crecen exponencialmente, el buen rollo se desinfla: «Sois todas unas guarras», dice una mujer un poco más joven, la nariz de loro violeta, embutida en un maillot lila prendido con una cuerda color crema.

Villa verano parece un lienzo rasgado: el presente ha recibido un corte en la superficie y eso ha alterado absolutamente todo. Las capsulitas color ámbar son recogidas a tiempo. El desfile de bañadores de una conocida marca íntima, un desfile de muchachas lozanas que lucen los modelos de la última temporada, también se ha visto saboteado. La colección se llama *Apocalipsis Guau* y se supone que los biquinis han sido hechos para tomar un baño mientras caen las bombas de la insurgencia filipina. Llevan estampado de comando, verde con partes amarillas. Las modelos, paradójicamente, llevan máscaras antigás, para dar «ese punto provocador». El crítico de moda local está apoyado en una columna, a nuestro lado. Dice que el recurso del odorama resulta «muy audaz» (y arrastra la z: audazzz) y apunta la expresión en la libreta. Nosotros alzamos pulgares y repetimos: «Audazzzz».

El olor es cada vez más terrible, pero los cuerpos de muñequitas sirias desfilan ajenas a él, sin entender por qué la gente de las sillas tose a su paso, pensando que quizá se les ha caído algo o que van demasiado desnudas, sin enterarse del bombardeo fétido gracias a sus máscaras antigás. Entre el público se rumorea que es culpa de la mala alimentación y de los vómitos antes de salir a escena, o de los retortijones debidos a los laxantes para adelgazar, y hasta los señores de la organización empiezan a mirar a esas lolitas con un punto de asco. Cuando nos vamos, el olor resulta ya insoportable. Yo mismo me he encargado de tirar ocho bombas fétidas que llevaba ocultas en la goma de los calzoncillos y los calcetines.

La gente pasea por un ambiente cada vez más viciado. Los jefes de *Villa verano* reaccionan demasiado tarde, al salir del concierto. Acuden a reunirse a despachos previamente rociados con nuestro ambientador y dan palos de ciego. Deliberan de urgencia, entre toses, sin entender nada de lo que sucede. Desconfían unos de otros, de la seguridad del local, de las aspiraciones arribistas de aquel joven tiburón que quería más responsabilidades. No dudan en acusar a pandillas de visitantes de *Villa verano* con pinta sospechosa. Tienen muy presente el episodio del discurso del Corbatas, pero no saben a por quién ir: son centenares los animales de peluche sin rostro que van por ahí, silbando como poseídos. Cómo van a sospechar de un animal como Pluto, cómo van a echar a Blancanieves, no pueden meter a los Siete Enanitos en la cárcel. Nuestras máscaras, las que nos han robado la personalidad y convertido en meras tuercas y tornillos de la maquinaria de *Villa verano*, nos protegen ahora del olor y salvaguardan nuestra identidad. Los directivos sólo tienen claro que deben empapelar a quienes la habían liado en el Lago Deseo, pero éste está lleno de turistas ahora: no pueden hacerlo en este momento.

A escasos metros de la sala del desfile nos encontramos a Élmer. Por suerte no tiene un mechero a mano y, según él, se está comportando. El caso es que ha acudido al brillo como una urraca. Lleva una bolsa de basura a cuestas; sin que tengamos que insistir demasiado, nos muestra su tesoro: mil pulseras plateadas *Villa verano Plus*: las joyas relucientes de la condesa de Cagliostro. Pulseras para todos. Y después hace la pregunta mágica:

–¿Tenéis fuego?

–Sí, hombre sí, quédatelo –dice Nemo, siempre dispuesto a ayudar.

Élmer se pone a repartir las pulseras entre los turistas. Día gratis. Barra libre. Los niños, los abuelos, todos los apestados por el bombardeo fétido piensan automáticamente que se trata de una medida compensatoria, una deferencia de la organización del parque para disculparse por este día de olor inhumano.

Nos vamos. Minutos después, los bares son una fiesta: como bares de pueblo en fiesta mayor.

Hasta que los jefes ya no pueden más y los guardias de seguridad entran en acción: dando palos a los animales disfrazados ante los ojos de los niños, que no entienden nada y lloran o aplauden. Las porras en los riñones y en la cabeza, algunos amigos por el suelo, algunas caretas saltando. Han tenido que parar muy rápido, en cuanto han empezado a verse las caras de los trabajadores delante de todos los clientes. Sólo un par o tres de presos.

Y después los coches por todo *Villa verano*. Como locos, chocando y no chocando. «¡Como El Vaquilla!», chilla desde lejos Alejandrito, y se vuelve a poner la máscara y estampa su coche contra la puerta de uno de los hoteles. Pobre Alejandrito: lo han visto, y ahora se lo llevan tres guardias de seguridad, mientras él patalea y hace la bicicleta en el aire y grita: «¡Cabrones de la CIA! ¡Sabía que vendríais!».

El Yoni reparte, con el «huevoshuevos» como única contraseña, un montón de pastillas que uno de la Panda Kappa ha conseguido gracias a un conocido que trabaja en una farmacia: efedrinas para todos los animales que silban.

Mientras, Élmer y el Comanechi, que ha vuelto a entrar por la escotilla, colocan una especie de piñata llena de pulseras, y los turistas, con los ojos vendados, juegan a darle con un bate. Rodolfo Rodríguez, el Loco de la Corbata, ha tenido la peor idea de su vida cuando se ha acercado para poner orden: un alemán achaparrado como una manzana reineta le ha acertado en plena cara. Cuando me voy, ahí sigue, tumbado y con la nariz chorreando sangre. Esto se pone feo. Parece inconsciente.

Pero, a todas éstas, Nemo y yo tenemos una misión. Inocente lleva su zurrón lleno de nuestras canciones. Cuando ya pensaba que íbamos a subir juntos, Inocente me mide con la mirada:

—A ver, renacuajo, ¿tienes huevos para hacerlo tú solo?

—«Huevoshuevoshuevos» —digo gritando. Y también hago la señal *Villa verano*. Y recibo otra colleja amistosa.

Subo las escaleras hacia la sala de las máquinas. Allí, el burro del bombín me recibe con la señal *VV*. Paso, cómplice, sin mediar palabra. Me ayuda a desconectar el hilo musical, cortamos esa música. Qué lástima no ver la cara de Nemo en este momento. Media hora para el concierto en el Lago Deseo: veinte minutos y diez canciones. Seleccionando otro disco de los que han ordenado Inocente y Gus. En uno de ellos ponía: «I Love You So Much It Hurts»: 'Te quiero tanto que me duele', trompetas y coros. Sonrisa, sonrisa, sonrisa, un gran eco de sonrisas tensas y nerviosas por la efedrina. Escuchando ya los ecos futuros de lo que está sucediendo en este mismo momento, enciendo un cigarro y doy un trago a la petaca prestada por Nemo. Temo que llegue alguno de los jefes.

–Cinco canciones y nos vamos.

Otra canción, nunca del hilo musical. Alguien ha apuntado con muy mala letra «Walls Come Tumbling Down» o algo así, y mi inglés aprendido en mil tebeos me dejaba entender cosas como 'No tienes que aceptar esta mierda, no te tienes que sentar y relajarte'. Y coros de chicas, y yo escudriñando mentalmente mi horizonte: la mirada de Alma buscando alguna respuesta en mi cara a una pregunta que yo no he oído. Por qué me mira así. «Has leído ya mi nota, ¿no?»

Dos canciones. Tres pastillas. Y una canción de aquí y ahora, y de allí y del futuro. En letras mayúsculas: «PALMITOS PARK». No sé quién la ha puesto ahí, pero viene como caída del cielo: «Las historias de naves espaciales, los tambores y los pasos de baile».

Una canción, y dos minutos. Y con tinta roja sobre el disco compacto plateado: «Ain't Too Proud to Beg». Y yo aprendiendo de cada una de las canciones. Escuchando pasos que se acercan. Poniéndome una máscara de tigre que llevo en la mochila para que no me identifiquen. Saliendo por la puerta trasera como un rayo.

Han parado la última canción a la mitad, pero yo ya estoy fuera, cerca del Lago Deseo. He cortado el hilo musical.

«Huevoshuevoshuevoshuevos», me digo a mí mismo mientras corro sin parar. Y ya en el lago, los amplificadores al máximo y el concierto en la plaza, a la vista de todos. El sol chocando la mano con la de la luna, el sol cayendo y riendo, la antesala de la noche. De la Gran Noche. Y «Los Famosos Juguetes con ustedes». Y los guardias de seguridad sin atreverse a sacarlos a palos del escenario, ante las narices y las miradas de todo ese público feliz.

Y allí, un poco más lejos, Élmer prendiéndole fuego a la zanahoria donde lleva encerrado meses. No se detiene ahí, y se pone a quemar pequeñas esculturas y adornos, mientras todos los guardias de seguridad abandonan el escenario y se van tras él. Toda la superficie de *Villa verano* está ahora llena de hogueras de todos los tamaños, las construcciones y puntos de información y cantinas ardiendo. La última vez que lo he visto, Élmer sonreía en plena alegría ante el incendio.

El resto agita sus flequillos y sus camisolas de mosqueteros, parecidas a las de Los Famosos en *Les Golfes*, y Gustavo mira ya sin disimulo las tetas de una chica de primera fila disfrazada de guerrera. Y yo pienso que ahí hay algo, y que si ahí hay algo, soy el principal beneficiado.

«Has leído ya mi nota, ¿no?»

Todas las canciones. La gente, curiosa, borracha por las copas gratis, gracias a los brazaletes plateados, sorprendidos todos por el giro de los acontecimientos, extrañados de su propia conducta, disfrutando del concierto. Pequeños incendios que ellos aún ni han visto, de tan concentrados como están en saquear las barras y bailar con aquella música.

Los jefes de todo esto, esas cabezas invisibles, esos

villanos que sólo se ven de escorzo acariciando gatos obesos con anillos estrangulando sus dedos de morcilla, no se atreven a decir a los clientes que todo esto es un error y no un regalo de la casa. El Corbata, aún aturdido por el golpe de la piñata, gritando más solo que nunca, chilla instrucciones al aire cuando no tiene turistas cerca, sonriendo cuando sí los tiene.

Los guardias de seguridad vuelven a la carga y se llevan a algunos trabajadores, casi al azar. El Yoni, el Comanechi, el tipo que había trabajado en la Guardia Real y los más animados con la bronca se reparten algunas de las pastillas y se toman esto como la defensa de El Álamo. Los guardias, pese a las porras, no pueden con ellos. Han tardado en sonar las sirenas, pero ya empiezan a oírse muy por debajo de las nuevas canciones. Algunos trabajadores, víctimas del cóctel de anfetas y cerveza, caen fulminados. Otros, demasiado eufóricos, prenden más fuegos. Todo puede acabar aún peor.

Alma, pletórica y asustada, buscando chocar miradas conmigo como espadas láser de colores, pregunta con los ojos: «Has leído ya mi nota, ¿no?». Hasta que me pone otro papel en la mano y vuelve a desaparecer.

En este segundo papel pone: «Te veo en las bicis». Un rato después, en el cielo, palmeras rosas, naranjas, violetas, rojas con *flashes* púrpura, cayendo y volviendo a subir. Los fuegos artificiales que ha comprado Nemo en la misma tienda que las bombas fétidas, los que me ha escondido para no estropearme la sorpresa, los que le ha dado a Alma para que ella los use. Y yo, con Alma, apretando los dientes y poniendo los cohetes en las cestitas de las bicis, disparando palmeras fosforito que crecen kilómetros en muy pocos segundos y explotan como locas. Amor y cohetes. Pequeñas hogueras. Y Los Famosos Juguetes, por todo lo alto, en la cresta de la ola, a lo lejos, rematando la actuación con su nueva canción: *No pierdas el rayo*, que nosotros ya escuchamos desde lejos: «El sol es de todos los colores. Las cosas que no pierden la chispa son las cosas que nunca se apagan; sólo es viejo el que hace cosas de viejo. Rayos y años y baños, el sol de mi cabeza es de todos los colores».

LOS ECOS DE LOS GRITOS

La noche se ha esfumado como en un mutis de Batman. Cuando quiere huir del pesado del Comisario Gordon, la capa, de un plumazo, funde la situación a negro y un segundo después ya no hay nadie. Lo habíamos acordado así. Estaba pactado: en cuanto acabara el mambo, no habría despedidas ni abrazos. Los Famosos Juguetes tendrían que ser los primeros en huir. Todos han tocado con la cara descubierta, menos Nemo. Mientras los dueños de todo esto buscan a los responsables, los que quedamos nos hemos ido a nuestras habitaciones. Durante las siguientes horas, algunos, tanto los que no quieren arriesgarse como aquellos a quienes ya nos da igual todo, nos iremos, ya sea en automóvil, en tren, en barco. Hablaremos de ello un tiempo después, como hacen las bandas de atracadores cuando ya se han repartido el botín.

De momento sabemos que Élmer está en la comisaría, con el Guardia Real y unos cuantos más, y que a Alejandrito están haciéndole preguntas en una habitación para ver hasta qué punto es el más loco de todos los iluminados que han montado este pollo.

Villa verano se quedará a medio gas. Después de lo de anoche, son muchos los problemas que deben solucionarse, y un treinta por ciento de los trabajadores nos vamos a ir de aquí sin decir nada, ni mu. Un treinta por ciento de los trabajadores y su cliente más asiduo, el que más dinero se dejaba en *El Submarino*. Alejandrito y seis o siete más están metidos en una habitación llena de uniformes de seguridad, pero no creo que les hagan gran cosa. Eso espero.

Os podría decir que pienso en todo esto en mi cama, solo otra vez, pero me estaría dejando algo importante: si pasara página no os contaría lo que de verdad sucedió. Cómo a veces los sueños se hacen realidad: las islas vuelan y vives despierto lo que has vivido durmiendo.

—Has leído ya mi nota, ¿no?

Esto, que había oído en mi sueño, lo escuchaba ahora en medio de la explosión final del Gran Juego, palmeras en el cielo y brillo en los ojos.

—¿Qué nota?

¿Qué nota? ¿Qué nota, imbécil? Pues la nota que ella dejó debajo de mi puerta y que yo seguramente confundí con un *flyer*. No lo podía creer.

La nota, por lo visto, se había quedado debajo de la alfombra al intentar colarla por debajo de la puerta. Durante todo aquel tiempo, Alma había estado esperando una respuesta como quien espera al marido que regresa de una guerra que tiene lugar al otro lado del océano, sin urgencia; pero preguntándose una y otra vez si yo ya habría leído su nota por fin.

La nota, me explicó, decía muchas cosas. Demasiadas cosas: hablaba de que le gustaba cómo Animal Man respondía delante de ella, que creía que la suma de los dos era total. «¿Sabes?» Se adelantaba a mis temores por Gustavo y decía que aquello había acabado. Me recomendaba muy sutilmente que la invitara una noche de éstas a mi habitación, y que podíamos ir a la playa o hacer cualquier cosa así, como pasear, o subirnos al Delorean, o hacernos fotografías metiendo las cabezas en paneles de cartón donde salen dibujados personajes del Oeste o de la vida en Plutón en el año 3015. Bueno, no decía todo eso, pero sí decía: «Me gustaría mucho que quedáramos más». Algo es algo.

Antes de que la tormenta escampara, cuando Los Famosos Juguetes ya habían acabado y algunos huían y otros eran reducidos por los guardias, nos cogimos por fin de la mano, la misma mano que ni rozamos cuando encendimos las cuatro bombillas de la atracción de las estáticas bicis voladoras para ver cómo estallaba el último cohete. Como siempre, la medianoche venía envuelta en gritos. Jadeamos entre gritos ajenos, mientras la montaña rusa de medianoche subía y bajaba y se metía en túneles. Nos reímos ante aquella imagen: gritos y más gritos, de niños y de mujeres, y de hombres perdiendo el control. Cada vez más cerca. Deseamos que las bicis tuvieran ruedas de verdad y no parar de pedalear nunca. Los gritos eran cada vez más fuertes, pero nosotros estábamos cada vez más lejos. Lo que acabábamos de hacer en *Villa verano*, ese delicioso caos, era ya sólo un eco: la única verdad era lo que estábamos a punto de hacer, estirados entre bicicletas estáticas, con el resto gritando por nosotros nuestra emoción y todas las cosas por decir, esas cosas que diríamos contra el viento de pie y descamisados en un acantilado, las mismas que diríamos tomando por asalto el micrófono de alguna banda horrible de rock de las que tocan en los estadios:

«Toc-toc –al micro–. Perdonad, ahora vuelven los chicos de Sangre de Ángel, pero antes os tengo que decir algo: la quiero». Y todos los fans, muy parecidos a los que me habían perseguido aquel día, todos esos melenudos duros, soltando un «Aaay» de final de capítulo de serie, o tirándome los vasos de cerveza a la cabeza, me da igual.

Nosotros estábamos callados, otros gritaban por nosotros todo lo que sentíamos. Nosotros sólo susurrábamos:

—¿Y de qué ibas disfrazada en la fiesta?
—Iba disfrazada de la Chica Delante De La Cual Se Le Pone Esa Cara a Tristán. Cuando pusiste esa cara que pusiste decidí ir disfrazada igual que aquel día. Y también decidí otras cosas. Como que tarde o temprano acabaríamos así.

LA TIENDA DE CAMPAÑA

—¿Pero aquí cabemos?
—Claro, hombre, un poco de intimidad...
—¿No nos encontrarán?
—Relájate, hombre.
—Es que se me hunden los pies.
—Sí, está un poco blando.
Sonrisa.
—No, no, no está blando para nada.
—¿Pero por qué estamos hablando tan bajito?
—No sé.

Claro, no sé. No sé por qué susurramos cuando fuera suena la banda sonora que habrían escuchado los soldados aliados en un búnker de Dresde. Hablar flojo aquí es tan absurdo como pedir fuego en una gasolinera o calzar tacones en la playa.

Alma separa los telones de las colchonetas de la risa como una amazona que despachara lianas. Yo soy Ghandi fumado y con la pierna derecha acribillada por la metralla, así de activo estoy mientras me lleva de la mano a través de las colchonetas y llegamos a una tienda de campaña que hay en una de ellas.

—¿En serio cabemos?
—Sí, hombre, y habla normal.

Ya estamos dentro de la tienda de campaña. ¿Por qué cada vez que pienso en Alma me asalta el concepto «tienda de campaña»? Me miro la entrepierna mientras lo medito.

–¿Qué piensas?

«En el hambre en el Tercer Mundo», pienso. En ofertas de tres por dos. En jugadores de fútbol mirando el partido desde fuera del campo mientras calientan. En el misterio del cierre de los sujetadores. En el amistoso saludo de los alegres indígenas de la tribu Walibri, en Australia central, que se cogen la polla entre ellos y la sacuden en lugar de darse la mano. En Zazel, el primer hombre-bala de la historia, justo antes del disparo. En el cable blanco y el cable rojo antes de la explosión. En calcetines de muchos colores. En la goma de la braga que deja marca de nata en la chica chocolate. En problemas matemáticos: «Si sale un tren de Zaragoza a las 11.00 y otro tren parte de Barcelona a las 10.30...». En cómo se puede hablar normal. En la página web que más visito. En un *buffer* cargando: va por el quince por ciento. En la suerte que tengo. En el miedo que tengo. En que si pongo en fila los tipos con los que ha estado Alma, la fila llega a Kazajistán después de incendiar Moscú y mear en la falda de los Urales. En que si hago lo mismo yo, casi no sale ni de la tienda de campaña. En su culo en el sillín y en su cuello de porcelana. En que cuando rompes un jarrón, lo puedes volver a pegar, pero siempre quedarán las marcas y no será lo mismo. En la sucesión de Fibonacci.

–En la sucesión de Fibonacci –digo por fin, alto y claro.

–¿Cómo?

Alma tiene ojos de ardilla que espera la nuez, lista para cascarla de un mordisco. Se está riendo de mí, no conmigo, pero disimula para que siga.

–Sí, un problema matemático planteado para la cría de conejos. Cada cifra suma la anterior. Es así: 0, 1, 1, 2, 3, 5, 8, 13...

–¿No te me vas a dormir de tanto contar?

Está sentada como lo hace un indio que manda, los *shorts* aún más cortos por la postura, cuatro tirantes en sus hombros, dos negros, dos amarillos: avispa. Respira demasiado fuerte mientras fuera siguen los gritos. Tocamos la lona del techo con nuestras cabezas.

–Cada cifra es la suma de las anteriores. El gráfico es una línea hacia arriba...

–Sí, hacia arriba.

–Sí, la hicieron para explicar la cría de conejos.

Bien, muy bien. Alma a un palmo y yo le explico una solución matemática y la llamo coneja. Al menos ya no hablo como si estuviera en un tanatorio, al menos se me oye. ¿Se me oye?

–No grites, hombre. Y tu problema no es matemático, creo. Y espero que tampoco físico.

–¿Problema, yo?

Alma, semidesnuda, tan cerca que podría subrayar los trazos de su cara con la nariz. Yo pienso en números y en conejos, ¿problema, yo? No, qué va.

–¿Qué te pasa?

Que tengo tantas ganas de hacerlo que me gustaría haberlo hecho ya. Que me siento como el tipo acostumbrado a ver el fútbol en la tele que dice que él lo haría mejor y a quien un concurso ha colocado dentro del campo para tirar el penalti definitivo.

—Nada.

Que me veo como el tipo que llega al trabajo y resulta que lleva zapatillas de andar por casa.

—Tranquilo...

Ese «tranquilo» me pone más nervioso, como cuando en una pelea un tío le dice a otro: «Eh, tranquilo». Como cuando el dentista dice: «No te dolerá».

—Estoy tranquilo, sí...
—No es verdad: estás temblando.
—Es la postura.
—Claro.
—Es que no estoy acostumbrado a ver ESTO en directo.

Ahí, muy bien: esa frase es tan viril que ya veo mi cuerpo cincelado en una estatua ecuestre para la rotonda de mi pueblo.

—Joder, eres tan inocente que parece que alguien me haya enviado un regalo sin abrir. Te falta el lazo.

Alma me dice eso y yo ya me veo con forma, color y textura de peluche rosa, un lazo de diadema y una pegatina en la solapa: «Deseo que te guste».

—Deseo que te guste.
—Claro que sí, pero, ¿cómo eres tan inocente?
—Inocente es otro.
—No, inocente eres tú.
—¿Con mayúscula o con minúscula?

Porque, claro, no estamos leyendo un guión, y yo no quiero equivocarme. Y todo esto que sigue casi no lo cuento. Si esto fuera una novela no lo haría: los personajes no hablan así, pero las personas, según el día y la compañía, sí se dicen esas cosas, si nadie más las escucha.

—Las dos cosas. Pero ser inocente no es malo.

No, qué va... ni ser cojo en una carrera o judío en la fiesta de final de curso de la República de Weimar.

—Que no. ¿Por qué? ¿Qué es ser inocente?

—Pues no saber qué es nada pero tener miedo de todo. Sentirte inferior al de enfrente y tener vergüenza hasta de los calzoncillos que llevas. Y, sobre todo, decir cosas que no tocan, cuando no tocan. Y chistes de hace tres años.

—Pues para mí también es encanto, frescura y primera vez, ¿sabes?

Un momento, que conste en acta: no es la primera vez. No lo digo, claro. Eso sería como admitir que es la octava o la décima. Una maniobra demasiado inocente, incluso para mí.

—También es entusiasmo, ilusión, novedad, ¿sabes?

Dice «¿sabes?» y se muerde el labio. Hasta yo percibo el cliché. Se muerde el labio como si yo le fuera a tirar una foto: tranquila, llevo grabándote mentalmente desde hace media hora. Piloto rojo: REC. Esto es material de primera. Tengo para meses.

—Por ejemplo, pide tres deseos: es una petición inocente.

Y yo, venga a pensar tres deseos, los tres deseos que me solucionen la vida. Aunque en ese momento sólo se me ocurre uno. Quizá pueda pedir ese deseo tres veces. Soy inexperto pero vigoroso, no habría problema.

—Que no lleven a juicio a nadie por la que hemos liado...

—Bueno, se hace un poco tarde, llevamos aquí un rato. A lo mejor nos encuentran...

No te vayas, por favor, no me hagas esto.

—No, por favor, todavía no –digo, con el tono del preso en su camino al patíbulo, o del chaval que pide cinco minutos más en la cama antes de despertarse.

—Venga, hombre, ¿ése es tu primer deseo? –Alma, más cerca.

El tiempo se ha ralentizado como si fuera una cinta en un *walkman* al que le falla la pila. Fuera siguen los gritos, pero ya suenan como salidos de una película ajena y lejana que has dejado puesta mientras te rindes al sueño en un sofá.

—No... el primero es que te quites la camiseta.

Y lo hace. Y nunca he visto algo así en directo. Sacaría el móvil y le haría una foto. Lleva un sujetador negro. Las copas sirven las tetas que oscilan un poco por el movimiento, como martinis con aceituna en dos copas servidas en bandeja de plata. Son grandes. Son perfectas. Le vas a decir: quiero morirme ahí dentro, pero no lo haces.

—El segundo... que te quites los pantalones.

—Qué metódico eres, Tristán. –Alma, obediente–. Paso a paso, no sea que nos perdamos: se te acaban los deseos.

Se quita los *shorts* de rayas azules y los deja al lado de la camiseta de tirantes amarilla.

—¡PLAF!

—¿Qué pasa? –dice, haciendo como que no pasa

nada. Como que no está casi desnuda en una tienda de campaña enana donde ya falta el aire.

He sido yo. Me acabo de dar una torta para comprobar que estaba despierto. Lo juro, lo he hecho, así de increíble está Alma. Consigue que la gente se dé hostias y que se tire por la ventana al verla.

—Nada, un mosquito, creo.

—Sólo te queda uno, y yo no estoy muy vestida, pero tú... mírate.

Yo llevo todo puesto. Y aún no tengo la certeza de que pueda pedir lo que deseo de verdad, porque deseo un montón de cosas en general, además de lo que deseo en concreto. Por ejemplo, deseo metérsela por fin, pero es que también deseo quedarme ahí a vivir y sobre todo deseo que mañana Alma no se vaya a andar en bici a Berlín y a decir «¿Sabes?» a otra gente. Y, entonces, el golpe de gracia.

—Y el tercero es...

—¿Sí?

—Poder pedir tres deseos más.

¡Bravo!

—Muy listo, Tristán. Pero así podríamos estar toda la vida.

—Es que eso es lo que quiero.

—Qué mono eres. Pide un deseo más.

¿Mono? Estoy a punto de aplaudirme a mí mismo mientras sonrío. Está en ropa interior y con la piel perlada por el sudor y la falta de oxígeno en la tienda. Si esto fuera una película, empezaría a sonar una canción maravillosa, pero en mi cabeza suenan una y otra vez, en un *random* nervioso, todas las canciones del hilo musical. Está cerca y muy cerca. Mono e inocente. Inocente y mono. Mi mono y yo. Estoy a punto de explotar como una piñata, me sale humo de las orejas y escucho el pitido de una olla express. «Pasajeros al tren.» La miro. Tengo que pedir un deseo.

—Joder, ¿pero cómo puedes estar tan buena? —hasta luego, *viejoven*; hasta nunca, mil miedos pequeños, *ciao*; inocencia: *sayonara*, *baby*.

—¿Eso es un deseo? Es el mejor que me has pedido.

Alma avanza como las tropas amigas. Se acerca en un gesto y yo intento desabrochar el cinturón de mis bermudas con pulso tembloroso, como un soldado cambiando la munición del tambor de la metralleta mientras se agazapa en la trinchera improvisada. Fuera siguen los gritos y los tiros. Ahora miro la cara de Alma, ahora ya no la veo.

—¿Sabes mi momento favorito de cada verano?

Yo ya no puedo pronunciar ni un monosílabo, ni sí, ni no, ni mu.

—Cuando llegaba junio y veía el panel de helados y buscaba el helado nuevo que más me apetecía.

Y entonces vuelvo a perder de vista su cara: noto algo húmedo y cálido y una fiebre deliciosa me asalta manteada por aleluyas de coros eternos de cantores castrados. «Joderos», les digo. «No sabéis lo que os perdéis», añado. Y vuelve a aparecer la cara de Alma en primer plano.

—Este verano casi llega septiembre y no lo había encontrado. Pero ya lo tengo, y creo que me apetecerá hasta en invierno.

Yo le quiero decir, ya que soy menos inocente, que

quizá es el momento en que tiene que dejar de cambiar de helado cada verano. Que conservaré el mío en cubetas de hielo, que lo criogenizaré, que no se vaya a Berlín en bicicleta, joder, pero-qué-buena-estás. Entonces recuerdo que siempre puedo usar el tercer deseo: volver a pedir tener tres más.

–Un momento: ¿A dónde vas?

Alma se ríe y amaga con picar espuelas, tú blandes espada y no la dejarías marchar ni aunque te lo pidiera de rodillas, la postura en la que sonríe.

–¡Exijo una satisfacción!

El nuevo Tristán se permite hacer bromas sobre aristócratas que reclaman un duelo. Pero cuando me quiero recrear en esa tontería, Alma ha retirado sus bragas como quien corre una cortina y está encima de mí, mi nariz oliendo su escote, mis orejas haciendo cla-cla-cla y ella estirándome el pelo de la nuca.

Y entonces me dice que me va a contar un secreto, mientras se mueve y mi cabeza es una noria y una tómbola y una conga y una pizarra donde puede leerse «Gracias» y un neón donde se lee «Soy el puto amo». Se acerca y me dice un secreto que todos entenderán:

–*Tristán hat noch zu tun, Tristán ist meine Lieblingseiscreme.*

Todos menos yo, pero me da igual.

Y poco después, demasiado poco después, precozmente después, observará algún listo sin piedad, pienso en voz alta. Joder, por fin:

¡SÍ!

FUERA DEL TABLERO

Villa verano es un recuerdo. Algo que ya ha pasado, pero que reaparece en conversaciones y en miradas de vez en cuando. Cada vez que me sorprendo silbando sin querer una melodía del hilo musical, la mano verde del monstruo que dan por muerto aparece por unos instantes en la superficie del lago en calma. La aleta de aquel pez increíble y que ya dábamos por imaginado aletea por un segundo en el horizonte, describe un pequeño arco en el aire y se vuelve a sumergir durante meses, semanas o años.

Nuestros silbidos inconscientes son el eco de lo que ha pasado y de cómo han cambiado nuestras vidas. A veces, cuando nos descubrimos, delante de cafés o lavando los platos, silbando algo, Alma y yo nos reímos, conscientes de que nunca, pero nunca nunca, nos vamos a librar de recordar cómo nos conocimos.

La última hora malva en *Villa verano*, los minutos que esperamos en la estación deseando que Nemo viniera, que abandonara para siempre la primera línea de bar, que buscara oxígeno fuera del *Submarino*, fueron largos. Cada minuto era de seis mil segundos, y cada uno de ellos pasaba lento como un terremoto. Y yo jugando con el duro viejo que me había regalado Inocente, y ella haciéndose una y otra vez la coleta, rodeados de la gente de *Villa verano* que había decidido ir a Barcelona, preocupados por aquellos a los que habían pillado, especialmente por Alejandrito, Élmer y el Comanechi, y también por los que habían acabado en el hospital...

Cuando vimos que nos íbamos sin el Capitán, pensamos que quizá vendría en el siguiente tren, que se había emborrachado demasiado y que probablemente quería recuperarse durante un día antes de venir con nosotros. Allí podía volver a alquilar el piso del batería de su grupo, en el que habían vivido hacía ya casi medio siglo.

Los Juguetes Rotos ya habían hecho suya *Zapatero...* y *No pierdas el rayo*, y empezaban a tener bastante nombre. A veces venían a tocar a la sala *Sidecar* y por unos momentos, allí, en el sótano, sentíamos cosas parecidas a aquellas que sucedieron en *Atlantis*, cosas en la recámara de nuestros cerebros que saltaban como un resorte con el primer acorde.

Alma y yo, Tristán y Alma, vivimos en un piso muy grande, demasiado para nosotros, en la calle Junta de Comerç. Tomamos cerveza y café en el bar de la esquina, el Mendizábal, el lugar donde convergen en un solo punto yonkis, suecas de otro planeta, paquistaníes, vestigios humanos del Barrio Chino, estudiantes de diseño y musiquitos que recorren escalas musicales una y otra vez. ¿Escribiría el libro allí? No si no paraba esa música. Los musiquitos, los estudiantes de música que ensayan escalas musicales hacia arriba y hacia abajo una y otra vez, me devuelven al infierno del hilo musical, al oír sin escuchar, a la música sin música, sin rayo.

De vez en cuando, Alejandrito viene a casa de permiso del manicomio donde, dice, ha hecho un montón de amigos, nuevos colegas que deben vivir hundidos en una paranoia profunda si hacen caso a sus leyendas. Cuando viene a Barcelona nos ayuda a organizar una fiesta que Alma y yo montamos en un local de ensayo de unos amigos y que sólo nosotros, los que allí reímos y bailamos, los que conocemos el secreto, sabemos que existe. Un subterráneo con arcos y portadas de discos donde el tiempo se detiene como en *Atlantis*; la gente suda todas sus preocupaciones y aquello es una nave de rumbo divertido. Muchas veces las fiestas son de disfraces y aquello se convierte en un verdadero zoo, como el nuestro de antes.

Algunos compañeros se han quedado en *Villa verano*, tienen trabajos en fábricas de calzado y en bares de la costa. Ellos nos explican que allí y en toda la provincia se han detenido las obras, y que a veces el Comanechi se sube a las grúas y camina por sus brazos.

La crisis ha convertido la zona en un cementerio de dinosaurios con forma de grúas de todos los colores y ha dejado al Clan Z en una situación extraña: han destituido al concejal, implicado en una trama de adjudicaciones, tratos de favor y sortijas y sombreros, que bautizaron como el Caso del Anillo. Si bien el equipo del otro hermanastro ha ganado la Copa del Rey, los periódicos explican que los tres han vendido lo que les quedaba y se han ido del país, a unas costas de Brasil donde aún se puede construir. Otra vez juntos, solos y lejos, pero esta vez podridos de dinero.

Yo sigo haciendo trabajos de unas horas cada vez que me llaman. A veces participo en un estudio de mercado y digo si me gusta el caramelo marrón o el verde, o qué ginebra está más buena, o qué me sugiere tal o cual imagen. Por otra parte, me he decidido a acompañar en mis ratos libres a un colega mío que ha estudiado criminología y ejerce de detective privado. Voy con él para ver si pesco alguna historia curiosa y venderla a algún diario o guardarla en mi cajón. Pasamos largas horas en el coche, comiendo donuts como en las películas, las colillas como metáfora visual del paso del tiempo.

Pero ahora, Alma triste.
Alma enfadada.
Alma _____.
Alma en silencio, sin música.

Alma, con los ojos rojos de mar, me alarga una carta, una nota, otra vez, y se sienta a mi lado en el sofá recogiendo las piernas y pasándome el brazo por la espalda. Mañana tenemos pensado celebrar una fiesta en nuestra cueva, pero en lugar de de prepararme, estoy escribiendo todo lo que hasta ahora habéis leído.

Para entenderlo todo. Para encontrar una moraleja. Porque en este momento estoy abriendo el sobre.

Dentro, una instantánea Polaroid con los tres, tal y como recordábamos aquel momento, y justo debajo de la foto, una anotación: «¿La última Polaroid?». Y entonces abro el papel doblado, busco el duro antiguo en mi bolsillo y leo lo que tenía que leer:

LA CARTA DE AJUSTE

Tristán, merluzo; Alma, sirena:

Supongo que ya habéis asumido que no sé vivir fuera del *Submarino*: me ahogaría en cuanto abandonara la isla. Por cierto, habéis dejado esto hecho unos zorros, parece un parque abandonado y los dueños os quieren matar. Además, ahora ya no hay nada de música, ni de la de mierda ni de la de verdad: aquí no cantan ni los loros. Están trabajando para activar el hilo musical otra vez, pero no tienen ni puta idea de si vale la pena o no, porque igual cierran todo esto en cualquier momento. Dicen que la empresa que solían contratar, Sumac o algo así, se ha ido al garete hace poco. De puta madre: otra que nos apuntamos.

Nadie ha sospechado de mí, aquel día me pude escapar con la careta, así que Lucas sigue hablando conmigo, soltando mierda por esa boca, y creo que me tengo que quedar aquí. Lo de la noche del mambo fue el canto del delfín, o del cisne. La última vez. La puta hostia. La repanocha, si está leyendo esto la señorita. Nunca pensé que volvería a sentir algo así: volví a la vida, chavales. Pero todo esto es como la canción perfecta: la he vuelto a encontrar, pero tengo miedo de intentar repetirlo y que no me guste. Aquello fue fenómeno, y yo ya tengo mandanga para tirar el tiempo de vida que me quede. Soy un salmón cayendo cansado río abajo, pero vosotros me hicisteis subir hasta la cima otra vez. Y eso ya es fenomenal. Sois unos pirámides cuando queréis.

Tristón, ya sabes que hay dos cosas que no dejan que me mueva: el puto calor y la nostalgia del futuro. Si es que ya lo has entendido, que a veces eres más tonto que el payaso que recibe las hostias. Tristán, Tristón, Tritón, merluzo: aprovecha lo que tienes, acércate a gente como Alma, a gente del futuro aún por descubrir, para activarte tú. Eres un mierda, pero cuando te calientas tienes más fuerza que un ciclón. Deja ya de ver documentales y de leer libros y empieza a vivir las cosas; igual no las vivas tanto como yo, o hazlo de otra forma, pero no te quedes quieto.

Deja que me ponga un poco sentimental, soy un abuelo duro de roer, pero también puedo ponerme tierno como si cantara una canción de amor, soy un hombre maduro muy bien parecido y de acusada sensibilidad: durante un tiempo, yo volví a ser un precioso atún y tú un delfín. Ya sabes que nadan juntos por el océano, en los trópicos o en el Índico, no sé, uno da saltos y el otro conoce el camino de las profundidades, uno es joven y bonito y el otro tiene una carne muy sabrosa (algo que, Alma, sirena, nena, podrías haber comprobado cuando quisieras). Nadie sabe si es el delfín que tira del atún o el atún el que persigue al delfín, pero el caso es que los dos buscan la misma comida y se ayudan. Buscamos las risas, las canciones, los cuentos, los tragos y las mujeres. Bueno, Tritón, en tu caso, las mujeres te encuentran a ti, que si tuvieras que buscarlas tú aún estarías jugando con tu manubrio como si no hubiera un mañana.

Muchas gracias por nadar a mi lado todo ese tiempo, Tristón, aunque sé en el fondo de mi corazón que el que debe estar más agradecido por la belleza y experiencia del compañero de viaje eres tú, claro.

Dejadme que me ponga un poco sarasa, en plan Tristán: vosotros sois peces dorados, de los que dibujan círculos elegantes y esquivan los problemas, pero cuidado con los peces globo. Cuidado, de verdad: son peligrosos. Son unos verdaderos cabrones, los peces globo. El veneno de un pez malo puede ser mil doscientas veces más mortal que el cianuro: uno solo puede matar con su veneno a treinta personas. ¡Qué digo a treinta!, ¡a cincuenta, si es cabrón de verdad! Alejaos de la gente que no os quiera, porque os vais a cruzar con muchos peces de ésos.

Villa verano era la aleta de una ballena azul la hostia de grande, dormida antes de que llegarais. Nosotros éramos tan pequeños, nos sentíamos tan mierdecillas, que no sabíamos que aquello no era tierra firme, no sabíamos que aquello podía llegar a levantarse y llevarnos a algún sitio. Como en el libro aquel que soñaste y que me contaste (que todo lo aprendes en los putos libros). Yo, de hecho, creo que estaba dentro de la ballena: *El Submarino* debía de ser el estómago de una ballena enorme. Gracias a vosotros, la ballena me escupió. Despertó, yo desperté, la isla voló durante una noche y voló como en tu sueño, y todo gracias a vosotros. Como en el otro libro aquel del que me hablabas, Tristón, los gélidos alienígenas a tomar por culo gracias a la música, los altavoces a toda mecha.

Vosotros sois como el estribillo de una canción,

pero los estribillos no se pueden repetir muchas veces. Así que aquí estoy, muy lleno con lo que he vivido con vosotros, tranquilo, perdiéndome algo pero al menos no perdido del todo. No os preocupéis, de verdad, los salmones viejos somos como los peces abismales o algo así (es decir: los peces del fondo del mar, Tristón, que hay que explicártelo todo): nos sabemos consolar incluso estando solos, y no me refiero a consolarnos como lo haces tú, con el cinco contra uno, Tritón. No, nos consolamos con nuestros recuerdos, con lo que hemos comido en agua salada hace ya tiempo. Somos como peces abismales, ¿os lo había dicho? Somos feos, pero a cambio evitamos los arpones y los anzuelos, somos *biluzminadores*, o algo así, y eso quiere decir que tenemos luz propia, y también un poco de mala leche. Podemos estar a setecientos metros de profundidad, totalmente a oscuras, solos en el Universo, pero también podemos generar nuestra propia luz con el cuerpo y seguir nadando. Mientras nadamos no nos morimos, y os aseguro que llevo toda la vida nadando, así que nado de puta madre.

Alma y Tristán también nadan bien, y eso que Tristán es un renacuajo. Buscad arrecifes y cosas que brillen, nadad con otros peces que conozcan nuevas rutas, atentos a la música eléctrica de las focas y a las crestas de las olas, y a las resacas y a los rayos de sol y a todas las centellas. Nadad más y más. Practicad un poco más. Practicad en aguas dulces. Dentro de un tiempo, os echo una carrera.

Inocente, Capitán Nemo
1 de noviembre de 2008

Las Lentas →

- Xavier Cugat - Perfidia
- Terry Callier - So Rather Be With You
- Al Green - One Woman
- Alton Ellis - Laila, Means I Love You
- Fond Washington - Now You're Lonely
- Dee Clark - That's My Girl
- The Precisions - If This Is Love, I'd Rather Be Lonely

- The Jazz Butcher - Soul Happy Hour
- Colin Blunstone - She Loves The Way They Love Her

- Five or Six - Portrait
- The Chills - Heavenly Pop Hit
- Los Brackelos - Errol Flynn
- The Kinks - This Time Tomorrow
- Loudon Wainwright III - The Swimming Song

- Jake Thackray - La-Di-Dah
- Dennis Wilson - Thoughts Of You
- Big Star - Thank You Friends
- Felipe Pirela - Un Cigarrillo, La Lluvia Y Tú
- Veracruz - Hollow Heads
- Lee Marvin - Wandering Star

Las Rápidas →

- Biff Bang Pow!! - Wouldn't You
- The Part Time-Pops - Quiero Disfrutar Del Hilo Musical

- The Times - It's Time!
- Shel Naylor - One Fine Day
- Biff Bang Powder - Turn Another Page
- The Monochrome Set - Jet Set Junta
- The Dentists - I'm Not The Devil
- The Verlaines - Lying On A Stage
- The Jd's - She's Got Soul
- Maureen Tucker - Hey Mersh!
- The Raven - Calamity Jane
- The Blues Project - Wake Me, Shake Me
- The Emperors - Karate Boogaloo
- Frankie Valli - You're Ready Now
- Hanny Corchado - Pow Wow
- The Politicians - Psycha-Soula-Funkadelic
- Chacho - Buh Buh
- El Trío Matamoros - ¿Quién Tiró La Bomba?
- Seyoum Gebreyes & Wallias Band - Muziqawi Hizina
- Kico Gómez - Lupita